Propósitos oscuros

Stuart Woods

Propósitos oscuros

 **Editorial El Ateneo**

Woods, Stuart
Propósitos oscuros. - 1º ed. Buenos Aires: El Ateneo, 2004.
320 p.; 22 x 14 cm.

Traducción de Agustín Pico Estrada

ISBN 950-02-7478-7

1. Narrativa Estadounidense I. Pico Estrada, Agustín, trad. II. Título
CDD 813

Diseño de cubierta: Departamento de Arte de
Editorial El Ateneo

Diseño de interiores: Mónica Deleis

Título original: Dirty work

Primera edición de Editorial El Ateneo
© Grupo ILHSA S.A., 2004
Patagones 2463 - (C1282ACA) Buenos Aires - Argentina
Tel.: (54 11) 4943 8200 - Fax: (54 11) 4308 4199
E-mail: editorial@elateneo.com

Derechos mundiales de edición en castellano.

Queda hecho el depósito que establece la ley 11.723

Impreso en Talleres Verlap S.A.
Comandante Spurr 653, Avellaneda,
Provincia de Buenos Aires,
en el mes de noviembre de 2004.

IMPRESO EN LA ARGENTINA

Este libro es para
Charlton y Lydia Heston

1

YA ERA TARDE en el restaurante Elaine's.

Pero era una gran noche: un par de directores, un par de estrellas de cine, media docena de escritores, un grupo de periodistas, editores, publicistas, policías, borrachos, sujetos informados, parásitos, mujeres acaudaladas y algunas de pocos medios. Y eso sucedía en las mesas; el bar era otra cosa, enteramente distinta.

Stone Barrington empujó su plato y se echó hacia atrás. Gianni, el camarero, se lo retiró.

—¿Estuvo todo bien? —preguntó Gianni.

—¿Ves que haya dejado algo? —preguntó Stone.

Gianni sonrió con ironía y se llevó el plato a la cocina. Elaine se acercó y se sentó.

—¿Y? —dijo. No encendió un cigarrillo. Para constante asombro de Stone, había dejado de fumar, de repente.

—No mucho —respondió Stone.

—Siempre dices lo mismo —repuso Elaine.

—No es broma; no pasa gran cosa.

Se abrió la puerta principal del restaurante, y entró Bill Eggers.

—Ahora sí está pasando algo —comentó Elaine—. Eggers no viene nunca, salvo que te esté buscando. Y no te busca nunca, salvo que haya un problema.

—Te equivocas de hombre —respondió Stone, al tiempo que saludaba a Eggers desde la mesa, aunque sabía que ella tenía razón. Por un trabajo común, Bill telefoneaba; para tareas más apremiantes, perseguía a Stone y habitualmente lo encontraba en Elaine's.

—Buenas noches, Elaine, Stone —saludó Eggers—. Tu celular está apagado.

—Pero no me sirvió de nada, ¿no? —respondió Stone.

—Tengo algo que hacer —dijo Elaine; se levantó y se marchó. No fue más allá de la mesa vecina.

—¿Una copa? —preguntó Stone.

Michael, el jefe de camareros, se presentó junto a ellos.

—Johnnie Walker etiqueta negra, con hielo —pidió Eggers.

—Me parece que voy a necesitar un Wild Turkey —dijo Stone a Michael.

Michael desapareció.

—¿Cómo va todo? —preguntó Eggers.

—Dímelo tú —respondió Stone.

Eggers se encogió de hombros.

—Si tengo que adivinar —repuso Stone—, diría que no muy peligroso.

—Ah, no está tan mal —contestó Eggers.

—¿Entonces qué es lo que te ha sacado de tu dulce hogar para venir a este antro de iniquidad?

—¿Te acuerdas de ese irlandés grandote, ex policía, que solía hacer trabajitos para ti de vez en cuando?

—¿Teddy? Cayó muerto en P. J. Clarke's, hace tres meses.

—¿Qué le pasó?

—¿Cuántos motivos puede haber para que un irlandés se caiga muerto en un bar irlandés? —preguntó retóricamente Stone.

—Claro —admitió Eggers.

—¿Y para qué necesitaría a alguien como Teddy? —inquirió Stone.

—¿Recuerdas que me contaste lo que solía hacer Teddy con la pistola de agua?

—¿Te refieres a esa costumbre suya de abrir la puerta de una patada y, con la cámara preparada, disparar un chorro de agua a las partes inferiores de los sujetos desnudos, para que se llevaran las manos a la parte mojada y se destaparan la cara, y él pudiera fotografiarlos juntos en la cama?

Eggers rió entre dientes.

—Sí, eso. Admiro esa clase de ingenio.

Llegaron las bebidas y ambos bebieron durante un momento largo y contemplativo.

—Entonces, ¿andas necesitado de esa clase de ingenio? —preguntó Stone al fin.

—¿Recuerdas ese convenio prenupcial que te pasé el año pasado? —preguntó Eggers.

Bill Eggers era el socio gerente de Woodman y Weld, el muy prestigioso estudio jurídico del que Stone era asesor legal, lo que significaba que a veces hacía trabajos en los que Woodman y Weld no querían poner la cara.

—¿Elena Marks? —preguntó Stone.

—La misma.

—La recuerdo. —Elena Marks era la heredera de una inmensa fortuna y se había casado con un destacado miembro del Club de los Hombres Sin Medios de Subsistencia Conocidos.

—¿Recuerdas esa clausulita rara que incluiste en el convenio prenupcial?

—¿Te refieres a esa que estipulaba que, si Larry era atrapado con los pantalones bajos en compañía de una dama que no fuera Elena, perdería todos sus derechos a los bienes y los ingresos de su esposa?

Lawrence Fortescue era inglés, atractivo, instruido, y poseía todos los adornos para actuar en sociedad, lo que también significaba que no tenía dónde caerse muerto.

—Esa misma —confirmó Eggers.

—¿Larry se ha portado mal? —preguntó Stone.

—Sí, y seguirá haciéndolo —respondió Eggers, tras beber un sorbo de whisky.

—Ajá.

—Y ahora que Teddy se ha ido, ¿a quién utilizas para esa clase de asuntos?

—Hacía bastante tiempo que no me encargaban esta clase de asuntos —respondió Stone, cortante.

—No utilices ese tono conmigo, jovencito —replicó Eggers con aire burlón—. Es trabajo, y alguien tiene que hacerlo.

Stone suspiró.

—Supongo que puedo encontrar a alguien.

Eggers lo miró serio.

—No estarás pensando en hacerlo tú mismo, ¿no? Es decir, esto implica ciertas alturas, y tú ya no eres tan joven.

—No estoy pensando en hacerlo yo, pero sin duda estoy en bastante buena forma —afirmó Stone—. ¿De qué clase de alturas estamos hablando?

—El techo de una casa particular de seis pisos, ya que hay que sacar las fotos a través de una claraboya estratégicamente ubicada.

—Las claraboyas estratégicamente ubicadas no existen si eres tú el que tiene que subir hasta allí —replicó Stone.

—Necesitarás a alguien... ágil —continuó Eggers—. Un término inaplicable a los policías y ex policías con los que te juntas.

En ese momento, como para confirmar lo dicho por Eggers, entró Dino Bacchetti, antiguo compañero de Stone en su época del Departamento de Policía de Nueva York, y se dirigió a la mesa de ellos.

—¿Ves a qué me refería? —dijo Eggers.

Stone levantó una mano, para detener a Dino, y luego, con un dedo, le señaló la barra.

—Ya te entiendo —repuso Stone—. Veré a quién puedo conseguir.

—No tienes mucho tiempo —explicó Eggers—. Es mañana a las nueve de la noche.

—¿Qué cosa es mañana a las nueve de la noche?

—La cita. Larry Fortescue tiene una cita con una masajista que, según entiendo, no sólo le hace masajes en el cuello. Elena quiere unas fotos bien claras de cómo se le brinda ese servicio a su marido.

—Déjame ver lo que puedo hacer —prometió Stone.

Eggers bebió el resto de su whisky y puso sobre la mesa un papel doblado.

—Sabía que lo entenderías —dijo, poniéndose de pie—. La dirección del edificio está en esta hoja. Voy a necesitar las copias y los negativos para pasado mañana al mediodía.

—¿Por qué el apuro?

—Elena Marks está acostumbrada a la gratificación instantánea.

—Pero no de parte de Larry, ¿no?

—Tú sí que eres rápido. Buenas noches. —Palmeó la espalda de Dino al pasar por el bar, camino a la puerta.

Dino se acercó, lamiéndose el whisky de una mano, porque Eggers se lo había derramado. Se desplomó en una silla.

—Y bien, ¿de qué se trata? —preguntó, apuntando con el mentón hacia la espalda de Eggers, que se marchaba.

—Trabajo sucio —respondió Stone.

2

Dino se secó el resto del whisky derramado con una servilleta.

—¿Hay de alguna otra clase?

—Por supuesto que sí, y me dan muchos de esa clase —contestó Stone, a la defensiva.

—¿Muy sucio?

—Un poco, nomás. No tengo que matar a nadie.

—¿Y a quién le vas a pedir que lo haga?

—Bueno, Teddy está muerto, así que supongo que llamaré a Bob Cantor —respondió Stone; sacó su celular y lo encendió.

—Bob te servirá tanto como tu tío —observó Dino.

Stone marcó el número; atendió un contestador automático. Dejó el mensaje y luego marcó el número del celular de Cantor.

Le respondieron de inmediato.

—¡Hable! —gritó la voz de Cantor, por encima de un rumor de conversaciones y música.

—Habla Stone. ¿Dónde diablos estás?

—¡En Saint Thomas, querido! —chilló Cantor.

—¿Saint Thomas de las islas Vírgenes?

—Claro. ¡No iba a ser el santo de la iglesia!

—Bob, necesito ayuda. ¿Estás sobrio?

—¡Por supuesto que no! He tomado bastantes piñas coladas como para llenar la tina de tu casa.

—No es una tina; es una bañera con hidromasaje.

—Lo que sea. ¿Por qué no te vienes para aquí, Stone? No podrías creer las mujeres que hay.

—Lo creo.

—¿Qué es lo que necesitas, para interrumpir a un hombre que está bebiendo?

Stone miró alrededor y tapó el celular con una mano.

—Necesito a un hombre que entre por una ventana de un piso alto y sepa manejar una cámara.

—¿Es un juego para importunar a alguien?

—Más o menos. Y las fotos deben tomarse en un techo, así

que necesito a alguien que esté en buen estado físico, para que no se caiga y lo arruine todo.

—¿Tienes un lápiz?

Stone sacó una lapicera.

—Dime.

—Herbie Fisher.

—¿Quién es?

—El hijo de mi hermana. Es joven, audaz y ágil. Y muy buen fotógrafo.

—Quizá la luz no sea muy buena.

—Nunca es buena en esas situaciones, ¿no?

—Cierto.

Cantor le dio el número y Stone lo escribió en una servilleta de papel.

—Dile que te mandé yo y que no lo eche a perder.

—¿Acostumbra arruinar las cosas? —preguntó Stone. Pero Cantor había cortado, para volver a sus piñas coladas.

—Oí todo —dijo Dino—, pero no oí nada.

—Bien —repuso Stone, mientras marcaba el número que le había dictado Cantor. El teléfono sonó cinco veces antes de que atendieran.

—¡Qué! —gritó la voz jadeante de un joven.

—¿Herbie Fisher?

—¿Quién quiere saberlo? ¡Por Dios! ¿Uno ya no puede encamarse tranquilo?

—Me llamo Stone Barrington. Tu tío Bob me dijo que te llamara.

—Deme su número. Antes tengo que terminar algo.

Stone le dio su número y cortó.

—Creo que lo interrumpí —comentó.

—¿En la cama?

—Así me pareció.

—¡Estos chicos! —Dino se rió.— A nosotros nunca nos atraparían así.

—Ajá —convino Stone. Dirigió la vista hacia la puerta y quedó petrificado—. Mira por encima de tu hombro y dime si estoy viendo lo que creo —dijo.

Dino miró por encima del hombro.

—¡Carpenter!

Estaba allí, de pie, con un hermoso abrigo de cachemira que destacaba su cabello castaño oscuro; miraba en torno, con aire perdido; todavía no lo había visto. Stone llamó a Michael, que pasaba junto a la mesa.

—¿Ves esa dama que está en la puerta? Ve y dile: "¿Señorita Carpenter? El señor Barrington la espera". Y tráela aquí.

Michael asintió y fue a cumplir con la orden. Stone observó el rostro de la mujer; no mostraba señales de sorpresa. Carpenter jamás demostraba sus reacciones. Michael la acompañó hasta la mesa; Stone y Dino se pusieron de pie.

—¿Por qué demoraste tanto? —preguntó Stone, al tiempo que la abrazaba y la besaba en la mejilla.

—Vine lo más rápido que pude —respondió ella, con su acento inglés suave y delicado—. ¿Cómo estás, Dino? —Lo abrazó.

—Ahora, mucho mejor —respondió Dino.

Stone le quitó el abrigo, lo colgó y le corrió la silla para que se sentara; luego llamó a Michael otra vez.

—¿Qué quieres beber, Carpenter? —No conocía su nombre de pila, y tampoco su apellido. Carpenter era un apodo, un nombre en clave: "Carpintero". Se habían conocido en Londres, el año anterior, cuando Stone se había metido en un lío que requirió la ayuda de la Inteligencia británica. También había participado Dino.

—Bourbon, por favor —respondió ella—. Sin hielo.

—¿Entendiste, Michael?

Michael asintió y se retiró.

—¿Desde cuándo una joven inglesa bebe bourbon? —preguntó Dino.

—Desde que Stone elogió sus virtudes —respondió Carpenter. Tomó y saboreó un trago del vaso que acababan de llevarle.

—¿Y qué te trae a Nueva York? —preguntó Stone—. Además de verme a mí, por supuesto.

—Bueno —contestó ella, bromeando—, tú eres lo más importante, por supuesto, pero tengo un trabajito con una agencia de tu gobierno, que me exigirá todos los momentos que pueda robarle a tu presencia.

—Me ocuparé de que no haya muchos de esos momentos —dijo Stone—. ¿Puedo preguntar a cuál agencia de mi gobierno te refieres?

—Al FBI.

—Ah, sí, esos muchachos que se parecen bastante a los de tu equipo, ¿no?

—Tal vez —repuso ella con frialdad.

—Vamos, Stone, ella no va a decirte nada.

Regresó Elaine y arrimó una silla a la mesa.

—Elaine Kaufman —dijo Stone—, permíteme presentarte a... —Esperó que Carpenter completara la frase.

—Felicity —dijo Carpenter, tendiendo una mano hacia Elaine y mirando divertida a Stone.

—¿En serio? —preguntó Stone.

—A veces —fue la respuesta.

El celular de Stone comenzó a sonar.

3

STONE SE PUSO de pie.

—Discúlpame un momento —dijo a Carpenter. Fue hasta la cocina y entró en el comedor vacío que Elaine usaba para las fiestas—. ¿Hola?

—Habla Herbie Fisher. ¿Usted me llamó?

—Ajá. Hablé con tu tío Bob hace unos minutos y te recomendó para un trabajo.

—¿Qué clase de trabajo?

—Uno que implica una cámara fotográfica.

—Soy muy bueno para eso —respondió Herbie—. Cuénteme algo más.

—El trabajo es para mañana a la noche, así que deberás despejar tu agenda. Ven a mi oficina a las diez de la mañana. —Le dio la dirección.— Es la entrada para profesionales, en el nivel inferior.

—¿Cuánto paga?

—Lo hablaremos mañana por la mañana. —Stone cortó y regresó a la mesa. Elaine había ido a hablar con otras personas.

—¿Una cita tardía? —preguntó Carpenter.

—Negocios —respondió Stone.

—Ah, negocios.

—¿Por cuánto tiempo te quedas en la ciudad?

—Unos pocos días, a menos que se me ocurra algo para quedarme más.

Dino se levantó.

—Los dejo para que se les ocurra algo entre los dos.

—Buenas noches, Dino —dijo ella—. Espero volver a verte mientras esté aquí.

—Seguro que sí —respondió Dino y se marchó.

—Qué hombre encantador —comentó ella.

—Si tú lo dices. Felicity, ¿eh? Me gusta.

—Menos mal, porque no voy a cambiarlo.

—¿Ya cenaste?

—Tuve una cena de negocios hace un rato.

—¿Dónde te alojas?

—En casa de amigos.

—¿De amigos, dónde?

—Del lado este, por la Cuarenta.

—Muy cerca de casa. ¿Vendrías a tomar una última copa?

—Bueno.

Se pusieron los abrigos y, una vez afuera, Stone hizo ademán de detener un taxi.

—No busques —dijo Carpenter—. Tengo un coche, cortesía de mi agencia. —Hizo un gesto en dirección a un Lincoln negro, estacionado junto a la acera.

—Tanto mejor —repuso Stone, y fue a abrir la puerta para que ella subiera. Dio su dirección al chofer.

—Es en Turtle Bay —observó la inglesa.

—¿Conoces Turtle Bay?

—Sé consultar un mapa y una guía de la ciudad, así que conozco todo. ¿Tu casa da al jardín en común?

—Sí, así es.

—Tal vez puedas mostrarme el jardín por la mañana.

—Claro —respondió Stone, aunque no estaba muy seguro de lo que ella quería decir.

—¿Cómo puede hacer uno para tener casa propia en Nueva York, con lo que cuestan ahora las propiedades?

—Es fácil. Hay que tener una tía abuela que se muera y te deje la casa en herencia. Después, hay que romperse el alma para renovar todo.

—Estoy ansiosa por conocerla.

—No tienes que esperar más; ya llegamos. —Abrió la puerta y ella bajó. Se inclinó para hablar con el conductor.— Puede irse —le dijo.

A Stone le gustó oír eso. Subieron por las escaleras, abrió la puerta principal y guardó los abrigos en el placard del hall.

—No sabía que tenías amigos en Nueva York.

—Amigos por negocios.

—Ah, y supongo que en el placard del hall guardan una cantidad de disfraces de espías.

—En efecto.

Stone encendió unas luces del panel principal del living.

Carpenter entró en el salón.

—Es muy lindo —comentó—. ¿Tú elegiste los muebles, o contrataste a un decorador?

—La mayoría de los muebles estaban en la casa. Tuve que hacerlos retapizar; yo elegí los géneros.

—¿Sí? Me pareció detectar un toque femenino.

Stone no deseaba seguir por ese camino.

—Mi estudio queda por aquí —indicó, y le señaló el camino.

—Muy lindo el empapelado, y también las bibliotecas —comentó Carpenter.

—Las hizo y las diseñó mi padre.

—¿Tu padre, el comunista?

—Ex comunista. ¿Estuviste revisando mis antecedentes?

—Un poco. Madre pintora. Ambos desheredados por sus padres, que eran poderosos en la industria textil de Nueva Inglaterra. ¿Por qué?

—Mi padre, a causa de sus ideas políticas; mi madre, por casarse con mi padre. El único miembro de la familia que les hablaba era mi tía abuela. Ella compró esta casa y contrató a mi padre para que la arreglara. Eso impidió que se murieran de hambre cuando eran recién casados. ¿Qué más averiguaste sobre mí?

—Fuiste a la Universidad de Nueva York y luego a la Facultad de Derecho. Más adelante entraste en el Departamento de Policía de Nueva York y prestaste servicios durante catorce años, incluyendo once como detective. Te retiraste por problemas de salud. Una bala en la rodilla, ¿no?

—Sí, pero hubo otras razones, más bien políticas. El Departamento nunca se sintió muy cómodo conmigo.

—Ya me lo contarás cuando tengamos más tiempo.

—¿Ahora no tenemos tiempo?

—En realidad, no. ¿Dónde está tu dormitorio?

—Por aquí. —La llevó al piso de arriba.

Carpenter comenzó a quitarse la ropa.

—Creo que es mejor que nos acostemos —dijo—. Mañana tengo una reunión muy temprano.

Stone se quedó con la boca abierta. Carpenter se acercó y le cerró la boca con un beso suave.

—No debes creer todo lo que se dice sobre las correctas jóvenes inglesas —murmuró mientras comenzaba a desabotonarle la camisa.

—Voy a recordarlo —contestó él, y se puso a ayudarla.

Stone se despertó con la luz grisácea del amanecer que entraba por las ventanas que daban al jardín. Oía el ruido del agua de la ducha. Se levantó, buscó una bata, se cepilló el cabello y, cuando iba a buscarla, Carpenter salió del cuarto de baño con su bata de toalla, el rostro brillante, sin maquillaje.

—Buen día —lo saludó—. Estuviste muy bien anoche.

—Bueno, muchas gracias.

—Interesante cómo hablabas durante nuestro encuentro sexual. Los ingleses no lo hacen nunca.

—¿No?

—No, siempre parecen muy apurados. Tú, en cambio, te tomas tu tiempo, y eso me gusta.

—Y tú eres una gran sorpresa, Felicity.

—Ah, así lo espero —contestó ella—. Si no fuera así, mi apariencia profesional, que he compuesto con tanto cuidado, se vería muy comprometida.

Él le pasó los brazos por la cintura.

—Te aseguro que no. Como dije, eres una gran sorpresa.

Carpenter tomó su reloj de pulsera, que estaba sobre la cómoda.

—Creo que tenemos tiempo para hacerlo otra vez. ¿Quieres?

—Sin la menor duda.

4

STONE ESTABA EN la puerta, abrazando a Carpenter.

—¿Te llamo un taxi?

—Estoy a sólo una cuadra.

—¿De dónde?

—De... eh... la casa de mis amigos.

—¿Es una casa particular o un edificio de departamentos?

—Es muy cómodo, aunque esto me gusta más.

—¿Entonces por qué no te mudas acá por el tiempo que te quedes en Nueva York?

—Qué buena idea —dijo ella, y lo besó—. Veré si puedo arreglarlo.

—¿Cenamos esta noche?

—Me encantaría. Vendré a eso de los ocho.

—Hasta luego, entonces. —La miró caminar rápidamente por la calle y dar vuelta en la esquina. Luego entró y se preparó el desayuno.

Herbie Fisher llegó cuarenta minutos tarde a su cita. Era menudo, semejante a un hurón, vestía con elegancia y tenía una actitud irritante.

—Hola —saludó, y se desplomó en una silla del otro lado del escritorio de Stone.

—Llegas tarde —le reprochó Stone.

Herbie se encogió de hombros.

—El tránsito.

—Si te doy este trabajo, no puedes llegar tarde —advirtió Stone.

Fisher volvió a encogerse de hombros.

—Entonces búsquese otro —replicó, y se puso de pie.

Stone tomó el teléfono y apretó el botón de una línea que no existía.

—Joan —dijo—, consigue a ese muchacho que usamos el

mes pasado para ese trabajo fotográfico. —Cortó, fingió revisar unos papeles y luego levantó la vista.— ¿Todavía estás aquí?

—Está bien, está bien, ya entendí. Voy a hacer todo a su manera, tiempo incluido. ¿Cuánto paga?

—Quinientos —dijo Stone—. Ya bajó de mil. ¿Quieres llegar a doscientos cincuenta?

—Quinientos está bien —aceptó Herbie, arrepentido—. Tire la pelota.

Stone le alcanzó una hoja de papel.

—La pelota es que debes estar en esta dirección a las ocho de esta noche. ¿Puedes abrir una cerradura?

—¿Qué clase de cerradura?

—La puerta de calle de una casa particular de varios departamentos.

—No hay problema.

—Si no puedes abrirla, deberás lograr que alguien te deje pasar, o esperar a que salga alguno para entrar tú. Hay un ascensor; tómalo hasta el último piso, o bien sube por la escalera.

—¿Y qué llevo?

—Por lo menos dos cámaras, una lente ancha, digamos de treinta y cinco milímetros, un teleobjetivo mediano, de cien a ciento treinta y cinco milímetros. Película color de alta velocidad, sin flash. Cuando llegues al último piso, sube al techo. El departamento del sexto piso tiene una claraboya. En ese departamento, a eso de las nueve de la noche, estarán un hombre y una mujer. Quiero fotos explícitas de todo lo que hagan. ¿Está claro?

—Claro como el gin.

—Después te largas de allí y revelas las fotos. Lo haces tú; nada de laboratorios. ¿Entendido?

—Entendido. No se preocupe, tengo todo el equipo. ¿Quiénes son esas personas?

—No lo sé, y tú no quieres saberlo. Quiero los negativos y dos juegos de copias de ocho por diez, aquí, en mi escritorio, no más tarde de mañana a las diez de la mañana.

—Entendido —dijo Herbie—. Quiero que me pague ahora.

—Olvídalo. Quinientos, en efectivo, contra entrega. Si haces un trabajo limpio, sin problemas, y si me gusta tu trabajo, te daré mil. Ahora dime si hay algo de esto que no puedas manejar.

—Puedo manejarlo, todo bien, sin problemas —afirmó Herbie.

Stone le dio su número de celular.

—Llámame en cuanto hayas salido del edificio y estés a salvo. No escribas el número; memorízalo.

—Entendido.

—Entonces entiende esto, Herbie: si lo arruinas, yo jamás te oí nombrar. No me llames desde la comisaría para pedirme que pague la fianza. ¿Entendido?

—Entendido.

—Te quedarás allí hasta que tu tío Bob regrese de las islas Vírgenes.

—Sí, sí, sí, ya lo tengo claro —dijo Herbie, al tiempo que tomaba una de las tarjetas de Stone de una bandeja que había en el escritorio.

—Deja eso ahí —ordenó Stone—. Tú y yo no nos conocemos y no tenemos ninguna conexión.

—Por Dios, qué pesado —rezongó Herbie, y devolvió la tarjeta.

—Ahora sí entendiste todo —contestó Stone—. Pero, por las dudas, voy a repetírtelo. Si te atrapan, te acusarán de pervertido mirón, tal vez de intento de robo y, en el peor de los casos, de intento de chantaje. No iré a visitarte ni te llevaré galletitas. En resumen: si lo arruinas, te las arreglas solo.

Herbie levantó las manos en actitud defensiva.

—Ya le dije que entendí. Soy un profesional. Conozco los riesgos, y los aceptaré si las cosas salen mal.

—Si no estás aquí con las fotos mañana a las diez de la mañana, sabré que las cosas salieron mal y me iré a visitar a tu tío Bob en Saint Thomas durante un par de semanas. Y él atestiguará que estuve allí todo el tiempo.

—¿Cree que el tío Bob me haría eso?

—Ya me dijo que lo haría. Y tampoco a él le gustan los incompetentes.

Herbie asintió enojado y se marchó enseguida.

Stone rogó a Dios haber impresionado al muchacho.

Llamó a Joan por el intercomunicador.

—¿Sí, Stone?

—Por favor, resérvame una mesa para dos en el Café des Artistes, a las ocho y media.

—Claro. Y prometo no contárselo a Elaine.

—Más te valdrá. Si me muero, te quedas sin trabajo.

—Tienes razón.

—Y si me llama una mujer llamada Carpenter, dale el número de mi celular. No quiero perder su llamada.

—¿Alguien nuevo, Stone?

—Alguien de antes, pero nada vieja.

5

CARPENTER APARECIÓ en la casa de Stone a la hora exacta, seguida por un chofer uniformado que llevaba dos grandes valijas.

—Estoy aceptando tu invitación —dijo a Stone, y le dio un leve beso en los labios.

—Y eres muy bienvenida —contestó Stone—. Ponga las valijas en el ascensor —indicó al chofer—. Yo haré el resto.

Subieron juntos hasta el dormitorio y él le mostró dónde podía guardar su ropa.

—Hazlo rápido —dijo—. Tenemos una mesa reservada para dentro de media hora. —Miró el reloj: Herbie Fisher ya debía de estar en el edificio.

Stone utilizaba un servicio de conductores; cuando salieron de la casa, su chofer habitual ya estaba esperando con su Mercedes E55.

—Muy lindo —comentó Carpenter al ubicarse atrás, al lado de Stone.

—Y también blindado —añadió Stone—. Por las dudas de que alguien trate de hacerte daño.

—Estás bromeando.

—No. Hace un tiempo fui a una agencia a comprar un coche, y justo estaban exponiendo éste. Lo había encargado un mafioso, pero lo mataron un día antes de que se lo entregaran.

—Qué inoportuno.

—Pero conveniente para mí. En esa época también a mí solían dispararme, así que se lo compré a la viuda, con un lindo descuento. El blindado sólo sirve para armas pequeñas, no para bombas ni granadas.

—¿Hay muchas granadas y bombas en las calles de Nueva York? —preguntó Carpenter.

—No tantas como antes. Giuliani desalentó esa clase de conducta, y Bloomberg está haciendo lo mismo.

Llegaron al número 1 de la calle Sesenta y Siete oeste a tiempo para ocupar la mesa reservada en el Café des Artistes; de inmediato los ubicaron. Stone pidió dos *champagnes fraise des bois*.

—¿Qué es? —preguntó Carpenter.

—Una copa de champaña con un poco de licor de frutillas silvestres.

Llegaron las copas.

—Me gustan los murales —comentó Carpenter, contemplando las pinturas de ninfas desnudas que recibían a los conquistadores.

—Son una de las grandes razones por las que éste es uno de mis restaurantes preferidos —dijo Stone—. Fíjate que, aunque tienen caras diferentes, las ninfas parecen tener todas el mismo cuerpo. Creo que el artista, Howard Chandler Christy, tenía una modelo favorita.

—Espero que no estemos aquí solamente por los desnudos —dijo Carpenter.

—Por supuesto que no: la comida es excelente. —Miró de reojo el reloj. Herbie ya debía de estar en el techo.

Luego Stone pidió *charcuterie* y *bourride*, mariscos y pescados con una espesa salsa de ajo.

—Mmm —dijo Carpenter, saboreando la comida—. Con tanto ajo, es buena idea que los dos comamos lo mismo.

—Felicity —dijo Stone—. ¿En serio te llamas así?

—En serio. Era el nombre de mi abuela.

—¿Y cuál es tu apellido?

—No creo conocerte tanto como para decírtelo.

—Después de lo de anoche, creía que me conocías lo suficiente como para decirme cualquier cosa.

Ella rió.

—Está bien. Devonshire.

—¿Como el condado?

—Exacto.

—Felicity Devonshire. Parece el nombre de una actriz de *Masterpiece Theatre*.

—¿Y qué es eso?

—Es un programa que da obras de teatro de la televisión inglesa.

Stone volvió a consultar su reloj: las nueve y media. Herbie llamaría en cualquier momento.

—¿Por qué miras todo el tiempo tu reloj? —preguntó Carpenter.

—Lo lamento, pero esta noche sucederá algo, y espero la llamada que me avise que todo salió bien.

—Parece que trabajaras en lo mismo que yo.

—No exactamente. Aunque quizás usemos las mismas técnicas.

—¿Cuál es la técnica de esta noche?

—Cámara indiscreta.

—¿Espiar por el ojo de la cerradura? ¡No te creo!

—En el amor y en el divorcio todo vale.

—Creía que los ingleses llevábamos la delantera en ese asunto, con excepción de los franceses.

—No es así. En el estado de Nueva York no vale la ausencia de culpa.

—¿Qué es la ausencia de culpa? Suena a seguro automotor.

—Significa que en algunos lugares se considera legalmente que el divorcio no es culpa de ninguna de las partes. En muchos estados rige este concepto, pero en Nueva York no. En Nueva York se necesita causal para el divorcio: crueldad o, sobre todo, adulterio. A veces mis clientes me piden pruebas para poder divorciarse. En este caso en particular, las pruebas son más importantes que el divorcio en sí, ya que el marido firmó un convenio prenupcial que establecía que, si la engañaba, no obtendría nada de la considerable fortuna de su esposa.

—Pobre hombre.

—Tal vez ya te lo haya preguntado, pero ¿por qué no te casaste nunca?

—Por el trabajo. Mi agencia desaprueba el matrimonio, a menos que sea dentro de la institución. Casarse fuera de la profesión casi garantiza el divorcio, en general desagradable, y a la agencia no le gusta esa clase de publicidad.

—¿Nunca te atrajo ninguno de los caballeros de tu actividad?

—Sí, en otra época sí. Hace un par de años tuve una relación seria con uno de mis colegas, aunque no tan seria como creí. Cuando le ofrecieron un cargo en el extranjero lo aceptó con una velocidad que me molestó. Rompí de inmediato. Él hizo la elección equivocada.

—Tal vez no haya sido tan equivocada, si pudo dejarte con tanta facilidad.

—Totalmente de acuerdo. Así que lo superé. Tú eres mi primer... eh... romance desde entonces. Por eso anoche estaba tan ansiosa por meterte en la cama. Espero no haberte desconcertado con mi agresividad.

—¿Parecía desconcertado?

La joven rió.

—No, no creo. Estuviste... muy interesante.

—¿Y qué quieres decir con eso, exactamente?

—Quiero decir exactamente eso. No te preocupes, es un cumplido muy considerable.

Terminaron el plato principal y comieron el postre. Para cuando les sirvieron el café, Stone ya se había olvidado de Herbie Fisher. Entonces vibró su celular. Miró la hora: poco más de las once.

—¿Me permites? —preguntó, mostrando el celular.

—Adelante —respondió Carpenter.

Stone atendió.

—¿Sí?

—¡No fue mi culpa! —dijo Herbie, muy agitado.

—¿Qué?

—La maldita claraboya debía de estar muy vieja o algo así.

—¿Qué diablos pasó? —quiso saber Stone, tratando de conservar la calma.

—Se derrumbó —explicó Herbie—. Me caí encima de ellos.

—Te caíste... —Stone calló y miró alrededor.— ¿Dónde estás?

—No es mi culpa que ese sujeto se haya muerto —explicó Herbie.

—¿El sujeto... *qué*?

—Tiene que venir acá.

—¿Adónde?

—Me van a procesar.

—Escúchame bien —ordenó Stone—, no le digas una palabra a nadie: ni policía ni detective ni *nadie*. ¿Entendiste?

—¡Por supuesto que entiendo! ¿Cree que soy estúpido?

—Llegaré en una hora. Mantén la boca cerrada —dijo Stone, y cerró el celular.

—¿Alguien le metió un dedo en el ojo mientras espiaba por la cerradura? —preguntó Carpenter.

—Algo por el estilo —respondió él, mientras pedía la cuenta con una seña.

—No pareces muy contento.

—No estoy nada contento —respondió Stone, que sentía que podía vomitar la comida sobre la mesa—. Esto está feo, muy feo.

Firmó la cuenta, tomó del brazo a Carpenter y se dirigió a la puerta.

—¿Adónde vamos?

—Yo voy al tribunal y tú vas a casa.

—No, de ninguna manera. Iré contigo; quiero ver cómo es un juzgado de noche.

Stone la hizo subir al coche.

—Quizá demoremos un rato.

—Tengo toda la noche —respondió Carpenter.

—Esto está feo, muy feo —repitió Stone, casi para sí, mientras el coche arrancaba.

6

STONE SE SENTÓ en uno de los cuartitos donde los abogados se entrevistaban con sus clientes. Carpenter estaba arriba, en la gran sala del tribunal, observando cómo se hacía justicia en los Estados Unidos.

Se abrió la puerta opuesta del cubículo y entró Herbie Fisher. Tenía un aspecto horrible: sin cinturón ni cordones en los zapatos, el cabello revuelto y una expresión de terror en la cara flaca. Se sentó en el banco situado frente a Stone y se aferró al tabique de alambre que los separaba.

—Tiene que sacarme de aquí —rogó, con los ojos llenos de lágrimas.

—Tranquilo, Herbie. Nadie te va a matar.

—Lo dice porque no ha visto a los sujetos con los que comparto la celda —replicó Herbie—. Ahora tiene que sacarme de aquí.

—Herbie, ¿recuerdas la charla que tuvimos ayer? —preguntó Stone—. ¿Cuando te dije que si lo echabas a perder tendrías que arreglártelas solo?

—¡Pero no fue culpa mía! —gritó Herbie.

—Baja la voz. Ahora quiero que me cuentes exactamente lo que pasó.

—Primero sáqueme, y después se lo contaré.

—Herbie, a menos que me digas lo que pasó, y me lo digas ahora mismo, me iré y te dejaré para que te pudras en una celda.

—¡No puede hacer eso! ¡Tiene que sacarme! No puedo quedarme preso.

—Herbie, escúchame con mucha atención. Respira hondo y cálmate.

Herbie le hizo caso.

—Voy a decirte lo que pasará.

Herbie parecía un poco más tranquilo.

—En algún momento de la noche te llevarán al tribunal. Los cargos contra ti pueden ser homicidio no premeditado u homicidio por negligencia, escalamiento de morada o intento de robo. ¿Me entiendes?

—¡Pero yo no maté a nadie! —gimió Herbie—. ¡Tiene que sacarme de aquí!

—Cierra la boca y escúchame. En el tribunal te representará un abogado, y tú te declararás inocente de todos los cargos. Después te estipularán una fianza y podrás salir. Desayunarás en tu casa.

—¿Me representará usted? —preguntó Fisher con tono quejumbroso.

—No, te representará otro abogado. No mencionarás mi nombre ni a él ni a nadie. ¿Entendido?

—Ajá.

—Ahora quiero que me cuentes exactamente lo que sucedió. Empieza desde cuando entraste en el edificio.

Herbie volvió a respirar profundamente.

—La puerta de abajo estaba abierta... entreabierta, digamos. No tuve más que empujarla, y se abrió.

—Bien, eso ayuda para los cargos de escalamiento de morada.

—Después tomé el ascensor hasta el sexto piso, como usted me dijo, y encontré una puerta para llegar al tejado. Cuando salí, la puerta se cerró y me asusté, porque pensé que me quedaría atrapado en la azotea y tendría que bajar por un caño de desagüe o algo así.

—Muy bien, llegaste al techo. ¿Y qué sucedió entonces?

—El departamento que veía por la claraboya estaba a oscuras. Luego, un poco antes de las nueve, se encendió una luz y pude ver el interior.

—¿Qué viste?

—En la habitación había una chica, que estaba armando una de esas camillas portátiles. Las conoce, ¿no?

—Sí. Continúa.

—Bueno, ella armó todo, con mucho cuidado, según parecía. Encendía y apagaba las luces, hasta que quedaron como quería. Después tendió las sábanas y puso sus cosas en la mesa.

—Bien. Sigue.

—Entonces, un poco después de las nueve, llegó el sujeto y se sacó la ropa. En realidad, se la sacaron los dos.

—¿Se besaron o se abrazaron?

—Sólo un beso en la mejilla y una palmada en el trasero.

—¿Sacaste fotos de eso?

—No, todavía no. Estaba preparando mi equipo.

Stone se contuvo para no gritarle.

—Continúa. ¿Qué pasó después?

—El sujeto se subió a la camilla, boca abajo, así que pensé que no serviría de nada sacarle fotos, porque no se le veía la cara.

—¿Entonces no tomaste ninguna foto?

—No, todavía no. De todos modos, la muchacha lo frotaba por todos lados y él como que se retorcía. Entonces se dio vuelta y pude verle la cara.

—¿Y ahí empezaste a fotografiarlo?

—No, todavía no.

—Herbie, ¿sacaste alguna foto?

—Claro que sí.

—¿Cuándo?

—Ya voy llegando. La chica se puso a hacerle masajes en el instrumento... ya sabe... y él se retorcía. Pero yo no tenía un buen ángulo, así que me arrastré hasta encima de la claraboya, para hacer una mejor toma.

—¿Entonces, cuando tuviste un buen ángulo, comenzaste a disparar la cámara?

—Sí. Hice un par de tomas amplias con la lente de treinta y cinco milímetros; y en ese momento oí... no, supongo que sentí... que algo crujía debajo de mí. ¿Se da cuenta?

—Sigue, Herbie.

—Entonces dejé de sacar fotos y me puse a pensar cómo podía salir de la claraboya.

—¿Dejaste de sacar fotos?

—Bueno, sí; la claraboya hacía unos ruidos como si fuera a romperse, y yo tenía que salir de ahí.

—¿Y saliste?

—No exactamente.

—¿Qué quieres decir?

—Estaba por bajarme cuando la claraboya volvió a crujir y la chica levantó la vista, justo mirando para mi lado.

—¿Fotografiaste su cara?

—No estoy seguro. Todo empezó a pasar muy rápido —dijo Herbie.

—¿Qué sucedió?

—El sujeto estaba acostado ahí, como si se hubiera quedado dormido. Y la muchacha empezó a alejarse de la camilla.

—Sí. ¿Y?

—Entonces la claraboya se hundió y yo empecé a caer en la habitación.

—¿Y qué pasó a continuación?

—No me acuerdo.

—¿Cómo no te acuerdas?

—Bueno... creo que me desmayé durante un rato, y cuando me desperté, yo estaba acostado encima de él, y él estaba muerto.

—Espera un momento —lo interrumpió Stone—. ¿Cómo sabes que estaba muerto?

—Por la forma en que miraba, con los ojos fijos. No pestañeaba ni nada.

—¿Qué hiciste entonces?

—Me levanté, me saqué los vidrios de encima y me puse a caminar un poco a ver si tenía algo roto. Algo roto en mi cuerpo, quiero decir.

—Pero estabas bien, ¿no?

—Sí, pero el sujeto estaba muerto. Aunque tal vez le rompí la pierna.

—¿Cuando te le caíste encima?

—Sí. Caí sobre sus piernas.

—Pero eso no pudo matarlo.

—Es lo que estaba tratando de decirle. Yo no maté a ese hombre, no pude hacerlo.

—¿Qué sucedió entonces?

—Oí que venían esos sujetos. Parecía que venían muchos por las escaleras.

—¿No usaron el ascensor?

—No.

—¿Y qué pasó después?

—Me imaginé que eran policías, así que busqué un lugar donde esconder la cámara y vi los leños de la chimenea. Saqué uno, escondí la cámara y la tapé con los demás. Estaba buscando una forma de salir de la habitación, cuando se abrió la puerta y entraron todos esos sujetos.

—¿Eran policías?

—Supongo.

—¿Tenían uniforme?

—No. Parecían detectives, vestidos de civil.

—¿Y qué hicieron?

—Un par de ellos me agarraron y me tiraron contra la pared, y los otros fueron a ver al hombre desnudo acostado en la camilla. Uno dijo que el sujeto tenía la pierna rota, y otro dijo que estaba muerto.

—¿Y entonces?

—Entonces se fueron.

—¿Se fueron? ¿Quieres decir que se fueron y te dejaron solo?

—Ajá. Uno dijo: "No te muevas". Y eso hice.

—¿Y después qué?

—Traté de encontrar otra forma de salir del departamento que no fuera por la puerta, pero no había. Así que me senté en una silla y miré al muerto durante un minuto. Entonces llegó la policía. Esta vez tenían uniformes y armas. Y me arrestaron y me llevaron a la comisaría, donde me metieron en un camión con unos sujetos realmente horribles y me trajeron acá.

—¿Así que los detectives se fueron y unos minutos más tarde llegaron los policías?

—Sí, salvo que no estoy seguro de que fueran detectives.

—¿A qué te refieres?

—Bueno, cuando hablaban entre ellos tenían un acento gracioso.

—¿Qué clase de acento?

—Como ese que se oye por televisión, en la serie *Mystery*.

—¿Quieres decir acento británico?

—Eso, como los policías ingleses.

Stone estaba perplejo.

—Escucha: voy a conseguirte un abogado y arreglar la fianza. Si tu abogado te pregunta sobre tu relación conmigo, le dirás que soy amigo de tu tío Bob, que no está en la ciudad, y que cuando pensaste que necesitabas un abogado, me llamaste. ¿Entendido?

—Sí.

—Cuando te fijen la fianza y salgas, vete a tu casa y duerme. Yo me ocuparé de esto y te llamaré cuando descubra algo.

—De acuerdo.

—Herbie, ¿te arrestaron alguna vez?

—No, hasta esta noche no.

—¿Nunca? ¿Ni por manejar borracho? ¿Por hurto? ¿Por alteración del orden público? ¿Alguna otra cosa? Si te han arrestado lo descubrirán, y eso agravará las cosas.

—Nunca. Estoy limpio.

—¿Tienes trabajo?

—Sí, trabajo con una máquina para revelado fotográfico en una hora, en un negocio de Brooklyn.

—¿Cuántos años tienes?

—Veintidós.

—¿Vives con alguien?

—Tengo un departamento pequeño, cerca de donde trabajo.

—Dile todo esto a tu abogado.

—¿Cómo se llama?

—Todavía no lo localicé. Lo haré ahora.

—¿Cuándo saldré de aquí?

—Cuando te llamen a declarar. Puede ser en dos o tres horas; es imposible saberlo ahora. Tu abogado lo averiguará. —Stone apretó el timbre para llamar al guardia.— Regresa a tu celda y mantén la boca cerrada. No hables con nadie sobre por qué estás aquí, y no te hagas amigo de nadie. Cualquiera de tus compañeros te vendería por un paquete de cigarrillos.

—Está bien.

El guardia se llevó a Herbie, y Stone subió a la sala del tribunal.

7

STONE ENTRÓ EN la sala y miró alrededor. Vio a Carpenter sentada en la segunda fila, aparentemente absorta. Siguió mirando hasta que vio a su hombre, esperando junto a un prisionero de mameluco anaranjado que aguardaba el proceso. Tony Levy era bajo, robusto y astuto. Se ganaba la vida como abogado de casos que conseguía merodeando por los juzgados. Stone lo había encontrado muchas veces en los tribunales, y consideró que resultaba perfecto para lo que necesitaba aquella noche. Se le acercó y le dio una palmada en el hombro.

—Hola, Stone —dijo Levy, sonriendo y ofreciéndole la mano—. Hace tiempo que no te veo por estos lados.

—Trato de quedarme en el distrito residencial. Tengo un caso para ti. ¿Podemos hablar?

Levy se volvió hacia su cliente, que tenía una cantidad de cargos en su contra.

—No te vayas a ningún lado por un rato —le dijo, e hizo una seña a Stone para que lo siguiera hasta una pequeña sala de conferencias—. ¿Qué pasa? —preguntó.

—El sobrino de un amigo mío. ¿Conoces a Bob Cantor?

—¿El ex policía? Sí, lo tuve de testigo unas cuantas veces.

—Su sobrino, que se llama Herbert Fisher, está abajo esperando que lo citen por cargos de homicidio no intencional, intento de robo y no sé qué más.

—Precioso —dijo Levy.

—Parece que estaba tomando fotos para un caso de divorcio y se cayó a través de una claraboya, encima de un hombre al que una joven estaba haciendo masajes.

—¡Diablos!

—Correcto. El problema es que, cuando Herbie cayó, el otro ya estaba muerto.

—¿Y ése es el homicidio no intencional?

—Sí, y parece que hay algo mal, porque Herbie cayó sobre las piernas del sujeto. La policía entró y se lo llevó. Después puedo ocuparme de que le reduzcan los cargos, pero ahora quiero que quede en libertad bajo fianza. Voy a llamar a Irving Newman y arreglar el asunto, para que su hombre en la corte esté listo para ti.

—De acuerdo.

—Herbie tiene veintidós años; sin antecedentes; trabaja y es dueño de un departamento. Me imagino que pedirán veinticinco mil de fianza, pero estaré preparado para más, de ser necesario.

—Muy bien. Y a mí me pagarás mil.

—Te enviaré efectivo mañana, con un mensajero —prometió Stone—. No quiero que en ningún papel aparezca mi nombre conectado con esto. De hecho, no quiero que se me asocie a esto de ninguna manera. ¿Entiendes?

—Más claro, imposible. Imagino que a los socios de Woodman y Weld no les gustarían las actividades de Herbie.

—Prefieren que yo mantenga distancia de los tribunales nocturnos, salvo por algún cliente de ellos —respondió Stone—. Así que me voy ya mismo. Llámame a mi celular si tienes algún problema que no puedas manejar. El chico está aterrorizado y necesita dormir en su cama esta noche.

—Haré todo lo necesario, salvo acostarlo —replicó Levy.

Stone se dirigió hasta donde se hallaba Carpenter, le tocó el hombro y le indicó que lo siguiera.

—¿Te gustó? —le preguntó cuando salieron al corredor.

—Es fascinante —dijo ella—. ¿Cuándo empieza tu caso?

—No es mi caso. Sólo le estoy haciendo un favor a un amigo. Otro abogado se encargará de representar al muchacho. —Sacó su celular y marcó un número.— Discúlpame un minuto.

—¿Hola? —La voz no sonaba soñolienta. Irving Newman, el fiador de fianzas preferido de Stone, estaba acostumbrado a que lo despertaran durante la noche.

—Irving, habla Stone Barrington.

—Stone, ¿estás bien? ¿Cuánto te piden para salir?

—Gracias, Irving, estoy bien y no se trata de mí —respondió, riendo divertido—. Estoy en los tribunales nocturnos. ¿Conoces a Bob Cantor?

—¿El ex policía?

—Sí. Su sobrino, un tal Herbert Fisher, está acusado de homicidio no intencional, intento de robo y un par de cosas más. Me imagino que la fianza será de veinticinco mil, pero, por las dudas, debes estar listo para más.

—Voy a llamar al contacto que tengo en la corte —respondió Irving—. ¿La garantía es tu casa? —Eso era lo que Irving entendía por una broma.

—Sí, claro, seguro, Irving. Llama a mi secretaria por la mañana y te mandará con un mensajero los veinticinco mil en efectivo. Nunca hablamos de esto, ¿de acuerdo?

—Por supuesto que no. Ni siquiera sé quién diablos habla —y cortó.

Stone cerró su celular y lo guardó. Tomó a la joven del brazo y la llevó hasta el coche que los esperaba.

—Y bien, ¿de qué se trata todo esto y por qué no querías contármelo allá adentro? —preguntó Carpenter.

—Tengo que limitarme a dar la información estrictamente necesaria. Tú sabes de esas cosas en tu trabajo, ¿no?

—Bueno, ya sé el nombre de tu cliente, los cargos y que Irving se encargará de la fianza.

—Herbie no es mi cliente. Simplemente le estoy haciendo un favor a un amigo.

—De algún modo, creo que el favor se remonta a lo que pasó esta noche, más temprano. Te pasaste mirando el reloj durante toda la cena; era evidente que esperabas una llamada y que, cuando llegó, no era lo que esperabas.

Stone señaló al conductor y se puso el dedo sobre los labios.

—Muy bien —aceptó ella—. Cuando lleguemos a casa no me iré a la cama contigo hasta que no me cuentes todo.

Carpenter permanecía al pie de la cama, con la bata incitantemente entreabierta, dejando ver un cuerpo bien formado y esbelto.

—Ahora cuéntame toda la historia.

Stone la contempló, muy dispuesto para otra cosa.

—Ah, ven a la cama —murmuró.

Carpenter se cerró la bata con firmeza.

—No hasta que me cuentes.

—Esto es chantaje.

—No, es extorsión. Como abogado, deberías conocer la diferencia.

—Bueno, está bien. Contraté a un fotógrafo para que sacara fotos sucias a un hombre casado mientras estaba con una damita soltera, en una situación comprometedora. El fotógrafo se entusiasmó y se cayó por una claraboya y terminó encima del hombre, que por algún motivo murió. Llegó la policía y se llevó al fotógrafo. Carpenter parecía muy interesada.

—¿Quién era el muerto?

—No necesitas saberlo.

—Lo leeré mañana en los periódicos, Stone.

—Ah, está bien. Era un compatriota tuyo, un tal Lawrence Fortescue, casado con una clienta mía.

El rostro de la joven permaneció inexpresivo.

—¿Y está muerto?

—Totalmente. Herbie no puede entender cómo sucedió, porque él golpeó contra las piernas del sujeto. No era motivo para que se muriera. Y algo curioso: llegaron un montón de hombres, vestidos de civil, algunos con acento británico, según le pareció a Herbie por las series inglesas de detectives.

—¿Y qué sucedió con la mujer involucrada?

—Eso es lo raro: no sé. Herbie estuvo desmayado por un rato. Ella debe de haber huido, algo que, dadas las circunstancias, fue muy astuto.

—Necesito usar el teléfono de la otra habitación —dijo Carpenter—. Y no se te ocurra escuchar.

—¿No vienes a la cama?

—En un minuto —respondió ella, abriendo la puerta—. Y no te quedes dormido.

Stone vio que se encendía la luz del teléfono y resistió la tentación de escuchar.

Diez minutos más tarde seguía contemplando la luz, hasta que se quedó dormido.

8

A LA MAÑANA TEMPRANO, Stone se despertó para ir al baño, y sólo después de aliviar su vejiga y volver a la cama se dio cuenta de que estaba solo. Se incorporó y llamó a Carpenter, pero no obtuvo respuesta. Se levantó y la buscó en el cuarto de baño y luego en el estudio. Ella se había marchado, pero sus cosas seguían allí. Stone volvió a la cama y comenzó a recordar lo que había sucedido durante la noche. Al cabo de varios minutos se sentó en la cama y miró el reloj. Eran las nueve y diez, y había dormido como un tronco.

Tomó el teléfono y llamó a Dino a su oficina.

—Bacchetti —ladró Dino al atender.

—Habla Stone.

—No digas nada más. Te espero en Clarke's para almorzar —y cortó la comunicación.

—A la mierda —dijo Stone en voz alta. Ya completamente despierto, se duchó, se afeitó y vistió; luego bajó a su oficina, en la planta baja del edificio. Mientras entraba en su despacho por la puerta trasera, oía el teclear de la computadora de su secretaria, Joan Robertson. El teclado calló.

—Ya llegué —anunció Stone.

Joan apareció en el vano de la puerta.

—Herbie Fisher llamó tres veces en los últimos veinte minutos —le informó, al tiempo que dejaba el papel del mensaje sobre su escritorio.

Stone gruñó.

—Llámalo. Voy a almorzar con Dino, así que no me aceptes nada hasta después de las tres.

Joan salió; se encendió la luz del teléfono de Stone y luego sonó la campanilla de la extensión.

Stone levantó el auricular.

—Cierra la boca, Herbie —dijo antes de que el muchacho pudiera hablar.

—¿En qué me metió? —aulló Herbie.

—Te dije que te callaras, y si no lo haces corto la comunicación y te las arreglas solo con tus problemas legales.

Herbie obedeció.

—Ahora escúchame con atención, porque ésta es la última vez que tú y yo vamos a hablar, por teléfono o en persona. ¿Me entendiste?

—Sí —respondió Herbie, contrito.

—Voy a ocuparme de que todos los cargos contra ti se reduzcan...

—¿*Reduzcan*? ¡Pero igual iré a la cárcel!

—Cierra la boca, Herbie.

—Disculpe.

—Voy a ocuparme de que reduzcan los cargos contra ti, de manera que todo termine en libertad condicional en lugar de cárcel.

—Pero me quedarán antecedentes —se quejó Herbie.

—Cállate, Herbie.

—Perdón.

—No tienes arrestos ni condenas anteriores y tienes empleo, así que conseguirás una libertad condicional no supervisada, sin necesidad de presentarte cada semana en el tribunal.

—Eso sería bueno.

—Será mucho más que bueno, ya que la alternativa sería una condena de cinco a siete años de cárcel por homicidio culposo.

—¿Y cuándo me pagará?

—¡¿Pagarte?! —gritó Stone—. ¿*Pagarte por qué*?

—Bueno, el trabajo lo hice, ¿no? Más o menos... —se justificó Herbie.

—¿Sí? Entonces, ¿dónde están las fotos de dos personas haciéndose cosas privadas?

—Bueno, mi cámara todavía está en el departamento —señaló Herbie—. Puedo volver y...

—¡Ni se te ocurra acercarte a ese departamento! —aulló Stone.

—¿Podría dejar de gritarme? —dijo el muchacho, mortificado—. No es muy considerado de su parte. Y le aclaro que mi cámara es nueva y que la garantía está registrada a mi nombre, y si la policía la encuentra podrá llegar hasta mí, ¿no le parece?

Por un momento, Stone quedó desconcertado con el planteo de Herbie, aparentemente razonable. Pero no por mucho tiempo.

—Ya te arrestaron por estar en ese departamento. ¿Qué diferencia haría que rastrearan la cámara hasta ti?

—Ah —dijo Herbie—. Claro.

—Deja la cámara por mi cuenta —ordenó Stone—. ¿Dónde trabajas?

—En Walgreens, en Brooklyn. —Herbie le dio la dirección y el número de teléfono.

—Escucha —dijo Stone—, si logro recuperar la cámara, y si las fotos sirven para algo, y si tú nunca, jamás, por ninguna razón, vuelves a llamarme, entonces te pagaré.

—Me parece justo —repuso Herbie, en apariencia convencido de que ése era el mejor trato que obtendría.

—¿Tony Levy te dio su tarjeta?

—¿Quién?

—El abogado que anoche te consiguió la fianza.

—Ah, él. Sí.

—Si tienes más problemas con la policía, llama a Levy, no a mí. Él se ocupará de la situación.

—De acuerdo.

—¿Cuánto salió tu fianza?

—Doscientos cincuenta mil dólares.

—¿*Qué*?

—Eso es lo que dijo la juez.

—Ah, mierda —murmuró Stone—. Si te escapas, Herbie, te atraparé y tendrás que enfrentarte conmigo. ¿Me oíste?

—Lo oí.

—¿Levy te explicó las condiciones de tu fianza?

—Sí.

—Ahora te quedarás quieto y esperarás hasta saber sobre los cargos. Cuando yo sepa algo llamaré a Levy, y él te llamará.

—Entendí.

—¿Y entendiste que no debes volver a llamarme?

—Correcto. Y como no voy a volver a hablarle, me gustaría decirle que fue un placer haber trabajado con usted y...

Stone cortó de un golpe la comunicación, maldiciendo. Llamó a Joan por el intercomunicador.

—¿Sí, jefe?

—Joan, por favor, saca efectivo de la caja fuerte. Envía con un mensajero, para que entregue en mano, veinticinco mil para Irving Newman y mil para Tony Levy. Las direcciones están en la agenda.

—¿Ahora mismo?

—Almuerza tranquila y hazlo después. Y que lo cuenten y nos den recibo.

—Así lo haré, pero nos quedaremos con muy poco efectivo.

—Está bien. —Stone cortó y oyó que el estómago le hacía ruido. No había desayunado, y era temprano para almorzar. Apoyó la frente sobre la superficie fría del escritorio y trató de vaciar su mente.

Entonces lo llamó Joan.

—Bill Eggers por la línea uno —dijo.

Con un gemido, Stone tomó la comunicación.

9

Eggers no estaba feliz.

—¿Viste el Daily News de esta mañana?

—No.

—Bueno, el resto del planeta sí. No sé cómo te lo perdiste.

—Bill...

—Tu muchacho mató a Larry, ¿sabes?

—Bill...

—Elena quería que lo atraparan, no que lo liquidaran.

—Bill...

—Explícame cómo pudo ocurrir.

—¿Accidentes que a veces ocurren? —propuso Stone con optimismo.

—¿Accidente? ¡Eso no fue un accidente! Fue pura estupidez e ineptitud total. ¿Sabes que Elena Marks, junto con su fideicomiso, es una de las clientas más importantes y redituables de este estudio? Y ahora tengo que ir para explicarle...

Stone apretó el botón de espera y llamó a Joan por la otra línea.

—¿Sí, jefe?

—Por favor, ve ya mismo a comprar un ejemplar del Daily News.

—Regreso en un minuto.

Stone volvió a apretar el botón.

—...y también a cada socio del estudio. Tú y yo tenemos una reunión con Elena Marks a las tres de la tarde en su departamento, y más te valdrá que estés preparado para sacar las papas del fuego. Y entretanto, si la prensa se entera de tu relación con este fiasco, tendrás que buscarte otra carrera o un país donde te dejen ejercer como abogado. ¡Y cuando vayas a lo de Elena, te conviene no olvidarte esas fotos!

—Bill... —Pero ya había cortado la comunicación.

Cuando oyó que Joan regresaba, la llamó.

—Por favor, consígueme a Tony Levy; prueba con el celular.

—Se quedó mirando a la pared, mientras trataba de pensar qué iba a hacer.

—Levy en la uno —anunció Joan.

Stone tomó la comunicación.

—¿Sacaste a Herbie con una fianza de doscientos cincuenta grandes? —preguntó.

—Tranquilo, Stone —dijo Levy.

—¿Tranquilo? Con veinticinco mil puedo sentirme tranquilo. Un cuarto de millón me pone muy, muy nervioso.

—El juez Simpson se descompuso en la corte y lo reemplazó la juez Kaplan. Ya sabes cómo es ella. Tuve suerte de conseguir que le concediera fianza a Herbie. Tuvimos suerte de que no ordenara su ejecución.

—¿Kaplan se hizo cargo? —preguntó Stone. Tony tenía razón: Kaplan era implacable—. ¿Le explicaste a Herbie la importancia de que cumpla con los términos de la fianza?

—No te preocupes. Con todo lo que le dije, no se escapará.

—Si lo hace, te haré pagar la mitad de la fianza.

—Ni lo sueñes —respondió Levy con tranquilidad—. Hice todo lo que pude. Ni siquiera tú hubieras conseguido nada mejor con Kaplan. ¿Dónde está mi dinero?

—Te llegará a la hora del almuerzo.

Joan le dejó un ejemplar del periódico sobre el escritorio.

—Veo que estuviste hablando con la prensa —continuó Stone mientras miraba la nota, que comenzaba en la primera página y seguía en las interiores.

—Pero tu nombre no figura en ningún lado, ¿no? —replicó Levy—. Déjame disfrutar de mi pequeño momento de gloria, Stone. Es todo lo que puede esperar un picapleitos como yo. Al fin y al cabo, no todos podemos hacer el trabajo sucio para Woodman y Weld.

—Esto no tiene nada que ver con el estudio —dijo Stone.

—Sí, claro, seguro, Stone. Y yo voy a representar a las hijas de Bush la próxima vez que las arresten por llevar bebidas alcohólicas al colegio. No te preocupes, compañero, no voy a molestarte ni a chantajearte. Pero será mejor que me consigas más trabajo pronto, o puede que se me afloje la lengua. —Colgó, riendo como un loco.

Stone entró en P. J. Clarke's, se abrió paso entre el gentío que llenaba el lugar y se encontró con Dino en una buena mesa del salón de atrás.

—Buen día, teniente.

—Siéntate —respondió Dino—, y cállate.

—¿Qué te pasa hoy? —preguntó Stone—. ¿Por qué ya no puedo hablar?

—Porque ya sé todo lo que vas a decir —respondió Dino, que bebió media cerveza e hizo una seña al camarero—. Dos hamburguesas medianas con queso y jamón, dos porciones de chile y una cerveza. —El camarero se retiró.

—En cuanto a lo de anoche... —comenzó Stone.

—Ya sé todo lo de anoche —lo cortó Dino—. Cualquiera que sepa leer ya lo sabe. —Golpeó el ejemplar del periódico, que descansaba sobre la mesa.

—Tengo algunas preguntas —dijo Stone.

—Y yo te las contestaré. Primera: la muchacha se escapó de mi gente por el techo. Parece que era ágil como un gato salvaje, o sea más de lo que se puede decir de tu muchacho Herbie. Segunda: los cuatro hombres de traje que entraron primero trabajan para un servicio de Inteligencia extranjero, y su país de origen quiere permanecer en el anonimato. Tercera: ellos y los policías llegaron tan pronto porque estaban en el rellano de abajo, esperando a una o a las dos personas del departamento. Cuarta: no, no sé dónde están las fotos que sacó Herbie. ¿Alguna otra pregunta?

Stone sacudió la cabeza.

—Gracias a Dios, Herbie mantuvo mi nombre fuera de esto.

—¿Sí? ¿Qué te hace pensarlo? En el coche de la policía soltó todo, lo mismo que en las escaleras y en la declaración; hablaba tan rápido que casi resultaba imposible seguirlo, y tú eras la estrella de su historia. —Dino hizo un ademán con una mano y casi derramó su cerveza.— ¡La figura estelar!

El camarero les sirvió la comida.

—Voy a vomitar —murmuró Stone.

—Bueno, que sea en tu sombrero, compañero, porque aquí estoy comiendo.

—No puedo comer esto —dijo Stone, y comenzó con el chile.

—No te preocupes; el detective sabía que éramos amigos y se lo guardará para él, y yo ya borré la grabación.

—Muchas gracias, Dino.

—¿Eso es todo lo que puedes decir? Tendrías que ofrecerme el dulce cuerpo de Carpenter en bandeja.

—De alguna manera Carpenter está metida en esto —soltó Stone—. Tengo la sensación de que ella conoce el país de origen de los caballeros de anoche. Cuando le conté lo que había pasado, se puso a hacer llamadas telefónicas, y cuando me desperté vi que no había dormido en la cama.

—Pobre Stone.

—No creo que la caída de Herbie haya matado a Larry Fortescue.

—Yo tampoco —contestó Dino—, pero es probable que nunca lo sepamos.

—¿Por qué? El examen del forense nos lo dirá todo.

—Esta mañana el forense estaba a punto de usar el bisturí cuando llegaron dos sujetos con una orden de los tribunales federales y se llevaron el cuerpo en una camioneta.

—Mierda.

—Más o menos lo mismo que siento yo.

—Todo este asunto está completamente fuera de control.

—Bueno, completamente fuera de *nuestro* control —corrigió Dino—. Pero *alguien* debe de saber lo que sucede. Por cierto, en el Departamento de Policía no.

Stone terminó su chile.

—Yo sé algo que tú no sabes —dijo.

—¿Qué?

—Sé dónde están las fotos.

—Las quiero ahora —gruñó Dino, y empujó la mesa para levantarse.

—Espera un momento —lo detuvo Stone—. Tú te quedas con un juego de copias; yo, con otro y los negativos.

—Trato hecho —accedió Dino, y se puso de pie.

—Y necesito las copias reveladas para las dos y media, sin que nadie se entere. ¿Conoces a alguien que pueda hacerlo?

—Puedes apostar a que sí. Salgamos de aquí.

Stone dejó dinero sobre la mesa, bebió un trago de cerveza, tomó la hamburguesa y salió corriendo detrás de Dino.

10

STONE SUBIÓ AL COCHE detrás de Dino, que lo estaba esperando.
—¿Vas a decirle la dirección al conductor? —preguntó Dino.
Stone dio la dirección del edificio de la claraboya y luego mordió su hamburguesa.
—¿La cámara todavía está en el edificio? —preguntó Dino.
—Si tenemos suerte —contestó Stone, con la boca llena.
—Nadie del distrito fue hoy por allí —informó Dino—. Lo controlé. Ahora están los federales. Ruego a Dios que no hayan registrado todo.
—Yo también —acotó Stone.
El taxi se detuvo frente al edificio. Dino se bajó.
—Págale al muchacho —gritó por sobre el hombro.
Stone pagó al conductor y lo siguió, todavía comiendo su hamburguesa.
Dino estaba tocando el portero eléctrico. Apareció el encargado, masticando su almuerzo.
—¿Qué quiere? —preguntó con acento extranjero.
Dino le mostró su credencial.
—¿El departamento del sexto está cerrado? —preguntó.
—Sí, bien cerrado. El agente del FBI me dio instrucciones.
—Deme la llave —ordenó Dino.
—Yo no embromo con los del FBI —contestó el hombre, después de tragar un bocado.
—Deme la llave ya mismo, o lo arrestaré por obstrucción a la justicia y lo mandaré de vuelta al remoto país de donde vino.
El hombre buscó en su bolsillo y se la dio.
—No se lo diga a nadie —pidió, y volvió a su departamento.
Tomaron el ascensor hasta el sexto piso.
—Ahí está la puerta a la azotea —dijo Dino mientras bajaban. Abrió la puerta del departamento.
Estaba oscuro; Stone encontró el interruptor y encendió una luz. La camilla de masajes, con dos patas rotas, estaba en el medio de la habitación.

—Por eso estaba oscuro —dijo Dino, señalando hacia arriba. La claraboya rota había sido reemplazada con planchas de madera terciada—. Qué lugarcito encantador.

—Parece que lo alquilaban amueblado —observó Stone—. Nadie compraría esos cuadros, salvo alguien que lo tiene para alquilar.

—Bueno, termínala con la clase de arte —lo cortó Dino—. ¿Dónde está la cámara?

Stone fue a la chimenea y buscó entre los troncos. Sacó la cámara con lente de zoom incorporada, le quitó el rollo y se lo guardó en el bolsillo. Sacó las lentes y las guardó en un bolsillo del impermeable, y la cámara en el otro.

—Salgamos de aquí.

—Quiero ver el techo —dijo Dino, al tiempo que abría la puerta y pasaba. Stone lo siguió y miró en torno. La puerta se cerró tras ellos.

—No veo cómo hizo la muchacha para salir por aquí.

—Bueno, mejor será que pensemos rápido.

—¿Por qué?

—Porque en cualquier momento vendrán los federales, y tú cerraste la maldita puerta y quedamos encerrados.

Stone intentó abrirla y no pudo. Maldijo en voz baja.

Dino escudriñó por sobre el borde del techo.

—Hay un caño de desagüe —dijo—. Ve tú primero. Quiero ver si soporta tu peso.

Stone se acercó.

—No voy a bajar por ahí. Estoy con un traje bueno. Baja tú, toma el ascensor y abre la puerta.

—Qué fantástica idea. ¿Por qué no bajamos los dos por el desagüe? —Sacó el arma y apuntó a Stone.— Baja por el caño o te disparo.

Stone meneó la cabeza.

—Adelante, dispara. Daré un buen espectáculo al caer del edificio.

Así estaban cuando se abrió la puerta y entró el encargado.

—Llamaron del FBI. Será mejor que se vayan, o me meteré en problemas.

Dino guardó el arma y salió.

—Tuviste suerte; iba a dispararte.

—No, no ibas a hacerlo —replicó Stone al subir al ascensor.

—¡Por supuesto que sí! No iba a bajar por ese caño.

—Yo tampoco —retrucó Stone.

—Por eso iba a dispararte.

Una vez abajo, tomaron otro taxi y fueron a una casa de fotos de la Tercera Avenida.

Dino entró, fue hasta la máquina que revelaba en una hora y mostró su credencial.

Stone le entregó el rollo.

—Quiero que me revele esto ahora: dos juegos de copias de trece por dieciocho. Y no las mire.

—Que sean tres juegos —intervino Stone.

—Sí, señor —dijo el muchacho. Tomó el rollo de película y comenzó a trabajar.

—¿Cuánto vas a tardar? —preguntó Stone.

El muchacho señaló el cartel que decía: "REVELADO EN UNA HORA".

—Una hora.

—Mejor que sea antes —dijo Dino.

Diez minutos después el muchacho miraba una tira de la película.

—Hay sólo cuatro tomas —señaló.

—Deja de mirarlas y termina de hacerlas —ordenó Dino.

En diez minutos más tuvieron las fotos reveladas.

—¿Puedo dejarte en algún lado? —preguntó Stone tras dar al conductor la dirección de Elena Marks.

—Claro —dijo Dino—. Dame mis copias.

Stone le dio sus copias, guardó las suyas más los negativos en un bolsillo del impermeable y miró el tercer juego.

—Qué porquería de mierda —comentó Dino—. Con esto no puedes hacer divorciar a nadie. En ésta, el sujeto está acostado boca abajo. En las otras tiene el brazo sobre la cara, y en todas, la cabeza de ella le tapa la entrepierna. A juzgar por lo que se ve, ella podría estar dándole un masaje normal. ¿Dónde aprendió a sacar fotos este chico?

Stone miró la cuarta foto. La mujer miraba para arriba, hacia la claraboya. Era la única en la que se le veía parte de la cara. Tenía cabello oscuro, largo, y parecía atractiva.

—No está mal —dijo.

—Ajá —convino Dino—. Hasta donde se puede ver.

El taxi se detuvo en la esquina de la casa de Dino, y éste se bajó.

—¿Qué vas a hacer con las fotos? —preguntó Stone por la ventanilla.

—Todavía no lo decidí.

—No se las des a los federales.

—Nunca les doy nada a los federales, salvo con una orden judicial y un revólver en mi cabeza —respondió Dino, y se alejó.

11

El taxi llevó a Stone al número 1111 de la Quinta Avenida, cerca del museo Metropolitano.

Bill Eggers lo estaba esperando.

—Gracias a Dios que llegas a tiempo —dijo—. Ahora escucha: cuando lleguemos arriba, hablaré yo. Tú cierra la boca y limítate a asentir.

—Lo que tú digas —respondió Stone, agradecido por no tener que explicar los hechos de la noche anterior.

El ascensor daba directamente al hall del departamento de Elena Marks. El hall, observó Stone, era casi tan grande como el dormitorio de su casa. Los pisos eran de mármol y las paredes estaban cubiertas de cuadros valiosos. Sobre una mesa estilo Luis XV había un arreglo floral del tamaño de un televisor gigante. Los recibió un mayordomo de chaqueta blanca.

—¿Señor Eggers? ¿Señor Barrington? Síganme, por favor.

Los condujo a través de un living grande como una cancha de básquet, hasta una biblioteca de cielo raso muy alto. Todos los libros estaban encuadernados en cuero. A Elena Marks no se la veía por ninguna parte.

—Por favor, siéntense —indicó el mayordomo—. La señora Fortescue se reunirá con ustedes enseguida. ¿Puedo servirles algo?

—No, muchas gracias —respondió Eggers.

Stone quería una cerveza; la hamburguesa todavía no le había bajado.

—Es la primera vez que oigo que la llaman señora Fortescue —comentó.

—Bueno, ahora es viuda, ¿no? —respondió Eggers.

De pronto se abrió un sector de la biblioteca y Elena Marks Fortescue entró en la habitación. La puerta-biblioteca se cerró en silencio a sus espaldas. Era una mujer muy delgada, de cabello rubio intenso, y llevaba un vestido amarillo, floreado, un atuendo perfectamente aceptable para una viuda reciente en, por ejemplo, Palm Beach, pensó Stone.

—Buenas tardes, Elena —la saludó Eggers—. Muchas gracias por recibirnos.

—Bill —respondió ella, con un movimiento de cabeza. Luego dirigió a Stone una mirada fulminante—. Señor Barrington —dijo, apretando sus hermosos dientes cubiertos con fundas de porcelana.

Stone trató de sonreír, pero no resultó.

—Buenas tardes, señora Mar... eh, señora Fortescue.

Ella le mantuvo la mirada un poco más, como para castigarlo, y luego apartó la vista.

Stone sintió como si lo hubieran perforado con un hierro candente.

—Siéntense —invitó Elena—. Hable —ordenó a Eggers. Parecía que casi no controlaba su furia, pero daba la impresión de que maltratarlos la ayudaba.

—Elena —dijo Eggers, quejumbroso—, permítame expresarle mis condolencias, así como las de todos los que trabajan en Woodman y Weld.

—Aceptadas —contestó Elena, con rostro de mármol.

Stone se dio cuenta de que le habían aplicado tantas inyecciones de Botox que sin duda era incapaz de toda expresión, salvo mostrar los dientes.

—¿Qué ocurrió? —preguntó la mujer, dirigiéndose a Eggers. Era una orden, más que una pregunta.

—Un terrible accidente —contestó Eggers—. Nuestra investigación determinó que la claraboya se encontraba en mal estado.

"¿Qué investigación?", se preguntó Stone. A él nadie le había preguntado nada.

—Y cuando el fotógrafo de Stone se apoyó, para poder enfocar mejor, se cayó.

—¿A quién demandaremos? —preguntó Elena.

Eso tomó por sorpresa a Eggers.

—Eh, bueno... ¿Stone? ¿Quieres responder tú?

Stone, que hasta el momento creía que debía mantener la boca cerrada, no estaba preparado.

—En realidad, no —contestó devolviendo la pelota.

—¿Por casualidad quieren darme a entender —intervino Elena— que el responsable de la muerte de mi marido quedará sin castigo?

Stone recuperó la voz.

—Señora Fortescue, si tengo que ser sincero, usted contrató a un hombre, por intermedio de Bill y mío, para que trepara al techo del edificio y fotografiara a su marido en una situación comprometedora. Por lo tanto, los abogados del dueño del edificio van a alegar que *usted* es la culpable de la muerte de su marido, y es muy probable que ganen con esa defensa. Y aunque ganara usted, la publicidad le hará mucho daño a su reputación.

—Entonces tal vez deba demandarlo a usted, por contratar a un incompetente —retrucó Elena.

Eggers hizo un ruido con la garganta.

—Eso daría el mismo resultado —continuó Stone—. Por el momento, la historia que tiene la prensa es que un ladrón o un mirón se cayó por la claraboya. Lo han dado a conocer como un extraño accidente, cosa que en realidad fue. No han mencionado a la mujer, ni los motivos del hombre que cayó. Seguir adelante con esto no beneficiaría a ninguno de los involucrados.

Elena quiso fruncir el entrecejo, pero no pudo.

—¿Y qué pasa con su mirón? A mi juicio, podría levantar cargos contra usted y, a la larga, contra mí.

—Puede estar segura de que eso no sucederá —afirmó Eggers.

Stone rogó que tuviera razón. La idea de que Herbie Fisher lo demandara no se le había ocurrido, y rezó para que no se le ocurriera al muchacho.

—¡Pero la parte damnificada soy yo! —gritó Elena, golpeando el brazo del sillón con su puño huesudo—. ¡Alguien tiene que pagar por el daño!

Eggers se puso pálido; no dijo nada.

—Señora Fortescue —intervino Stone—, ¿me permite serle totalmente franco?

—Es lo que más le conviene —contestó Elena, enojada. Su rostro de mármol se había vuelto de un rosa intenso.

—Estos sucesos, por muy infortunados que sean para todos, han logrado, sin querer, algo que no podíamos prever.

—¿Y qué es? —exigió saber Elena.

—A río revuelto, ganancia de pescadores —repuso Stone, confiando en que el refrán la convencería. Pero no fue así.

—¿Qué diablos quiere decir? —gritó ella, cada vez más enrojecida.

—La mano de Dios, por decirlo de alguna manera, la ha librado de un marido que le era infiel y del que usted ya había decidido librarse, y lo ha hecho de una forma que le evita toda la publicidad perjudicial que le acarrearía divorciarse y hacer valer el convenio prenupcial. —Stone hizo una pausa, para reforzar su razonamiento.— Y eso sin mencionar los considerables gastos de todo el proceso.

Se produjo un largo silencio, que al fin cortó Elena Marks Fortescue.

—Tiene razón —dijo. Luego se levantó y salió de la misma forma en que había entrado.

Eggers, que había estado conteniendo la respiración, dejó escapar el aire de sus pulmones.

De nuevo en la calle, mientras buscaban un taxi, se volvió hacia Stone.

—¿Y las fotos? —preguntó.

Stone le dio un juego de copias, que Eggers miró rápidamente.

—¿Y los negativos?

Stone le dio el sobre con las cuatro tomas.

—¿Te parece que nos hemos salvado de Elena? —preguntó.

—No nos despidió, ¿no? —respondió Eggers alegremente, al tiempo que detenía un taxi y subía—. Pongámonos de acuerdo para ir a almorzar un día de estos. —Y se alejó.

12

Stone se sentía libre de preocupaciones. Todo iba a salir bien, todo estaba controlado. Ahora sólo le quedaba hacer algún arreglo con alguien de la oficina del fiscal del distrito para resolver los cargos contra Herbie: lograr que levantaran el cargo de homicidio y le dieran libertad condicional. Era un día fresco y radiante, y sintió ganas de caminar.

Dio la vuelta por el lado oeste de la Quinta Avenida, mirando de vez en cuando hacia el parque; luego dobló a la izquierda de la Cincuenta y Siete este y se encaminó hacia el negocio de Turnbull y Asser. Iba a hacerse un regalo.

Contempló el muestrario de nuevas telas de algodón y encargó una docena de camisas. No sabía cuánto costaban, ni quería saberlo. Joan pagaría la cuenta cuando llegara, y tenía instrucciones de no decirle nada; algunas cosas era mejor no saberlas. Eligió unas corbatas y esperó a que se las envolvieran; las camisas demorarían unas ocho semanas. Salió del negocio y dobló por Park Avenue, rumbo a su casa, en Turtle Bay.

Cuando iba por la Cuarenta y tantos y se disponía a cruzar Park, un largo Bentley se detuvo un momento para continuar enseguida su camino, pero no antes de que Stone pudiera ver a Elena Marks por la ventanilla trasera abierta. Iba vestida con un correcto modelo tipo Chanel para una viuda de Nueva York, y se la veía sumida en una animada conversación con alguien a quien Stone conocía.

Sacó su celular y marcó el número de Woodman y Weld para hablar con Eggers.

—¿Qué pasa, Stone? —le preguntó Eggers, con voz apresurada. Era la técnica que usaba cuando no quería hablar con alguien.

—Bill, recién estaba cruzando Park y vi a Elena Marks en su coche con Robert Teller, de Teller y Sparks.

—¿Cómo? —exclamó Eggers.

—No es un chiste.

—¡Ese pirata! ¡Ese hijo de puta! ¡Metiéndose con mis clientes!

—Me imaginé que querrías saberlo.

—¿Y de qué hablaban?

—Bueno, Bill, no pude oírlos. Solamente los vi pasar en ese gran Bentley de ella, y vi que iban conversando.

—Bueno, ya he puesto a nuestros expertos impositivos a trabajar en algo que la salvará de pagar unos cuantos cientos de miles. Es la clase de cosas que le gustan a ella.

—Ya se lo contaré, Bill. Hasta luego. —Stone cortó. Pensó en llamar al negocio y cancelar las camisas que había encargado, pero después decidió no hacerlo.

Stone llegó a su casa y subió a dejar las corbatas nuevas antes de volver a su oficina. Mientras se acercaba al dormitorio oyó un ronquido. Empujó la puerta y espió. Carpenter estaba acostada de espaldas, con un pecho al aire, roncando suavemente. Stone pasó en puntas de pie hasta el cuarto de vestir, guardó las corbatas y volvió a entrar en el dormitorio. Allí lo esperaba Carpenter, ya despierta, sentada en la cama, y mientras con una mano sujetaba la sábana para cubrirse, con la otra le apuntaba con una pequeña semiautomática.

—Me atrapaste guardando corbatas —dijo él, levantando las manos en gesto de rendición.

—¿Qué estás haciendo aquí? —preguntó ella, como confundida.

—Vivo aquí —explicó Stone. Señaló la cama—: Duermo allí. ¿Me estás apuntando con mi Walther?

—No, es mía. Mi agencia nos da una a todos desde la primera novela de James Bond.

—¿Y por qué sigues apuntándome?

Carpenter bajó el arma.

—Perdona —dijo. Soltó la sábana y se pasó la mano por el cabello—. Anoche no dormí nada.

—Lo recuerdo —replicó Stone—. Yo estaba acurrucado, esperándote ansiosamente. Cuando desperté, te habías ido.

—Negocios —fue la respuesta.

Stone se sentó en la cama, le quitó la pistola y la colocó sobre la mesa de luz.

—¿Algo que ver con la gran noche de Herbie Fisher?

—¿Por qué lo preguntas? —retrucó ella con cautela.

—Bueno, en cuanto te conté lo sucedido te fuiste a hablar por teléfono a la habitación de al lado, y eso es lo último que recuerdo.

—Hay algo que debía preguntarte... —dijo Carpenter, rascándose la cabeza.

—No pareces muy despierta todavía.

—Creo que es el desfase horario.

—Entonces deberías seguir durmiendo. Te despertaré a la hora de la cena. —Le dio un suave empujón para acostarla, le pellizcó los pezones y la tapó con las mantas.

—Mmm... gracias —murmuró ella, cerrando los ojos. Se quedó dormida de inmediato.

Stone salió y cerró la puerta. Iba a bajar por las escaleras cuando la puerta se abrió de golpe y apareció Carpenter en el umbral, totalmente desnuda.

—¡Las fotos! —gritó, señalándolo.

—¿Qué?

—Las fotos que sacó Herbie Fisher. ¿Dónde están?

Stone la hizo volver al cuarto y sentarse en la cama.

—¿Por qué quieres saberlo?

—Negocios —contestó ella—. Digamos.

—Los que entraron en el departamento después de la caída de Herbie eran de los tuyos.

—Tal vez —fue la cautelosa respuesta.

—¿Qué estaban haciendo ahí?

—Stone, necesito esas fotos.

—¿Para qué?

—Son importantes para algo en lo que estoy trabajando.

—No entiendo. ¿Qué pueden tener de importante unas fotos de adulterio para el MI5 o sea cual fuere el número para el que trabajas?

—No puedo hablar de eso.

—Muy bien, entonces hagamos un trato.

—¿Qué quieres decir? ¿Qué trato?

—Te cambio las fotos por información.

—¿Qué información?

—Quiero saber cómo murió Larry Fortescue.

—Tu estúpido fotógrafo se le cayó encima.

—No, no fue eso lo que lo mató. Herbie cayó sobre las piernas de Larry. Ya estaba muerto, ¿no es así?

—¿Cómo puedo saberlo? —replicó Carpenter, mirando hacia la ventana.

—Porque alguien... alguien que muy probablemente esté asociado contigo... fue a la morgue esta mañana, con una orden judicial federal, y se llevó el cadáver.

—¿Qué motivos tienes para hacer semejante afirmación?

—Está bien —repuso Stone, poniéndose de pie—. No tendrás las fotos.

—¡Espera!

Stone esperó.

—Jamás le dirás a nadie que yo te lo dije.

—¿Por qué iba a querer hacerlo?

—Fortescue murió porque le inyectaron no sé qué tipo de veneno en la base de la columna vertebral. Todavía no hemos logrado averiguar la sustancia.

—Voy a necesitar una nota para el fiscal del distrito, firmada por alguna autoridad creíble, que diga que Fortescue ya estaba muerto cuando Herbie intentó volar.

—Veré qué puedo hacer. Puede tardar unos días.

—Los menos posible, por favor. —Stone sacó las fotos de su bolsillo y se las dio.

Carpenter miró la primera, en la que Larry se hallaba acostado de espaldas, y la mujer, agachada sobre él.

—Ay, Lawrence —murmuró.

—¿Eh? —dijo Stone.

Carpenter miró las otras tres fotos y quedó boquiabierta.

—¡Por Dios! —exclamó. Se levantó, buscó el celular en su bolso y marcó un número.

—Habla Carpenter —dijo—. Tengo una foto de ella. —Miró el reloj de la mesa de luz.— En media hora —y cortó.

—¿Qué pasa? —preguntó Stone.

—Vete. Tengo que vestirme —ordenó ella, mientras buscaba ropa en el placard.

—¿Estarás libre para la cena? —preguntó Stone.

—Te llamaré cuando lo sepa —contestó ella. Entró en el cuarto de baño, con las fotos, y cerró la puerta.

Stone se asomó.

—Ni siquiera es una buena foto —comentó.

—Es la única que hay en existencia —respondió Carpenter.

13

Stone se quedó en su casa casi toda la tarde, esperando la llamada de Carpenter, hasta que el hambre pudo más. Qué diablos, ella tenía su número de celular, ¿por qué esperarla, entonces?

Llegó al restaurante de Elaine unos minutos antes de que ella diera su mesa a otros comensales. Era una noche muy movida, y hasta los clientes habituales debían esperar en la barra. Lo miraron con odio cuando se ubicó a su mesa. Elaine se aproximó.

—¿Sabes lo que ganaría usando tu mesa? —le preguntó, señalando la barra.

—Dales de comer... torta —respondió Stone—. Igual les cobrarás de más.

—Si sigues hablando así te encontrarás con un tenedor clavado en el pecho —replicó ella con calma.

—Más bien quiero un tenedor en mi mano y algo para comer. —Tomó por el brazo a un camarero y le encargó ensalada de espinaca y *osso buco*.— Dile a Barry que lo quiero con polenta en lugar de fideos —aclaró—. Y necesito ya un Wild Turkey con hielo.

—¿Un día difícil? —preguntó Elaine.

—Tuve que enfrentar a Elena Marks —respondió Stone.

—¿Te refieres a que tuviste que explicarle cómo mataste al marido?

—Yo no maté al marido, y tampoco lo hizo el muchacho al que mandé. ¿Estuviste hablando con Dino?

—Nunca lo diré.

—Sólo entre tú y yo y el columnista de chismes más cercano de este antro: Larry ya estaba frito cuando el muchacho se zambulló.

—Al parecer, la policía no lo sabe.

—Pronto lo sabrán —replicó Stone—. Yo me encargaré.

—¿Y dónde está Felicity, la muñeca inglesa?

—Trabajando. Esperaba que pudiera venir a cenar.

—¿A qué se dedica?

—Si te lo dijera no me creerías.

—Ponme a prueba.

—Si te contara, ella tendría que matarme. Y créeme que lo haría.

—No me parece que fuera a disfrutarlo —observó Elaine.

—Tal vez no, pero aun así lo haría. Hoy ya me apuntó con una pistola.

—No sabía que fueras tan malo en la cama.

Vibró el celular de Stone.

—¿Hola?

—Soy yo —dijo Carpenter.

—¿Quién es yo?

—No me la hagas difícil. Estoy en un coche, camino a Elaine's. ¿Es allí donde estás?

—Tal vez.

—Enseguida llego. —Cortó.

—¿Era Felicity?

—Era Carpenter —contestó él.

—Su apellido es Devonshire —dijo Elaine—. ¿Por qué la llamas Carpenter? ¿Es carpintera?

—Así se presentó la primera vez que la vi.

—No entiendo.

—Tenía un socio de apellido Mason y otro llamado Plumber. Con un albañil y un plomero, que es lo que significan esos apellidos, sólo faltaba una carpintera, ¿no?

—¿Pero es una policía inglesa, o qué?

—Elaine, si te cuento más, deberá matarte a *ti*.

—Está bien —repuso Elaine, levantando las manos—. Ahí entra —anunció, mirando hacia la puerta.

Carpenter se acercó a la mesa.

—Dino llegará en un minuto —dijo, y besó a Stone en la mejilla.

—¿Cómo lo sabes?

—Porque vinimos en el coche de él.

Dino entró, con un periódico bajo el brazo, y se sentó.

—Buenas a todos —saludó.

Elaine le dio una afectuosa palmada en la mejilla.

—Espera un momento —dijo Stone—. ¿Qué hacían tú y Dino en el mismo automóvil?

Carpenter sonrió.

—Eres un encanto cuando te pones celoso.

—No estoy celoso.

—¿No? —replicó ella, ceñuda.

Después de la reunión con Elena Marks, Stone se alegró de que Carpenter todavía pudiera fruncir el entrecejo.

—Sólo siento curiosidad.

—¿Se lo decimos, Dino? —preguntó Carpenter.

—No, déjalo transpirar un poco.

—No estoy transpirando —replicó Stone.

—Claro que sí —porfió Dino.

—Está transpirando —confirmó Carpenter.

—Ajá —aprobó Elaine.

—Muy bien, no me digan nada. —Se dirigió a Carpenter:— ¿Quieres una copa, comer algo?

—Sí, por favor. Comenzaré con un *bourbon*.

Stone hizo una seña al camarero.

—Tráele lo mismo que a mí.

—¿Qué pediste? —preguntó Carpenter.

—Ternero nonato, con una salsa muy buena.

—Suena riquísimo —replicó ella—. Está bien: Dino y yo estuvimos en la misma reunión.

—¿Por qué asunto? —preguntó Stone, intrigado.

—Si te lo contamos, tendremos que matarte —advirtió Dino.

Elaine soltó una risa estrepitosa y se marchó a otra mesa.

—¿Sabes? —dijo Carpenter—. Tu Herbie Fisher no resultó totalmente inútil.

—Así es —acotó Dino, mientras hojeaba el periódico.

—¿Lo dices por la foto que sacó?

—¿Se te ocurre algún otro motivo? —preguntó Dino.

—Ahora que lo mencionas, no. —Se dirigió a Carpenter:— Dijiste que era la única foto en existencia. ¿Qué quisiste decir?

—Quise decir que es la única que existe.

—Gracias por la aclaración. ¿Y por qué es la única que existe?

—Porque la chica ha evitado cuidadosamente que la fotografíen.

—¿Durante toda su vida?

—Desde que tenía unos doce años, cuando todavía iba a la escuela.

—¿Por qué?

—Porque no quiere que nadie sepa cómo es.

—Ajá —aceptó Stone—. ¿Quién es?

—Es una mujer que anda por el mundo asesinando gente —explicó Carpenter—. Y la mayor suerte de tu vida es que ella no sepa que eres el responsable de la única foto que le han sacado.

—Yo no diría tanto —comentó Dino; pasó el *Post* a Carpenter y señaló una nota en la página 6.

Carpenter leyó en voz alta:

—"Se rumorea que la extraña muerte de Lawrence Fortescue (marido de Elena Marks), causada por un fotógrafo mirón que cayó por una claraboya mientras tomaba instantáneas del marido y cierta joven haciéndose cosas repugnantes, fue organizado por un sórdido 'abogado' de Nueva York, de nombre muy 'duro', que contrató al fotógrafo volador. ¿A que no adivinan? Apostamos a que esta noche está cenando en Elaine's."

Carpenter dejó el periódico.

—Ah, mierda —dijo.

—Sí —confirmó Dino.

14

Stone miró a Dino y a Carpenter con ojos entornados.

—Espero que sea una especie de broma.

—Temo que no —respondió Carpenter, muy seria—. Mi gente está muy interesada en encontrarla y me pidieron que hiciera una conexión con el Departamento de Policía de Nueva York. Por eso Dino y yo estuvimos en la misma reunión. Como ya nos conocíamos, lo elegí a él para hacer el enlace.

—¿Quién es esa mujer?

—Voy a decirte todo lo que sabemos y créeme que no es mucho. Nació en Zurich, de padre suizo y madre egipcia; se llama Marie-Thérèse du Bois, pero ya no usa ese nombre, porque si lo hiciera la atraparían.

—Cuéntame todo.

—La pequeña Marie-Thérèse creció en Suiza y en Egipto; demostró tener gran facilidad para los idiomas, ya que dominó pronto los tres que se hablan en Suiza, más el árabe de parte de la madre. Ya de niña, se entretenía estudiando idiomas, y así aprendió farsi, urdu y algo de hindi. El padre importaba a Suiza productos de Oriente Medio, como alfombras, aceite de oliva, porcelana, dátiles y todo lo que le diera buenas ganancias; prosperó mucho y llegó a hacerse rico. Marie-Thérèse viajaba a menudo con él por la cuenca del Mediterráneo, y de paso iba aprendiendo español y griego. En el hotel se sentaba a mirar la televisión local y conjugar verbos.

—Por Dios, ¿cuántos idiomas habla?

—Nadie lo sabe, pero supongo que por lo menos una docena, y con perfecto acento en varios dialectos.

—¿Y por qué se dedica a matar gente?

—Cuando tenía veinte años, mi agencia y la CIA estaban persiguiendo a los miembros de una organización terrorista de El Cairo, que mataba turistas. Recibimos la información de que un grupo de ellos se dirigía en una camioneta Renault blanca, por una avenida principal, a colocar explosivos. En cooperación con la

Inteligencia egipcia, nuestra gente armó una elaborada emboscada en una intersección. Se suponía que no iba a haber mucho tránsito. Por desgracia, Marie-Thérèse y sus padres volvían a su casa, después de una fiesta que había terminado muy tarde, en una camioneta blanca, y alguien disparó un lanzacohetes contra el vehículo equivocado. Los dos padres murieron en el acto, pero Marie-Thérèse, que iba dormida en el asiento trasero, salió despedida y se salvó con no más que unos raspones.

"Se refugió en su casa de El Cairo, muy resentida por la muerte de sus padres. No aceptó las compensaciones que le ofrecieron los tres gobiernos, y ya era una joven muy rica, tras heredar dos grandes casas y la considerable fortuna de su padre.

"Tenía un novio, un iraní, de ideas políticas favorables a la extrema violencia, y creemos que él la reclutó y la mandó a un campo de entrenamiento terrorista en Libia, donde hizo contacto con otros sujetos como ella, provenientes de Irlanda, Japón, Alemania y sabe Dios de dónde más.

"La entrenaron con armas de fuego, explosivos y armas químicas, pero los que la dirigían, al enterarse de su facilidad para los idiomas, la destinaron a cosas mejores. Le enseñaron métodos para asesinar, falsificar documentos y todo lo que debe saber un terrorista, mientras mantenían vivo su interés diciéndole que la ayudarían a encontrar a los responsables de la muerte de sus padres, para que pudiera matarlos. También adquirió gran resistencia física en el desierto, y sabemos que se entrena en forma casi obsesiva en todos los lugares adonde va.

"Cuando terminó su adiestramiento en Libia, regresó a El Cairo y luego a Zurich; vendió las dos casas y colocó el dinero en cuentas secretas en todo el mundo. Hay quienes dicen que tiene muchos millones de dólares. Regresó a El Cairo y dejó de existir. Lo poco que sabemos de ella viene de rumores y un par de interrogatorios muy agresivos a gente que la conoció.

"Según parece, asesinó a dos políticos egipcios que defendían ideas que no agradaban a sus amigos terroristas. A uno le disparó en la cabeza mientras el hombre esperaba en el auto a que cambiara la luz del semáforo; después tomó tranquilamente un ómnibus y se alejó del lugar. Esa misma noche envenenó al otro en un restaurante lleno de gente, echando cianuro o algo similar en su copa; luego fue al baño de damas y salió por la ventana, mientras el hombre todavía agonizaba. Creemos que en los años siguientes ejecutó una media docena de trabajos similares. Sus jefes se dieron cuenta de que tenían un arma muy valiosa en las manos, así que siguieron acicateándola con el cuento de que estaban muy cerca de averiguar los nombres y paraderos de los asesinos de sus padres. Por supuesto, mentían.

"Hasta que ella se impacientó. Secuestró al jefe de nuestra sede en El Cairo y lo torturó hasta que le dio los nombres de todos los involucrados en la operación —contó Carpenter con calma—. Después le cortó la garganta y se quedó mirándolo mientras moría desangrado. El cuerpo, desnudo y lacerado, fue abandonado en la escalera de la embajada británica.

—¿Entonces empezó a cazarlos? —preguntó Stone.

—Sí. Los estadounidenses fueron el primer blanco, y el más fácil. Eran un matrimonio; los dos trabajaban en su embajada en El Cairo. Ella detonó una bomba incendiaria en el departamento, mientras dormían.

"El contingente británico, compuesto por cuatro personas, le exigió más tiempo. A uno lo estranguló en el cuarto de baño de hombres de una estación de trenes en Bonn. A otro le clavó un paraguas envenenado mientras cruzaba el puente de Chelsea, en Londres. —Carpenter iba a continuar, pero se detuvo.

—Sigue —pidió Stone.

—Anteanoche asesinó a Lawrence Fortescue —dijo ella con calma.

—¿Larry Fortescue era miembro de tu servicio?

—Era el hombre del que te hablé, ese con el que tuve una relación y decidió irse a trabajar al extranjero. Vino acá hace dos años, se casó con Elena Marks y renunció a la agencia.

—Entonces los atrapó a todos —comentó Stone—. Uno a uno.

—No, a todos no. Todavía no me atrapó a mí.

—¿A ti?

—Fue mi primera misión en el extranjero. En realidad, participé como mera observadora.

Stone tragó saliva.

—¿Ella sabe que estás en Nueva York?

—No lo sé —respondió Carpenter—. Pero esta noche me voy de tu casa, para instalarme en un hotel.

—¿Pero por qué? Conmigo estás segura.

—Stone —intervino Dino, al tiempo que señalaba el periódico que estaba sobre la mesa—, si la pequeña Marie-Thérèse, o uno de sus amigos, leyó el *Post* de hoy, ya sabrá que la foto que le tomaron se debe a un cierto abogado de nombre "duro".

—Pero con eso no basta para identificarme.

—No hace falta mucho seso para deducir que Stone, piedra, es un nombre "duro", ¿no? Y además —agregó Dino— ella sabe dónde estás cenando esta noche.

Stone miró lentamente alrededor del restaurante. Vio a una media docena de mujeres que podrían haber sido la mujer de la foto.

—¿Crees que esa Marie... o como se llame...?

Habló Carpenter:

—En París le pusieron un apodo, después de que asesinó a un miembro del gabinete francés. La Interpol la llama "La Biche". Y sí, podría estar aquí esta noche.

Stone empujó hacia atrás su silla.

—Vayámonos —dijo.

15

EL CHOFER DE DINO los llevó hasta la casa de Stone, donde Carpenter hizo las valijas, y luego al Lowell, un hotel pequeño y elegante ubicado en la calle Sesenta y Tres este, lejos de la avenida Madison.

En la puerta los esperaba el encargado nocturno, que, sin molestarse en registrar a Carpenter, los llevó directamente a una suite del último piso.

—¿Aquí te conocen? —preguntó Stone, una vez que se marcharon el encargado y el botones que había subido las valijas.

—Conocen mi agencia. Usamos a menudo este hotel. Nos quedamos sin cena; ¿pedimos algo?

Cenaron en la habitación: lenguado a la Dover y una buena botella de Chardonnay de California, sin mucha conversación.

—Entonces, Dino —dijo Stone, cuando retiraron los platos—, supongo que habrás pedido la captura de esa mujer.

—Bastante difícil hacerlo sin una descripción —replicó Dino, mirando los postres del menú.

—¿Descripción? ¡Pero ya tienes una foto!

—Bueno, sí —respondió Dino.

Carpenter tomó su cartera y sacó una hoja de papel.

—Esto es lo que pudo hacer la gente del laboratorio de la CIA —le dijo, y se la dio.

En el papel se veía un rostro insulso, de nariz recta y ojos grandes, enmarcado por un cabello largo y oscuro.

—La foto que tomó Herbie era de ella mirando para arriba, así que sólo se veía el pelo, la frente, los ojos y la nariz, pero no la mandíbula; y el cabello era una peluca.

—Podría ser casi cualquiera —comentó Stone.

—Exacto. La ventaja de La Biche es tener un aspecto común. Puede pasar por los controles más rigurosos de un aeropuerto y actuar como una mujer de negocios estadounidense o una diseñadora de modas francesa, una condesa italiana o una monja española.

—Pero yo creía que con el sistema electrónico era más difícil usar pasaportes falsos... Cada vez que uso el mío, la información sale en la pantalla.

—Es cierto, pero con el correr de los años se han robado muchos pasaportes en blanco en consulados y embajadas de todo el mundo, lo que resuelve el problema de la autenticidad del papel; y si logran ocultar esos robos durante unos días o unas semanas, después los números no figuran como robados al pasar por inmigración. Es muy, muy difícil atrapar a un sospechoso si usa un pasaporte con papel legítimo.

—Me imagino —dijo Stone.

Sonó el teléfono, y Carpenter fue a atender.

—¿Sí? No, absolutamente no. Atraería la atención de cualquiera que supiera qué buscar. ¿Quieres convertirme en una mujer marcada? —Hizo una pausa y escuchó.— Bueno, eso sí tiene sentido, supongo, aunque mucho no me gusta la idea. Ah, está bien, mándalos. —Cortó y regresó a la mesa.

—¿Qué querían? —preguntó Stone.

—Primero querían ponerme un equipo que me vigile, lo que me pareció una mala idea. Por muy buenos que sean, pueden detectarlos.

—Pero algo aceptaste —señaló Stone.

—La CIA mandará a alguien a verme.

Sonó el timbre.

—Eso sí que es rapidez —comentó Stone.

—Demasiada rapidez —añadió Dino, empujando la silla hacia atrás.

—Ve al dormitorio —indicó Stone a Carpenter. Fue a la puerta, mientras Dino se colocaba detrás, con el arma en la mano. Miró por la mirilla y vio a una mujer joven, delgada, de cabello castaño claro—. Es una mujer. ¿Listo?

Dino asintió.

Stone puso la cadena en la puerta y después la entreabrió.

—¿Sí? —dijo.

—Carpenter —respondió la mujer.

—No entiendo —replicó Stone—. Si busca un carpintero, pregúntele al encargado.

La mujer sacó un documento que la identificaba.

—He venido por un asunto oficial —dijo.

—No hay problema —dijo Carpenter detrás de Stone—. La conozco. Entra, Arlene.

Stone sacó la cadena y dejó entrar a la mujer, que llevaba una pequeña valija.

—Stone, Dino, ella es Arlene —los presentó Carpenter.

Arlene saludó con un gesto.

—Vamos al cuarto de baño —le indicó a Carpenter.

Stone y Dino se quedaron mirando las noticias por televisión, mientras les llegaban del baño los ruidos del agua que corría y de un secador de cabello. Cuarenta y cinco minutos después, Arlene salió y dijo:

—Les presento a mi amiga, Susan Kinsolving.

Salió Carpenter, casi irreconocible. Su cabello castaño era de un intenso tono cobrizo y, aunque siempre usaba poco maquillaje, ahora era una mujer muy pintada.

—¿Qué tal? —dijo Carpenter, con marcado acento del Medio Oeste estadounidense.

—Detesto ese acento —rezongó Stone.

—Tendrás que acostumbrarte, querido —retrucó Carpenter.

—Vamos a ocuparnos de tu identidad —dijo Arlene—. Siéntate.

Carpenter se ubicó en una silla.

—Éste es tu pasaporte estadounidense. Tiene tres años y está lleno de sellos de Europa y el Caribe. Ya cambiamos el color del cabello. Eres una ejecutiva de ventas de una empresa de computadoras de San Francisco. Aquí tienes tus tarjetas y papel de carta personal. La empresa conoce tu nombre, así que si alguien te llama allí, tienes una secretaria y un contestador. Naciste en Shaker Heights, un suburbio de Cleveland, Ohio, hace treinta y cuatro años; allí concurriste a una escuela pública y luego estudiaste en el Mount Holyoke College, en el oeste de Massachusetts. En tu billetera tienes, además de tu licencia de conductora de California y las tarjetas de crédito, una tarjeta de la asociación de ex alumnos. Todo es válido. En el hotel estás registrada con el apellido Kinsolving. —Sacó unas hojas y se las entregó.— Aquí está tu historia. Memorízala.

Carpenter examinó los papeles.

—Muy completa. —Se volvió hacia Stone:— ¿Qué te parece? —preguntó, retocándose el cabello.

—Muy lindo, Susan. ¿Te gustaría salir a cenar uno de estos días?

Stone y Dino iban en el asiento trasero del coche de Dino, bajando por Park Avenue.

—¿Te puedo pedir un favor, Dino?

—¿Qué necesitas?

—Ya que se ha establecido que lo de Larry Fortescue fue un asesinato, ¿te molestaría llamar a la oficina del fiscal y notificarlos? Quiero que retiren los cargos para poder pedir que dejen a Herbie en libertad condicional por un delito menor.

—Claro, los llamaré mañana. ¿Sabes quién es el fiscal?

—Llama al delegado de la oficina y hazlo a través de él. Será más rápido.

—De acuerdo.

Llegaron a la cuadra de Stone.

—Despacio —advirtió Dino, controlando ambos lados de la calle—. Detente aquí. —El automóvil se detuvo frente a la casa de Stone. Dino bajó y miró a un lado y a otro.— Está bien —dijo e hizo un gesto para que Stone bajara.

—Vamos, Dino —dijo Stone—, me estás asustando.

Pero Dino se quedó junto al coche, con el arma en la mano, hasta que Stone entró.

16

FLORENCE TYLER DEJÓ la residencia particular de la calle Diez oeste y recorrió lentamente el Greenwich Village, mirando hacia el interior de bares y restaurantes y, de vez en cuando, estudiando algún menú exhibido en un escaparate. Eran cerca de las seis de la tarde, y ella vestía un traje sastre y llevaba una cartera Fendi. Entonces vio lo que buscaba.

El bar se llamaba Lilith, y al mirar por los ventanales vio que era un lugar elegante. Estaba lleno de gente que acababa de salir del trabajo; toda la clientela estaba compuesta por mujeres.

Entró y se ubicó en un taburete en un extremo de la barra. Se le acercó la encargada del bar, vestida y peinada como un hombre.

—Buenas tardes —dijo con suave voz de barítono—. ¿Qué te sirvo?

Otra mujer, varonil pero linda, se ubicó en el taburete de al lado.

—Te invito yo —le dijo.

—Gracias, pero prefiero estar sola —dijo Florence con amabilidad, sosteniéndole la mirada.

La mujer vaciló un instante y luego se levantó del taburete.

—Como quieras, encanto —dijo y se fue.

—Dewar con hielo —pidió, y enseguida se lo sirvieron. Ya había tomado la mitad de la copa cuando vio lo que estaba buscando. Una mujer de casi treinta años había entrado en el bar y miraba vacilante a su alrededor. Vestía de manera muy semejante a Florence: un traje a rayas finas y una cartera que servía de portafolio. Era más o menos de la misma estatura y el mismo peso que Florence, y tenía el mismo cabello rubio veteado. Cruzó el salón, se sentó a tres taburetes de distancia y pidió un Cosmopolitan.

—Eso es muy dulce para mí —comentó Florence, sonriendo.

—Sí, es verdad que es dulce, pero también crea adicción —respondió la joven, devolviendo la sonrisa.

—Póngalo en mi cuenta —dijo Florence a la encargada del bar.

—Muchas gracias —dijo la joven.

—¿Por qué no te sientas junto a mí?

La muchacha maniobró con torpeza la copa y el portafolio, pero consiguió ubicarse en el taburete más cercano al de Florence.

—Me llamo Brett —dijo Florence, tendiendo una mano.

—Yo, Ginger —respondió la joven, y se la estrechó.

Brett no le soltó la mano enseguida.

—¿Eres de Nueva York? —preguntó, y sólo entonces la soltó.

—Soy de Indianápolis, pero vivo aquí desde hace seis años. Trabajo como asistente en un estudio jurídico del centro. ¿Tú también vives en Nueva York?

—No, vine de San Francisco por unos días. Compro y vendo obras de arte, y estoy aquí para conseguir unas obras para un cliente. Pasado mañana hay un remate en Sotheby's.

—Ah, me encanta el arte —dijo Ginger, y bebió un sorbo de su copa—. ¿Qué clase de obras tienes que conseguir?

—En su mayoría, pinturas figurativas de fines del siglo XIX, y también una escultura. No son las obras más caras del mundo; puedes encontrar muy buenas pinturas por un valor de entre treinta y cincuenta mil dólares.

—Bueno, aun así están muy por encima de mi alcance —comentó Ginger.

—¿Alguna vez estuviste en un remate de obras de arte? —preguntó Brett.

—No, pero me encantaría ir alguna vez.

—Si puedes salir un rato de tu trabajo, ¿por qué no te reúnes conmigo en Sotheby's pasado mañana?

—¡Vaya, me encantaría! Pero sólo me dan una hora para almorzar, y hay mucho trabajo. Mi jefe se especializa en divorcios, y sus clientes son muy exigentes.

—¿Tal vez en otra oportunidad?

—Sería grandioso.

—¿Vives en este barrio?

—No; en la Ochenta y Uno y Lexington, del lado este. ¿Y tú, dónde estás parando?

—En el Carlyle, en la Setenta y Seis y Madison. ¿Cuál es tu restaurante favorito, Ginger?

—Ah, supongo que Orsay, en la Setenta y Cinco y Lex, justo a la vuelta de mi edificio.

—¿Quieres comer conmigo allí esta noche? —Brett sacó su pequeño celular.— Creo que conseguiremos una mesa si vamos temprano.

—Claro, me encantaría.

Brett llamó al restaurante y reservó una mesa.

—Cuando termines tu copa nos vamos —dijo.

En el Orsay tomaron otra copa, comieron una cena de tres platos y compartieron una botella de vino francés muy caro. Mantuvieron una agradable conversación, particularmente sobre la familia de Ginger, sus antecedentes y la clase de trabajo a que ella se dedicaba.

—No vas a creerlo, pero hay una clienta que pide dos millones anuales por alimentos y medio millón para mantener al hijo, más cinco millones para un departamento en la Quinta Avenida. Y además quiere una limosina y guardias de seguridad.

—Sin duda para protegerla del marido —comentó Brett, riendo. Hizo una seña para pedir que le llevaran la cuenta.

—¿Por qué no la compartimos? —preguntó Ginger, buscando su cartera.

—Ah, no, esta vez pago yo... o, mejor dicho, mi galería —contestó Brett—. Tú eres... a ver... representas a un cliente que tiene en venta un Magritte muy bueno.

—Bueno, está bien. ¿Pero puedo invitarte una última copa en mi casa?

—Claro que sí —aceptó Brett, al tiempo que entregaba al camarero una de las tarjetas de crédito de Florence Tyler.

Ginger vivía en un departamento de la planta baja del edificio, con un pequeño jardín en el fondo.

—Es encantador —comentó Brett cuando Ginger encendió las luces del jardín.

—Lo subalquilé por un año —dijo Ginger—. Es de una amiga de la familia que está en Europa.

—¿Qué es esa cosa baja, como un cobertizo? —preguntó Brett, señalándola.

—Ah, es un cajón-invernadero. Para sembrar plantas en invierno y luego trasplantarlas cuando empieza a hacer calor. Al menos eso me dijeron. Yo no sé mucho de jardinería.

—Yo tampoco —repuso Brett, mientras acariciaba la mejilla de Ginger. Luego la besó suavemente, y obtuvo una cálida respuesta. Un momento más tarde comenzaron a quitarse la ropa una a la otra.

Cuando llegaron al dormitorio, Brett se acostó de espaldas y dejó que Ginger hiciera con ella lo que quisiera. Brett no era lesbiana, estrictamente hablando, pero aquello le gustaba. Una vez que tuvo un par de orgasmos, hizo girar a Ginger de modo que quedara acostada sobre el vientre.

—Ahora te toca a ti —le dijo. Se agachó, levantó un pañuelo Hermès que Ginger había tirado al piso y rápidamente le ató las manos por detrás.

—Nunca lo hice de esta manera —dijo Ginger.

—Déjame todo a mí, corazón —respondió Brett. De nuevo la hizo girar, boca arriba—. Ahora los pies —dijo mientras sacaba un cinturón de la pila de ropa que yacía al costado de la cama.

—¿Qué me vas a hacer? —preguntó la joven, mitad excitada, mitad inquieta.

Brett tomó un anotador y una lapicera de la mesa de luz.

—Primero necesito el número de teléfono de tu oficina.

—¿Cómo?

—El número de tu oficina, y apuesto a que tienes un sistema de correo de voz. También necesito el interno de tu jefe.

—No entiendo.

Brett puso una almohada sobre la cara de la joven y la pellizcó con fuerza en un lugar sensible. Una vez que Ginger dejó de gritar, sacó la almohada.

—Ginger, haz exactamente lo que te digo. ¿Entiendes?

Ginger le dio los números y Brett los anotó. Luego buscó su cartera y sacó una navaja.

Ginger intentó tirarse de la cama, pero Brett la agarró del cabello y la arrastró de vuelta al colchón. Le tapó la boca con una mano y le pasó la navaja por la garganta, dejando una fina línea roja.

—Cuando retire mi mano —le advirtió Brett—, no grites, o te lastimaré en serio. —Sacó la mano.

Ahora Ginger lloraba.

—Muy bien —dijo Brett—, sigue así. Ahora te diré lo que vamos a hacer, Ginger. Voy a llamar a tu oficina y al interno de tu jefe, y cuando te atienda el contestador quiero que le dejes un mensaje. ¿Cómo se llama?

—Señor Arnold —sollozó Ginger.

—Lo dirás exactamente así, llorando: "Señor Arnold, habla Ginger. Lamento avisarle que hubo una muerte en mi familia y tengo que volar a Indianápolis esta noche. Voy a estar ausente por lo menos por una semana, y lo llamaré en cuanto sepa cuándo volveré. Siento muchísimo tener que avisarle tan de repente". ¿Entendiste?

Brett volvió a apretarle la navaja contra la garganta, con lo que provocó otro acceso de llanto. Comenzó a marcar.

—¡No voy a decir eso! —exclamó Ginger de pronto.

Brett cortó la comunicación y bajó la navaja hasta el pecho izquierdo de la joven.

—Harás exactamente lo que te dije o te cortaré los pezones, Ginger.

Ginger comenzó a llorar de nuevo, pero asintió.

Brett marcó; luego acercó el teléfono a los labios de Ginger, y la navaja, a un pezón.

Ginger actuó admirablemente, pensó Brett.

Brett esperó un minuto completo después de que Ginger dejó de resistirse, y entonces retiró la almohada. Le tomó el pulso y le auscultó el corazón. Nada. Le desató las manos y le quitó el cinturón de los pies. Fue a la cocina y encontró un par de guantes de goma, un envase de detergente y un paño; frotó todo el cuerpo, para borrar posibles marcas de dedos o fluidos de su propio cuerpo. Sacó una sábana limpia del armario, envolvió el cadáver de Ginger y lo dejó a un costado de la gran cama. Se puso la bombacha, unos vaqueros, una camiseta y unas zapatillas de Ginger; apagó las luces del jardín, salió y miró en torno. No divisó vecinos en las ventanas. Abrió el cajón-invernadero, que estaba vacío, y vio dos grandes bolsas de tierra de abono apoyadas contra la cerca. Volvió a la casa, cargó el cuerpo de Ginger sobre su espalda, salió al jardín y arrojó el cuerpo en el cajón. Vació las bolsas de tierra sobre el cadáver, hasta cubrirlo por completo, y tiró encima unas macetas que estaban alineadas contra la verja.

Como el trabajo la había hecho transpirar, regresó adentro, se quitó la ropa y se dio una ducha caliente, sin quitarse los guantes de goma en ningún momento. Una vez que se secó el cuerpo y el cabello, retiró los cabellos de la bañera y los guardó. Luego, desnuda, recorrió el departamento, seleccionando lo que necesitaba. Encontró una valija de buena calidad, donde guardó algunas prendas de Ginger. En un cajón vio el pasaporte —su nombre completo era Ginger Harvey—; también vació la cartera de la joven sobre la cama y tomó la billetera y las tarjetas de crédito, todo lo cual guardó en su propia cartera.

Una vez que guardó y ordenó todo, se acostó en la cama, puso el despertador a las cinco de la mañana y se quedó dormida instantáneamente.

Cuando sonó la alarma, juntó toda la ropa y los efectos de Florence Tyler, retiró la ropa de cama y puso todo en la máquina de lavar de la cocina, agregando una buena cantidad de detergente y blanqueador. Mientras la máquina funcionaba, tomó un desayuno de jugo, frutas, yogur y café; luego puso la ropa en la secadora. Tendió la cama con sábanas y colcha limpias, y se vistió con el mejor traje de Ginger.

Por último, sacó y dobló la ropa de la máquina; retiró las pelusas que quedaron en el filtro y, junto con sus cabellos de la ducha, las guardó en una bolsa de plástico, que puso entre las cosas de Florence Tyler. Recorrió una vez más el departamento blandiendo el envase de detergente, para borrar cualquier posible rastro de sí misma. Satisfecha, se calzó bajo un brazo las pertenencias de Florence, tomó la valija de Ginger, salió del departamento y del edificio y echó a caminar calle abajo por la avenida Lexington. Al cabo de una cuadra, tiró todas las cosas de Florence en un cesto de basura que había en una esquina. Luego tomó un ómnibus hacia el centro.

Cuando descendió, era Ginger Harvey.

17

A LA MAÑANA SIGUIENTE, Stone se ubicó a su escritorio y bebió la única taza de café que se permitía después del desayuno, un *espresso* a la italiana muy fuerte, hecho en cafetera de filtro. Llamó a Joan por el intercomunicador.

—Buen día. Por favor, llama a Herbie Fisher a su trabajo. Es una sucursal de Walgreens, en Brooklyn. Tienes sus números, ¿no?

—Los anoté en su primera entrevista. Enseguida lo llamo.

Stone leyó la primera página del *Times* y la tragó junto con el café.

Enseguida lo llamó Joan.

—No fue a trabajar. ¿Quiere hablar con el jefe?

—Sí —contestó Stone—. Buenos días, ¿habla el supervisor de Herbie Fisher?

—Sí, soy el señor Wirtz, el encargado.

—Me dicen que Herbie no fue a trabajar hoy.

—Así es.

—¿Sabe el motivo?

—Para nada. Ayer tampoco apareció.

—¿Eso es habitual en él?

—Bueno, ya otras veces ha llegado tarde o con resaca, pero hasta ahora nunca faltó.

—Muchas gracias —dijo Stone, y llamó a Joan—. Intenta con la casa.

Joan llamó un momento después.

—Atendió la madre. La tengo en la línea.

Stone apretó el botón.

—¿Señora Fisher?

—Señora Bernstein —corrigió la mujer, cortante—. El señor Fisher se fugó hace un largo tiempo.

—Lo lamento, señora Bernstein. Habla Stone Barrington; soy el abogado de Herbie y necesito hablar con él. ¿Dónde puedo encontrarlo?

—¿Que usted es *quién*? Yo creía que su abogado era el señor Levy.

—El señor Levy trabaja para mí en el caso de Herbie. Para mí es realmente muy importante hablar con él.

—Usted es policía, ¿no?

—No, señora, no lo soy. Si quiere asegurarse, busque mi nombre en la guía.

—Espere. —Dejó el teléfono en espera.

Stone aguardó, golpeteando el escritorio con los dedos. ¿Por qué tardaba tanto?

La mujer regresó.

—Sí, tiene razón, ya lo encontré.

—¿Dónde está Herbie, señora Bernstein?

—Está en un barco, en algún lado.

—¿En un barco? ¿Y dónde es "algún lado"?

—En unas islas. Su tío Bob también está allí.

Stone sentía que no podía respirar.

—¿En Saint Thomas?

—Sí, algún santo era.

—¿Y le dijo cuándo iba a regresar?

—Dijo que cuando las cosas se calmaran y el juez se olvidara de él.

Ahora a Stone le costaba hablar.

—¿Y le dijo cuánto tiempo tardaría en suceder eso?

—Un año, tal vez. Se llevó mucha ropa.

—Señora Bernstein, ¿le dejó un teléfono o el nombre de su hotel?

—Dijo que me enviaría una postal —contestó la mujer, y cortó.

Stone se quedó mirando el teléfono y preguntándose cuál sería su presión arterial en ese momento. Cuando se recobró, llamó a Joan.

—¿Tuvo suerte? —preguntó la secretaria.

—En absoluto. Comunícame con Bob Cantor; llama al celular.

—De acuerdo. —Demoró un momento.— Hay una grabación que dice que está fuera de la zona de cobertura. ¿Quién es el siguiente?

—Prjmero de todo: si Irving Newman, el fiador de garantías, llama o envía a alguien, no estoy en el país, no puedes localizarme y no sabes cuándo regresaré. ¿Entendido?

—Entendido.

—Ahora, consígueme a Tony Levy. Es probable que lo encuentres en su celular.

—¿Sí? —contestó Levy.

—Tony, habla Stone Barrington.

—¿Sí, Stone? ¿Tienes algo para mí?

—Exactamente lo contrario —contestó Stone—. ¿Cuándo tiene que volver Herbie al tribunal?

Levy dejó escapar una breve carcajada.

—Se fugó, ¿no?

—Hay cosas que te conviene no saber, Tony. ¿Cuándo es su próxima presentación?

—Pasado mañana.

—Ah, mierda. ¿Ya volvió el juez Simpson?

—No, estará afuera por lo menos por una semana más. Todavía preside Kaplan.

Stone trató de pensar qué podía ser peor, pero no pudo.

—Tony, quiero que consigas una postergación.

—¿Por qué motivo y por cuánto tiempo?

—Por el motivo que se te ocurra y hasta que vuelva el juez Simpson y esté de buen humor.

—Veré qué puedo hacer. Si no consigo la postergación, ¿hay alguna posibilidad de que Herbie aparezca?

—Si no lo hace, será porque está muerto.

—Como quieras, Stone. ¿Y qué le vas a decir a Irving Newman?

—No le voy a decir nada, y tú tampoco.

—Se enterará de la postergación, ya lo sabes. Tiene a un informante en tribunales todos los días.

—Se enterará de lo que tú le digas a la juez Kaplan, y mejor que sea bueno.

—Stone, esto te costará.

—¿Me costará cuánto?

—Cinco de los grandes. Es mi tarifa por mentirle a un juez.

—Tony...

—Vamos, Stone. Los dos sabemos que es barato.

—Está bien. Joan te enviará un cheque hoy mismo.

—Efectivo, como antes. No quiero compartirlo con el Tío Sam.

—De acuerdo, Tony. Podrás encontrarme en mi celular, si es absolutamente necesario. —Le dio el número.

—Es un placer trabajar contigo, Stone.

Stone cortó y llamó a Dino.

—Bacchetti.

—Dino, ¿puedes tomarte unos días?

—¿Para hacer qué?

—Para pasar un tiempito en una isla tropical, sintiendo la brisa en tu parte pelada.

—Yo no tengo parte pelada; soy italiano.

—Igual que Rudy Giuliani.

—¿Voy a viajar a expensas de quién?

—Mías, pero tendrás que llevar una orden de extradición, sin registrarla.

—¿Para quién?

—Para Herbie Fisher. Se fugó y yo quedé enganchado con Irving Newman por doscientos cincuenta mil dólares.

—Ah, caramba. Pero no puede librarse la orden; nuevo procedimiento.

—Bueno, consígueme una en blanco y la llenaré yo.

—Eso sí puedo hacerlo. ¿Cuándo nos vamos?

—Vete ahora a tu casa. Prepara la valija y piensa qué le dirás a Mary Ann.

—Te echaré la culpa, como siempre.

—Te llamaré en cuanto tenga los pasajes. —Stone cortó y llamó a Joan.— Por favor, consigue pasajes para mí y Dino en el próximo vuelo a Saint Thomas, y también un pasaje abierto de regreso para Herbie Fisher. Y búscanos un hotel decente allá.

—Cuando yo estuve paré en el Harborview. Le gustará.

—Bien —dijo Stone.

Unos minutos más tarde regresó Joan.

—El vuelo sale en una hora y media, con transbordo en San Juan. Llegarán para la hora de la cena.

—Gracias. —Llamó a Dino.

—Bacchetti.

—Nuestro vuelo sale dentro de una hora y media. Tu chofer nos llevará con la sirena encendida.

—Espero que hayas conseguido primera clase —comentó Dino.

Stone le dio el número del vuelo.

—Llama al jefe de la aerolínea en el Kennedy, dile que es oficial y que no pueden partir sin nosotros. Y, por el amor de Dios, no te olvides de tu credencial.

—Nunca salgo de casa sin ella —afirmó Dino.

18

Estaban al final de la pista de salida en San Juan, los motores del DC-3 rugiendo mientras el piloto comenzaba a carretear.

Stone se sentía encantado. No subía a un DC-3 desde niño, y le fascinaba el ruido de los motores radiales.

—Es grandioso, ¿no? —comentó a Dino.

Dino, aferrado a los apoyabrazos, con los nudillos blancos, no respondió.

—¿No es grandioso ir en un DC-3? —insistió Stone, dándole un codazo.

—Tiene hélices —dijo Dino.

—Claro.

—No es un jet.

—Eres muy observador.

—¿Por qué tiene la cola en la tierra y la trompa en el aire? Nunca vamos a levantar vuelo.

—Estos aviones arrastran la cola —explicó Stone—. No tienen rueda delantera; sólo una pequeña atrás. Así deberían funcionar todos los aviones.

—También solían tener muchos accidentes. —Dino soltó el apoyabrazos apenas el tiempo suficiente para agarrar la muñeca de una azafata que pasaba por el pasillo.— Necesito una copa —le dijo.

—Lo lamento, señor, pero nuestro vuelo es demasiado corto para ofrecer servicio de bebidas. Llegaremos a Saint Thomas en media hora.

—Soy policía. ¿Eso no significa nada para usted?

—No tenemos bebidas alcohólicas a bordo, señor. Por favor, relájese; es un vuelo muy corto.

Dino la soltó y volvió a aferrar el apoyabrazos. El avión carreteó, mientras Dino mantenía los ojos cerrados. Al cabo de un lapso interminable, el avión comenzó a ascender.

—Mira —dijo Stone—, está volando.

Cruzaron la línea costera y penetraron las nubes. El avión

empezó a sacudirse. Se oyó la voz del piloto por el intercomunicador:

—Damas y caballeros, les habla el capitán. Les pedimos disculpas por las turbulencias, pero vamos a tener tormentas en la ruta de hoy, así que, por favor, mantengan abrochados los cinturones.

Dino tuvo que soltarse y usar las manos para ajustarse el cinturón; lo hizo con tanta fuerza como para cortar la circulación de sus piernas.

—Esto va a ser grandioso —dijo Stone mientras el avión se nivelaba.

Dino miró por la ventanilla.

—Estamos volando muy bajo.

—Es un viaje corto, Dino. No tiene sentido que suban muy alto; llegaremos en veinte minutos.

De repente, el avión bajó unos cuantos pies.

—¡Dios! —exclamó Dino, aterrado.

—No es nada para preocuparse —lo calmó Stone, no muy convencido. También se sentía un poco inquieto.

El avión se ladeó a la derecha, se mantuvo así unos diez minutos, luego torció a la izquierda. Empezaban a caer cosas de los compartimientos situados encima de los asientos.

Luego, inesperadamente, tocaron tierra, al tiempo que se desataba una intensa lluvia. El aterrizaje fue un poco movido, pero al menos habían llegado al aeropuerto.

—Quiero una copa —dijo Dino.

—Cuando lleguemos al hotel —respondió Stone.

Cuando subieron al taxi continuaba lloviendo, así que pudieron ver muy poco de la ciudad. El taxi los dejó en la puerta de un pequeño hotel, y a los pocos minutos estaban en dos habitaciones contiguas.

—¿Quieres tu copa ahora? —gritó Stone.

—Quiero una transfusión de sangre —contestó Dino—. Déjame en paz.

—Tenemos turno para cenar dentro de veinte minutos —gritó Stone—. Cámbiate.

Veinte minutos después salieron a una gran terraza desde la que se veían las luces de la ciudad. La lluvia había cesado y la noche estaba estrellada. En el enorme puerto, a lo lejos, había un par de cruceros anclados, bañados en sus propias luces, rodeados de los focos de posición de las embarcaciones que navegaban por allí. Se ubicaron en dos sillas cómodas, tomaron los menús que les dio el camarero, y Stone pidió dos piñas coladas.

—Yo quería un whisky doble —se quejó Dino.

—Silencio. Estás en el trópico —explicó Stone.

Las bebidas estaban heladas y deliciosas. Stone abrió su celular para ver si conseguía señal. Cuando pudo, llamó a Bob Cantor y el contestador le avisó que estaba fuera del área de cobertura.

—Creo que Bob está en un barco o apagó el celular —dedujo Stone.

Dino contemplaba el paisaje.

—¿Y quién no? Yo haría lo mismo en este sitio.

Escucharon al pianista mientras el lugar se llenaba de turistas.

—¿Llamaste a la oficina del fiscal para que dejaran sin efecto los cargos contra Herbie?

—¿En qué momento? —respondió Dino—. Me sacaste de mi oficina antes de que pudiera hacer nada.

—Hazlo mañana a la mañana. Si han retirado el cargo de homicidio resultará más fácil convencer a Herbie de que regrese a Nueva York.

—Sí, está bien. ¿Ahora puedo tomar este ridículo trago y disfrutar del paisaje?

—Cómo no. Eres mi invitado.

—Será mejor que lo recuerdes.

El camarero les tomó los pedidos.

—Tardarán unos veinte minutos —les dijo—. ¿Quieren otra piña colada?

—Por supuesto —respondió Dino.

—¿Cómo? ¿No querías un whisky?

—Estamos en el trópico, imbécil.

Stone rió.

—Lamento que no hayamos podido traer a Mary Ann.

Dino lo miró como si estuviera loco.

—Ustedes, los solteros, no entienden nada. Sólo con las compras en el aeropuerto terminarías fundido.

—¿Yo, fundido?

—Este viaje lo pagas tú, ¿recuerdas?

—Mi invitación no incluye compras. Ten presente que no voy a pagar ni una cámara ni un Rolex. Además, no tenemos tiempo de ir de compras. Debemos encontrar a Herbie.

—¿Y cómo piensas hacerlo?

—Si Bob Cantor no atiende el teléfono, no tengo la menor idea —respondió Stone.

Entonces el flash de una cámara los cegó.

—Buenas noches, caballeros —saludó alguien con acento neoyorquino—. Ésta es mi tarjeta. ¿Puedo imprimirles esta foto? Son sólo veinte dólares.

Cuando sus ojos se adaptaron a la luz ambiente, Stone se encontró ante la cara sonriente de Herbie Fisher.

19

La sonrisa de Herbie desapareció.

—Yo... eh... —No podía hablar.

También Stone estaba asombrado, hasta que al fin dijo:

—Hola, Herbie.

Herbie se dio vuelta, cruzó la terraza como un conejo aterrorizado y salió por la puerta.

—¡Vamos! —gritó Stone. Él y Dino empujaron sus sillas y salieron corriendo detrás del muchacho. Stone alcanzó a divisarlo en el estacionamiento y dobló apresuradamente, perdiendo un zapato en la carrera—. ¡Atrápalo! —aulló a Dino, y volvió a buscar su zapato.

Cuando regresó, Dino estaba en la calle mirando alrededor.

—¿Para dónde fue? —preguntó.

—No lo sé. Tuve que ir a buscar mi zapato.

—Eres una gran ayuda, Stone.

Desde detrás de un grupo de árboles oyeron arrancar un auto y luego el ruido de los neumáticos en la tierra. Stone corrió a tiempo para ver alejarse un jeep amarillo que desaparecía en la curva.

—Bien —dijo Stone—, por lo menos sabemos qué coche tiene.

—¿Un jeep? —dijo el policía, riendo—. ¿No te diste cuenta de que la mitad de los turistas de esta isla manejan jeeps alquilados?

—Pero es amarillo —señaló Stone—. No todos son amarillos.

—Tengo hambre —se quejó Dino.

Fueron a pie hasta el hotel y subieron a la terraza, donde los esperaban dos copas de piña colada en las que se derretía el hielo.

—La mesa está lista, caballeros —anunció el camarero—. Por aquí.

Se ubicaron en un reservado cerca de la puerta, desde donde podían ver parte del panorama, y aceptaron una copa de vino.

—¿Cómo mierda vamos a encontrarlo? —preguntó Dino mientras se lanzaba sobre el primer plato.

—Va a tratar de hablar con su tío Bob lo antes posible, pero comunicarse con él le va a costar tanto como a mí. En cuanto yo encuentre a Bob podré explicarle todo, y él se lo explicará a Herbie.

—¿Y cuánto tiempo te parece que nos llevará? —quiso saber Dino.

—Bueno, Bob está aquí desde hace cuatro días, por lo menos. Tal vez ya está listo para volver a casa.

—¿Y si son tres semanas de vacaciones?

—Ni lo digas.

—¿Cuándo tenía que comparecer Herbie ante el juez?

—Pasado mañana.

—Ah, diablos.

—Llamé a Tony Levy y le dije que lo pospusiera, como sea.

—¿Quién es el juez?

—Kaplan.

—Estás embromado —dijo Dino, riendo—. Has perdido un cuarto de millón, y para cuando volvamos, Irving Newman será el dueño de tu casa.

—Dino, me estás amargando la comida.

—¿Llamaste a Irving?

—No. Confío en que no sepa que Herbie se escapó. ¿Cómo puede enterarse?

—Bueno, cuando Herbie no se presente pasado mañana, y Tony Levy enfrente a Kaplan con las manos vacías, Irving va a sospechar algo. Tiene un informante en cada tribunal, ya lo sabes.

—Sí, lo sé. ¿Podemos cambiar de tema?

—Y, además, Irving no es la clase de sujeto que te perdonaría un cuarto de millón.

—No es un cuarto de millón, son doscientos veinticinco mil.

—Ah, eso sí que es toda una diferencia.

—De veras, Dino, me estás arruinando la cena.

—Por supuesto, tendrás algo en el banco. Podrías darle un cheque a Irving.

—Tendría que vender acciones, y las mías están en baja. Darle un cheque ahora me costaría mucho.

—¿No tendrías que haber llamado la semana pasada?

—Dino, si sigues así voy a regresar al cuarto, buscar tu revólver y pegarte un tiro.

—No traje el arma.

—Cambiemos de tema, ¿de acuerdo?

—De acuerdo. —Dino masticó durante un momento y tomó un sorbo de vino.— ¿Carpenter sabe que te fuiste de la ciudad?

Stone gruñó.

—No tuve tiempo de llamarla. —Sacó el celular y marcó el número del Lowell.— ¿Con qué nombre se registró?

Dino lo miró pensativo.

—No me acuerdo. Tiene tantos...

Atendieron los del hotel.

—Un momento —dijo Stone, y tapó el auricular—. Vamos, Dino, ayúdame.

—Te juro que no me acuerdo.

—Yo tampoco. —Stone se golpeó la frente.— ¡Susan!

—Sí.

Destapó el teléfono.

—Quisiera hablar con Susan Kinsolving, por favor.

El timbre sonó repetidas veces, hasta que el operador retomó la llamada.

—Lo lamento, pero no contestan, señor. ¿Quiere dejar grabado un mensaje?

—Sí, por favor. —Stone esperó a que sonara el *bip* y dijo:— Habla Stone. Tuve que salir de la ciudad por negocios. Por favor, llámame a mi celular. —Repitió el número, por si ella lo había perdido.— Regreso en uno o dos días. —Cortó.

Dino rió.

—¿Uno o dos días? Qué gracioso.

—A lo mejor tenemos suerte.

—Ya la tuvimos, y dejaste escapar al sujeto.

—¿Yo lo dejé escapar?

—No fui yo —aclaró Dino.

—Tú estabas más cerca de él que yo. Podrías haberlo atrapado.

—¿Y quién podía ver algo, con la luz del flash?

—Bueno, yo tampoco podía ver.

Una mujer sentada a la mesa de al lado se inclinó hacia ellos.

—Disculpen —dijo—, pero ¿ustedes dos están casados?

—Lo lamento mucho —se disculpó Stone.

—La verdad es que discuten como un matrimonio —dijo la mujer, y siguió comiendo.

—Me estás haciendo pasar vergüenza —susurró Stone.

—¿Yo te hago pasar vergüenza? —replicó Dino, anonadado.

—Te pedí que cambiaras de tema.

—¡Y lo hice!

—Caballeros, *por favor* —dijo la mujer de la mesa de al lado.

—Lo lamento mucho —repitió Stone.

—Sí que cambié de tema —susurró Dino.

—Cállate —ordenó Stone.

20

CARPENTER TOMÓ el teléfono, marcó el número de la casa de Stone y atendió el contestador. Colgó sin dejar mensaje. Intentó con el celular y una grabación le dijo que estaba fuera del área de cobertura.

Estaba sentada en una oficina con muy pocos muebles, destinada a visitantes, del centro de operaciones de Nueva York que compartían el MI5 y el MI6, ninguno de los cuales debía, supuestamente, tener presencia alguna en Nueva York. Carpenter estaba cansada, tenía hambre, quería que Stone la llevara a cenar y él no cooperaba. Tomó su abrigo. Pasó por la puerta principal, firmó el registro de salida y se encontró en la calle. P. J. Clarke's quedaba a pocas cuadras de allí, así que se encaminó hacia el restaurante. Ni se preocupó en pensar que podían estar siguiéndola.

Eran cerca de las ocho y el comedor estaba repleto.

—No vamos a tener ninguna mesa libre hasta dentro de cuarenta y cinco minutos —le informaron—, pero si quiere comer ahora puede pedir la comida en la barra.

Se dirigió a la barra y la recorrió con la mirada. En un extremo había dos obreros de la construcción, con los cascos puestos, que al parecer no querían regresar a sus casas. En el centro había un grupo de publicitarios que daban la impresión de ir por la cuarta vuelta de copas, y en el otro extremo, una mujer sola que se estaba quitando el abrigo. Carpenter se ubicó a dos taburetes de la mujer y pidió un Wild Turkey, sin olvidar el acento estadounidense.

—¿Bebedora de *bourbon*? —preguntó la mujer—. Debes de ser del sur. —Vestía ropa de ejecutiva y llevaba una cartera tipo portafolio, que descansaba a su lado. Estaba leyendo la página 6 del *New York Post*.

—No, soy del Medio Oeste —respondió Carpenter, nada disgustada por encontrar a alguien con quien ensayar su historia.

—¿Hace mucho que estás en Nueva York?

—En realidad vivo en San Francisco. Estoy aquí por negocios.

—Una de mis ciudades preferidas —dijo la mujer.

—Una de las preferidas de todos —respondió Carpenter con una sonrisa—. ¿Qué haces aquí?

—Soy abogada.

—¿En qué estudio?

—Dejé un trabajo la semana pasada y estoy empezando a buscar de nuevo.

—¿Has tenido suerte?

—Hoy tuve dos entrevistas. Una me pareció bastante prometedora. ¿Conoces el estudio Woodman y Weld?

—Los conozco. Tengo un amigo que trabaja a veces para ellos. —Carpenter tomó un trago de *bourbon* y pidió el menú.— ¿Me acompañas? —invitó—. Voy a comer acá, ya que no hay mesas libres.

—Claro —respondió la mujer, mirando el menú—. Creo que voy a pedir un bife jugoso con papas fritas. Tengo hambre.

—Yo también —dijo Carpenter—. Dos bifes jugosos con papas fritas —pidió al camarero—. Y una botella de un buen Cabernet. Elígelo tú.

El camarero asintió y fue a encargar los pedidos.

—Jamás pensé que oiría a una californiana pedirle al camarero que eligiera el vino —comentó la mujer, riendo—. Toda la gente de la costa oeste que conozco tiene una lista mental de negocios de vino que nadie que viva al este de Las Vegas ha oído nombrar en su vida.

—En realidad no me interesa mucho el vino, aunque me gusta tomarlo. Dejo que lo pidan los hombres.

—¿Cuál es tu restaurante preferido de allá?

—Postrio —respondió Carpenter.

—¿Sí? Creí que había cerrado.

—No. Lo remodelaron y tiene un *chef* nuevo. Quedó maravilloso. —Carpenter tomó nota mental para averiguar si de veras había cerrado. No podía ir por el mundo cometiendo errores, aunque ahora sólo estuviera practicando su historia.

—¿Dónde paras en Nueva York? —preguntó la mujer.

—En el Carlyle.

—Un poco costoso para un viaje de negocios, ¿no?

—Soy vicepresidenta *senior* de la compañía, así que me permiten buenos hoteles y primera clase en los aviones —respondió Carpenter.

—Qué bueno.

—No está mal —dijo Carpenter, preguntándose si no estaba exagerando su acento—. ¿En qué parte de la ciudad vives?

—Del lado este, por la Ochenta.

—Me gusta esa parte.

Les llevaron los platos y las dos empezaron a comer.

—El vino no es malo —comentó la mujer, que dio vuelta la botella para ver la marca—. Jordan Cabernet.

—Sí, es bueno.

—Tal vez no sea mala idea dejar que elija el *barman*.

—¿Ves? Te lo dije. ¿Hace mucho que vives en la ciudad?

—Cuatro años —respondió la mujer.

—¿Es fácil conocer hombres aquí?

Meneó la cabeza.

—Hay tantos, y tan pocos...

—Así me siento en San Francisco —dijo Carpenter—. Los mejores están casados, o son *gay*, o... las dos cosas.

La mujer rió.

—Lo mismo que acá.

Terminaron los bifes.

—¿Postre? —preguntó el camarero mientras retiraba los platos.

—¿Qué nos recomienda?

—La torta de manzana y nuez con una porción de helado de vainilla.

—¡Vendido!

—Que sean dos —dijo la mujer—, aunque mañana me arrepentiré cuando me pese.

—Nunca hay que pesarse —comentó Carpenter.

Cuando terminaron la torta de manzana, Carpenter pidió la cuenta. Pagó con una de las tarjetas de Susan.

—Yo invito —dijo.

—¿Cómo te llamas?

—Susan Kinsolving —contestó Carpenter, y le tendió una mano.

—Yo, Ginger Harvey —dijo la mujer—. ¿Puedo invitarte a tomar un café en otro lado?

—Gracias, pero tuve un día largo y estoy realmente cansada. Tal vez vuelva a encontrarte aquí otro día. —Se despidió con un gesto, salió del restaurante y tomó un taxi.— Al hotel Carlyle, Setenta y Seis y Madison.

—Bien —dijo el chofer.

—Hágame un favor, ¿quiere? Mire por el espejo retrovisor y fíjese si hay una mujer tomando un taxi detrás de nosotros.

—¿Saliendo del Clarke's? —preguntó el taxista—. Sí.

—Vaya sin apuro calle arriba —indicó Carpenter—. No pase ningún semáforo en rojo. —Sacó el celular y marcó un número.— Habla Carpenter; creo que me encontraron y creo que es nuestra amiga. Estoy en un taxi, subiendo por la Tercera Avenida y la calle Cincuenta y Siete, y ella viene atrás. Voy al hotel Carlyle. Llama al conserje y avísale que me tengan registrada. ¿Pueden enviar a alguien en diez minutos? ¿No? Lo suponía. No, no llames a la policía. Tendremos que manejarlo lo mejor posible, y solos. —Cortó.

—Qué raro —comentó el chofer.

—¿Qué cosa?

—Usted no tenía acento inglés cuando subió al taxi.

Carpenter le pasó un billete de cincuenta.

—Olvide lo que oyó —le dijo—. Déjeme en el hotel, no detenga el reloj y no suba a ningún pasajero hasta que haya andado por lo menos veinte cuadras. ¿De acuerdo?

El hombre miró el billete.

—¡Sí, señora!

Carpenter bajó del taxi en la calle Setenta y Seis, en la entrada del Carlyle, y se apresuró a entrar y dirigirse al mostrador de la recepción.

—Me llamo Carpenter. ¿Puede darme mi llave, por favor?

El hombre la miró un momento; luego abrió un cajón y le entregó una llave.

—Piso alto, suite interior, tal como pidieron —dijo.

—Si alguien pregunta por mí, llame al número que le dieron —ordenó—. Muy pronto vendrá alguien.

—Que duerma bien —dijo el empleado.

Carpenter subió al ascensor antes de mirar el número de su llave. Dio al operador el número del piso. En cuanto el ascensor se puso en marcha, sonó su celular.

—¿Sí?

—Vamos a tardar veinte minutos en apostar el equipo —dijo la voz.

—¿Tanto?

—Estamos dispersos. No contestes a la puerta si no recibes antes una llamada.

—De acuerdo. —Cortó la comunicación y bajó del ascensor. Encontró la puerta, entró en una suite pequeña y puso la cadena. La ventana daba a un pozo de aire, pero aun así cerró las cortinas antes de encender la luz. Tomó el teléfono y marcó un número.

—Controla estos datos —dijo—. Nombre: Ginger Harvey, abogada, vive por la Ochenta este.

—Un momento, por favor.

Alcanzaba a oír el ruido del tecleo en la computadora.

—Ochenta y Uno este, cerca de Lexington —dijo el hombre.

—Envía a alguien ya mismo. Si no contesta nadie, que entre, y llámame de nuevo. —Cortó, se sacó los zapatos y se puso a caminar de un lado a otro de la habitación. Le preocupaba que Ginger Harvey fuera alguien real.

21

TERMINARON LA CENA rápidamente, y Stone fue al mostrador.

—¿Sabe dónde puedo encontrar al fotógrafo que estuvo aquí más temprano? —preguntó a la mujer.

—¿Por qué? —preguntó la mujer a su vez—. ¿Lo molestó? Empezó a venir anoche, y le dije que no molestara a los clientes.

—No, nada de eso —respondió Stone—. Es que quería hablar con él.

—Tengo su número de teléfono —dijo la empleada; buscó en el cajón y sacó una tarjeta burdamente impresa que decía: "Herbie el Ojo - Fotógrafo Bueno y Veloz".

—Gracias —dijo Stone—. ¿Tendrá disponible algún coche para alquilar?

—Me queda un jeep —respondió la mujer, entregándole las llaves—. Lo anotaré en su cuenta, señor Barrington.

—Muchas gracias. —Stone y Dino corrieron hacia el estacionamiento, donde los esperaba un jeep rojo.

—Tu trabajo es recordar el camino de vuelta —dijo Stone mientras ponía el jeep en marcha.

—De acuerdo —repuso Dino—. ¿Vamos de excursión?

—Vamos a recorrer hoteles —respondió Stone—. Ya que nos perdió a nosotros, no creo que Herbie quiera dejar de ganar algún dinero esta noche, ¿no te parece?

—Tienes razón.

Anduvieron durante la noche cálida, deteniéndose en cada hotel por el que pasaban y mirando en cada estacionamiento. Encontraron dos jeeps amarillos, pero a Herbie no. Stone intentó hablar con Bob Cantor y esta vez atendió.

—¿Sí?

—¿Bob? ¿Dónde mierda estabas?

—¿Quién habla?

—Stone. Estaba tratando de encontrarte.

—Estoy en un barco. Esta tarde llegamos a Red Hook.

—¿Y dónde queda Red Hook?

—En el extremo este de la isla. ¿Qué pasa? ¿Para qué me buscabas?

—¿Supiste algo de Herbie Fisher?

—No, ésta es la primera llamada que recibo. ¿Por qué tendría que saber algo de Herbie?

—Se fugó y está bajo fianza.

—¿Fianza por qué? ¿Hiciste arrestar al chico? Mi hermana me matará.

—Yo no lo hice arrestar. Herbie se hizo arrestar solo, y yo estoy tratando de sacarlo del problema. Le pagué la fianza, a través de Irving Newman, y él se fugó cargándome con un cuarto de millón.

—¿Un cuarto de millón? ¿Pero qué hizo ese chico?

—Te lo diré cuando nos veamos. ¿Dónde estás parando?

—Es mi última noche en el barco. Planeaba regresar a casa mañana.

—¿Cómo llego a Red Hook?

Cantor le dio las indicaciones y el nombre del barco.

—Tardarás entre media hora y cuarenta y cinco minutos.

—Muy bien —dijo Stone—. Herbie te llamará, estoy seguro. Cuando lo haga, dile que vaya a Red Hook, pero no le digas que te llamé. Creo que él piensa que, si lo encuentro, me lo llevaré para que lo metan preso.

—¿Y eso es lo que quieres hacer?

—¡No! Quiero que le reduzcan los cargos y quede en libertad condicional. Tiene que presentarse en el tribunal dentro de treinta y seis horas; si falta, me costará un montón de dinero.

—De acuerdo, voy a hablar con el chico, Stone.

—No le hables; deja que lo haga yo. Si llega antes, sujétalo para que no se vaya.

—Como tú digas —respondió Bob.

Stone cortó.

—Nos vamos a Red Hook.

—Quiero irme a la cama —se quejó Dino—. Es medianoche.

—Más tarde. —Stone emprendió el camino hacia Red Hook.

Carpenter saltó. Había oído un ruido del otro lado de su puerta. Tomó su cartera, sacó la pequeña Walther y colocó el silenciador. A los del Carlyle no les agradaría un tiroteo en sus pasillos. Atravesó descalza la habitación y espió por la mirilla. No se veía a nadie. Se pegó a la pared y esperó.

Sonó el timbre y se sobresaltó otra vez. No abrió la puerta.

—¡Carpenter! —dijo alguien desde el pasillo.

Volvió a espiar por la mirilla.

—¿Quién es? —preguntó.

—Mason —fue la respuesta.

No iba a usar ese apodo si alguien le estuviera apuntando. Sacó la cadena y abrió, dando un paso atrás, con la pistola preparada, por las dudas.

Mason entró.

—Tranquila; estoy solo.

—¿Por qué mierda estás solo? —quiso saber ella—. ¿No sabes con quién estamos tratando?

—Por supuesto que sé con quién estamos tratando —contestó Mason, con su tono lento de clase alta.

—¿Y por qué no me llamaste antes de venir? Podría haberte disparado.

—¿Se suponía que tenía que llamar?

—Bah, no importa. ¿Dónde están todos?

—Envié a dos hombres al departamento de Harvey. Estamos llamando a otros.

—Ella está por aquí, en el hotel. Lo percibo —dijo Carpenter.

—Dame una descripción y la haré circular.

—Edad: treinta y pico; peso: sesenta kilos; estatura: más de un metro sesenta; cabello castaño, espalda ancha, ojos negros...

—¿Ojos negros? Nadie tiene ojos negros.

—Bien; castaños, muy oscuros. Estaba vestida con un traje sastre. Tenía una cartera tipo portafolio, y Dios sabe lo que llevará allí.

Mason sacó un celular e hizo una llamada.

—¿Por qué no quieres llamar a la policía?

—Quisiera que pudiéramos encargarnos de ella por nuestra cuenta —respondió Carpenter—. ¿No te gustaría?

Mason se encogió de hombros.

—¿Por qué compartir la victoria con el Departamento de Policía de Nueva York o el FBI?

Sonó el teléfono y Carpenter esperó a que Mason tomara la extensión antes de contestar.

Los dos atendieron al mismo tiempo.

—¿Sí?

—Estamos en el departamento de Harvey —dijo el hombre—. Está muy limpio.

—Era de esperar, ¿no? —dijo Carpenter.

—Espera, vamos a revisar el jardín.

Carpenter esperó un largo rato hasta que el hombre regresó.

—Tenemos un cadáver. Es una mujer, de peso y estatura medios.

—¿Dónde la encontraron?

—En una especie de cajón.

—¿Un cajón-invernadero, en el jardín?

—Exacto.

—¿Cuánto hace que murió?

—No hay *rigor mortis*, y no apesta. Es todo lo que puedo decirte.

—Salgan de allí y limpien cualquier rastro de ustedes. Dime que no forzaron la cerradura.

—Usé una ganzúa.

—Entonces rodeen y vigilen el lugar, por si La Biche regresa, y tengan mucho, mucho cuidado.

—De acuerdo.

—Dime que no hiciste esta llamada desde el teléfono de Harvey.

Un silencio.

—Eh... ya nos vamos.

Carpenter cortó.

—¡Estúpidos! ¡Llamaron acá desde el teléfono de Harvey!

Mason gruñó.

—Ahora sí vamos a tener que hablar con el Departamento de Policía. Con seguridad van a controlar las llamadas de ese teléfono.

—Déjame que llame yo —dijo Carpenter. Buscó en su agenda el número del celular de Dino Bacchetti y lo marcó.

22

EL JEEP SE DETUVO en el estacionamiento de un muelle para embarcaciones pequeñas.

—Por ahí —dijo Stone, señalando.

Dino saltó.

—Espera, es mi celular. A esta hora de la noche, alguien puede haber muerto. —Abrió el celular.— Bacchetti.

—¿Dino? Habla Carpenter.

—Ah, hola —respondió Dino, y tapó el celular—. Es Carpenter.

—¿Por qué mierda te llama a ti? —preguntó Stone, tratando de arrebatarle el celular.

Dino lo rechazó.

—Me llamó a mí, y estoy hablando con ella. ¿Qué ocurre, Carpenter?

—Tengo un problemita para ti, Dino.

—¿Para mí? ¿Qué clase de problema?

—Un par de hombres de los míos se topó con un asesinato en tu zona.

—¿A quién asesinaron, Carpenter?

—Ellos, a nadie. Fue obra de La Biche.

—¿A quién mató? ¿A uno de los tuyos?

—A una civil, una mujer llamada Ginger Harvey, y La Biche ha adoptado su identidad, al menos por ahora.

—Cuéntame.

Carpenter le pasó la dirección.

—Es una planta baja, el departamento del fondo, con jardín. El cuerpo está en un cajón-invernadero.

—¿Qué es eso?

—Se usa en jardinería. Es una especie de invernadero sin vidrios.

—Voy a mandar gente para allá.

—No van a encontrar mucho, salvo el cadáver. Esa mujer es muy astuta y debe de haber eliminado todo rastro posible de su presencia allí.

—De acuerdo, pero hay que seguir con el procedimiento.

—Un favor, Dino. ¿Podrías esperar hasta, digamos, mañana al mediodía antes de mandarlos? Tengo el lugar rodeado por si La Biche regresa, y saldrá volando si descubre a alguien que parezca un policía.

—Está bien, esperaré para avisarles.

—Te lo agradezco, Dino. Ya sé que no es el procedimiento adecuado, pero así tenemos al menos alguna probabilidad de atraparla.

—No te preocupes. Nos mantenemos en contacto.

—Anota mi número de celular.

Dino buscó una lapicera.

—Listo, dime.

—Quiero hablar con ella —intervino Stone.

Dino asintió mientras escribía.

—Espera. Stone quiere hablar contigo.

Stone tomó el teléfono.

—Hola. ¿Estás bien?

—Por ahora, escapando. La Biche me encontró y estoy escondida en el Carlyle.

—¡Mierda! ¿Cómo te encontró?

—Supongo que, cuando secuestró a ese hombre en El Cairo, él debe de haberle dado la dirección de nuestras oficinas en Nueva York. Es probable que haya estado esperándome hasta que salí del edificio, y después me siguió hasta P. J. Clarke's, donde mantuvimos una linda charla en la barra.

—¿Vas a seguir en el Carlyle?

—No. A la mañana me iré. Y tampoco puedo volver al Lowell.

—Ve a mi casa.

—Puede que ella sepa quién eres.

—O puede que no.

—Lo pensaré. ¿Por qué no vienes al Carlyle dentro de un rato, cuando yo haya resuelto esto?

—Tengo un pequeño problema: estoy en Saint Thomas.

—¿Una iglesia?

—Una isla.

—¿Qué diablos estás haciendo allí?

—Buscando a Herbie Fisher para llevarlo de vuelta, ya que está bajo fianza y me costará mucho dinero.

—¿Cuándo vuelves?

—Espero que mañana.

—Dino tiene el número de mi celular. Llámame cuando regreses.

—Cuídate.

—Me gustaría que estuvieras aquí, para que me cuidaras tú.

—A mí también. Te llamo mañana. —Stone cortó y devolvió el celular a Dino.— Vamos a buscar el barco; se llama *Tenderly.*

Caminaron despacio por el muelle, mirando los nombres de los barcos, hasta que llegaron a un velero con una luz encendida.

—Aquí está —dijo Stone, y subió a bordo—. ¿Bob?

—Pasa, Stone —respondió Cantor.

Stone y Dino bajaron por la escalera de cámara. Bob estaba sentado ante la mesa de la sala, y Herbie Fisher se hallaba a su lado, con el aspecto de un animal paralizado por las luces de un reflector.

—¡Bueno! ¡Hola, Herbie! —exclamó Stone—. Eres difícil de agarrar, ¿eh?

—Llamó después de ti, Stone —explicó Cantor—. Recién llega.

—No voy a volver —afirmó Herbie.

—Sí que lo vas a hacer —replicó Stone al tiempo que se sentaba en una banqueta frente a la mesa—. Permíteme explicarte por qué.

—Cierra la boca y escucha, Herbie —le ordenó Cantor.

—Tú no mataste a ese hombre —dijo Stone.

—No me venga con esa mierda. ¿Cree que no sé cuándo un hombre está muerto? Me crié en Brooklyn.

Stone lo dejó pasar.

—Él estaba muerto, Herbie, pero no lo mataste tú. Le hicieron la autopsia. Lo mató la chica. Ya estaba muerto cuando tú le caíste encima.

—No le creo —replicó Herbie.

—Déjame presentarte al teniente Dino Bacchetti, jefe del escuadrón de detectives del distrito Diecinueve. Muéstrale la credencial, Dino.

Dino hizo una pequeña reverencia y le mostró la credencial.

—Dino —preguntó Stone—, ¿le estoy mintiendo a Herbie?

—No —respondió—. Al sujeto lo envenenaron.

Herbie los miró a los dos de arriba abajo.

—No te está mintiendo, Herbie —dijo Cantor a su sobrino.

—De todos modos no voy a volver.

—¿Cómo dices? —preguntó Stone, confundido.

—Me gusta este lugar. Ya tengo cinco hoteles para trabajar. Va a ser un buen negocio.

—Herbie, tienes que presentarte en el tribunal dentro de treinta y seis horas. Vamos a conseguir que retiren los cargos por homicidio y que todos los demás cargos se reduzcan, y obtendremos la libertad condicional sin obligación de presentarte en el juzgado todas las semanas. Entonces podrás regresar aquí y sacar todas las fotos que quieras.

—Pero tendré antecedentes —se quejó Herbie.

—Herbie —respondió Stone—, si no te presentas van a firmar una orden de captura y toda la policía, incluida la de acá, te buscará. ¿Prefieres eso a la condicional?

—No sé —respondió Herbie.

Bob Cantor tendió un brazo por detrás de Herbie y le pegó en la cabeza con la palma de la mano.

—¡Eh! —se quejó el muchacho, dando un respingo.

—Vete a casa con Stone y arregla ese asunto, o le contaré todo a tu madre —ordenó Cantor.

—Está bien —accedió Herbie, avergonzado.

23

CARPENTER DESPERTÓ de golpe por el ruido de un portazo. Su mano se apoderó de inmediato de la Walther. Estaba en la cama, desnuda, y oía que alguien silbaba en la sala de su suite en el Carlyle. Pero era Mason. Se levantó de la cama, se cepilló los dientes con un cepillo del hotel, se puso una bata que encontró colgada en la puerta del baño y entró en la sala, peinándose con las manos. No había cepillo para el cabello.

—Buenos días —la saludó Mason alegremente. Su chaqueta y su corbata de Eton estaban tiradas sobre una silla, y llevaba abierto el cuello de la camisa. Le indicó con un gesto la mesita rodante.

—Tenemos huevos, salmón ahumado, salchichas y ese maravilloso jugo de naranja fresco que traen de Florida.

A Carpenter le sorprendió darse cuenta de que tenía hambre; se sentó y comenzó a destapar las fuentes, dejando las tapas en el suelo.

—¿Dormiste bien?

—Sí, pero no lo suficiente —contestó Carpenter—. ¿Y tú?

—Como un tronco. El sofá es muy cómodo.

—Mason, ¿alguna vez en tu vida te sentiste incómodo? —preguntó ella. Fueran adonde fuesen, Mason siempre parecía llevar consigo el catre de campaña de su padre, una bolsa de dormir o un bar portátil.

—Desde la época del ejército, nunca —contestó, pensativo.

Carpenter sabía que Mason había formado parte de los SAS, los Servicios Aéreos Especiales, el más peligroso de los comandos británicos.

—Descríbeme una sola situación en que el ejército haya logrado hacerte sentir incómodo —pidió Carpenter.

—En Irlanda del Norte —dijo él, después de pensarlo un momento—. Estaba en Londonderry, vigilando una casa donde creíamos que iba a aparecer uno de esos sujetos del IRA. Llovía, y mi Land Rover tenía la capota agujereada, así que me caía agua en el cuello. Lo más raro fue que estuve más cómodo cuando estalló la bomba, porque el coche quedó dado vuelta y era mucho mejor estar sobre la capota, con el vehículo encima, porque ya no me mojaba.

—Ah —repuso Carpenter. Se llevó a la boca una porción de huevos con salmón—. ¿Hay algún informe de la noche?

Mason adoptó una expresión más sombría.

—Tinker murió y Thatcher está en el hospital, a unas cuadras de acá, en el Lenox Hill.

Carpenter tragó y dejó el tenedor.

—¿Ella los liquidó a los dos?

—Bueno, a Tinker. No pudo con Thatcher, no sé si me explico. Él todavía está vivo.

—¿Cómo lo hizo?

—Parece que con un picahielo. Aquí se los puede comprar en las ferreterías, ¿sabías?

—No, no lo sabía. —Agradeció a Dios que la agencia no le exigiera escribir cartas a los familiares de los muertos en el cumplimiento del deber.— ¿Entonces La Biche regresó a la casa de Harvey?

—Así parece. —Mason se sentó a la mesa y se puso a comer.— Qué cosa curiosa: me muero de hambre, a pesar de las noticias.

—Es psicológico —comentó Carpenter—. El alivio de estar vivo cuando otros han muerto causa una sensación de bienestar y aumenta el apetito. Por eso la gente les lleva comida a los deudos. Yo también tengo hambre. —Reanudó el desayuno.

—Te irás del Lowell —le dijo Mason—. ¿Adónde quieres que manden tus cosas?

Ella le dio la dirección de Stone.

—¿Te parece buena idea?

—Por el momento no tengo nada mejor. ¿Cómo saldré de aquí?

—Conseguimos el camión de una pescadería. Estacionará en el garaje de abajo en... —Miró el reloj.— Cincuenta minutos. Ellos descargan el pescado y tú subes; el camión sigue hasta el Waldorf, donde descargarán más pescado y a ti. Allí subirás a un taxi para ir... adonde quieras.

—Muy bien.

—Espero que no te moleste el olor.

—Puedo aguantarlo, si es hasta el Waldorf. ¿Alguien habló con Thatcher?

—Sí. Recuerda muy poco, salvo el dolor. No la vio acercarse. ¿Vamos a contarles a nuestros amigos policías sobre esa mujer Harvey?

—Ya lo hice —respondió Carpenter—. La gente del teniente Bacchetti irá al departamento alrededor del mediodía.

—No encontrarán una mierda —dijo Mason mientras pinchaba una salchicha.

—Ya se lo dije a Dino, pero tienen que seguir el procedimiento. No me asombraría que encontraran pruebas de la presencia de Tinker y Thatcher. Es evidente que no se manejaron muy bien esta vez.

—Yo no sería demasiado duro con ellos —opinó Mason—. Esa mujer es totalmente... extraordinaria. ¿Cuál fue tu impresión de ella cuando la conociste en Clarke's?

—Te lo diré si no se lo cuentas a nadie.

—De acuerdo.

—Actuó muy bien... tan bien que no me di cuenta hasta que me invitó a tomar un café en otro lado, que habría sido el departamento de Harvey, según deduzco. La verdad, no estuve del todo segura hasta que vi que me seguía en un taxi hasta acá.

—Entonces es realmente muy buena.

—Actuó de manera tan... tan común...

—Eso es lo extraordinario de ella, supongo —observó Mason—. Alguien capaz de cazar gente con tanta frialdad, y al mismo tiempo parecer tan común. ¿Crees que tendrá una organización aquí?

—Apuesto a que tiene un par de nombres para llamar por teléfono si necesita algo o si las cosas se le ponen mal —conjeturó Carpenter—. Es demasiado buena como para no tener algún tipo de apoyo. ¿Ya marcaron el pasaporte de Harvey?

Mason dejó de comer.

—No estoy seguro —respondió con aire culpable.

—Eso significa que no lo hiciste.

—Bueno...

—Hazlo ahora.

Mason se levantó y fue hasta el teléfono, pero sonó antes de que llegara a usarlo. Atendió, escuchó un momento y se lo pasó a Carpenter.

—Es para ti. —Levantó los ojos al cielo, como invocando a Dios.

Carpenter se levantó para atender.

—¿Sí?

—Habla Architect. —Era su jefe, desde Londres.

—¿Sí, señor?

—Esta mañana llegó a Heathrow un vuelo con una tal Virginia Harvey en la lista de pasajeros. Tengo entendido que se llama Ginger, ¿verdad?

—Sí, señor.

—Subió al avión, pero no bajó, o al menos no llegó a inmigración. Encontraron el cuerpo en el baño de damas, en el pasillo que lleva de la puerta de desembarco a la sala de retiro de equipaje. Su pasaporte estaba en su cartera, pero las fotos no corresponden al cadáver.

—Era de esperar, ya que son de otra mujer.

—Por supuesto, pero usted no entiende a qué me refiero.

Carpenter contuvo la respiración.

—Me parece que acabo de entenderlo.

—Estamos investigando a otras dos mujeres solas que iban en ese vuelo —dijo Architect—. Las dos pasaron por la aduana y migraciones. Una apareció en un hotel de Londres; a la otra no la han encontrado.

—Eso tiene sentido.

—De modo que parece que te la hemos sacado de encima, al menos por el momento.

—Así parecería. Tomaré el próximo vuelo.

—Creo que será mejor que te quedes en Nueva York por ahora. Tú y Mason, tómense unos días. Lamento lo de Tinker. Según entiendo, Thatcher se pondrá bien en pocos días.

—Sí, señor.

—Me mantendré en contacto si hay novedades. —Cortó.

Carpenter colgó.

—¿Qué? —preguntó Mason.

—Parece que La Biche, después de matar a Tinker y herir a Thatcher, fue directamente al aeropuerto Kennedy y tomó un vuelo a Londres. Y, después de llegar a Heathrow pero antes de retirar su equipaje, asesinó a otra mujer, le sacó la cartera y dejó en su lugar la de Ginger Harvey. Ahora anda suelta en Londres.

—Mmm —dijo Mason—. Supongo que debería haber denunciado anoche el pasaporte de Harvey.

—Ella pensó que no íbamos a actuar tan rápido —dijo Carpenter—. Y tenía razón.

24

Stone, Dino, Bob Cantor y Herbie Fisher bajaron del avión en el aeropuerto Kennedy. Dino sacó su credencial en la aduana, y en cuanto pasaron, Stone sintió que se cerraba una esposa en una de sus muñecas. Miró y vio que Herbie llevaba la otra.

—No quiero correr riesgos —dijo Dino.

—Tengo que ir al baño —dijo Herbie.

—Allá hay uno —indicó Dino—. Que lo pasen bien, muchachos.

—Vamos, Dino —pidió Stone—. Suéltalo.

—No lo haré, a menos que le ponga las dos esposas a Herbie, detrás de la espalda. Entonces tú tendrás que ayudarlo en el baño. ¿Estás de acuerdo?

Stone entró en el cuarto de baño con Herbie y esperó impaciente mientras el muchacho orinaba. Cuando salieron, el coche de Dino los esperaba. Stone sacó su celular.

Dino sacó el suyo y marcó un número.

—Deme con la oficina del asistente del fiscal —dijo.

Stone marcó otro número.

—Tony, ¿estás en tribunales? ¿En diez minutos? Ya tengo a Herbie, pero estamos atrasados unos veinte minutos. ¿Puedes ocuparte de la juez Kaplan? Haz todo lo que puedas. Dile que tuvimos problemas en el subterráneo. —Cortó.

—¿George? —dijo Dino—. Dino Becchetti... Sí, tú también. Escucha, voy a ahorrarte tiempo. Uno de los tuyos está lidiando con un tal Herbie Fisher, acusado de homicidio en el caso de Larry Fortescue... Correcto, tiene que presentarse en veinte minutos. El asunto es que una fuente confiable me ha informado que la caída de Fisher por la claraboya no fue lo que causó la muerte de Fortescue... No, en realidad lo envenenaron, y lo hizo una profesional, así que ya estaba muerto cuando Fisher cayó... No, no es broma, es lo que dice la autopsia... De una fuente de Inteligencia. Es un caso de intriga y espías. Y además me dijeron que la verdad es que Fisher les hizo un favor, porque le sacó una foto a la mujer que asesinó a Fortescue... Vamos, George, ¿cómo podría inventar algo así?... ¿Que qué quiero? George, el cargo de homicidio no puede sostenerse, y, teniendo en cuenta la mano que Fisher le ha dado a esta gente, yo levantaría también todos los otros cargos. Creo que lo mejor es que todo este asunto quede anulado... ¿Mi interés en esto? Me interesa no quedar como un idiota, y a ti debería interesarte lo mismo... De acuerdo, muchacho. Te llamaré más tarde.

Dino cortó y se volvió hacia Stone, que ocupaba el asiento trasero, al lado de Herbie.

—George hablará con el fiscal del caso. Ahora va camino a tribunales.

—¿Quiere decir que todo terminará? —preguntó Herbie.

—Cállate, Herbie —dijo Dino—. Todavía no estás a salvo. Todavía tenemos que llevarte al tribunal antes de que Kaplan se dé cuenta de que no estás.

—Enciende la sirena, Dino —pidió Stone.

Dino lo hizo.

—Aunque, a esta hora, no creo que haga mucha diferencia.

Veinte minutos después, cuando el alguacil anunciaba la causa de "El estado de Nueva York contra Herbert Fisher", Stone entró en la sala con Herbie a la zaga. Lo entregó a Tony Levy.

—¿Qué está pasando? —susurró Levy.

—Cierra la boca y deja que hable el fiscal —contestó Stone.

—Señor Levy —dijo la juez Kaplan—, supongo que querrá continuar con la fianza.

Levy iba a abrir la boca para hablar, cuando intervino la fiscal, una mujer baja y mal vestida.

—Su Señoría, esta oficina retira todos los cargos contra el señor Fisher.

Kaplan la miró con desconfianza.

—¿También el cargo por homicidio? ¿Qué está sucediendo aquí?

—Esta oficina se ha enterado de que la víctima murió por otras causas, antes de que el señor Fisher... eh... apareciera en la escena.

—Bueno, nunca he oído nada igual —comentó Kaplan.

—Yo tampoco, juez —contestó la fiscal—, pero nuestra información proviene de una fuente confiable.

—Muy bien, señor Fisher, queda libre. Se devolverá la fianza.

—Muchas gracias, Su Señoría —dijo Levy. Y acompañó a Herbie hasta el fondo del salón, donde los esperaba Stone—. ¿Cómo lo hiciste, Stone?

—No vas a querer saberlo —respondió Stone.

Levy lo llevó aparte.

—Creo que me debes cinco grandes.

—No. Cinco era tu tarifa por mentirle a la juez, y no tuviste que hacerlo. Hoy te mandaré mil. —Tomó a Herbie del brazo y lo sacó de la corte, mientras Levy se preguntaba qué diablos había ocurrido.

—Bueno —dijo Herbie—, ya estoy libre.

—Sí, así es —repuso Stone—. Y no digas una sola palabra a nadie, ni siquiera a tu madre, acerca de lo que Dino le dijo al fiscal. Si se te escapa algo, vas a volver a este tribunal.

—¡Me encanta todo este asunto de espías! Cuénteme qué pasó esa noche en el departamento.

—Herbie, si te lo contara tendría que matarte.

—¿Me encargará algún otro trabajo?

—No, Herbie, no.

—¿Por qué? ¿Acaso esto no salió bien?

—No, Herbie, no salió bien. Casi terminaste preso y casi me costaste un cuarto de millón de dólares.

—Pero todo salió bien. No se perjudicó nadie.

—Esto no ha sido lo que yo llamo "salir todo bien" —replicó Stone—, y no sabes lo cerca que estuviste de terminar perjudicado por mis propias manos.

—Lo llamaré la semana que viene, para ver si tiene algo para mí —insistió el muchacho con optimismo.

—Herbie, si vuelvo a oírte o a verte otra vez, hablaré con la gente encargada de investigar lo que ocurrió en el departamento, y ellos se van a asegurar de que nunca vuelvas a llamar a nadie.

Herbie tragó saliva.

—¿Me quiere decir...?

Stone asintió con gesto grave.

—Si yo fuera tú, me tomaría el próximo vuelo a Saint Thomas y jamás regresaría a Nueva York.

Herbie se apartó de Stone, asintiendo; luego dio media vuelta y salió corriendo.

Stone rogó que el muchacho pudiera llegar al aeropuerto sin su ayuda.

25

A MARIE-THÉRÈSE la despertó el ama de llaves, a las tres de la tarde. Estaba en el refugio de un servicio de Inteligencia de Oriente Medio, en Hampstead, un suburbio del norte de Londres.

—Ya ha llegado —informó la mujer.

—Bajo en cinco minutos —respondió Marie-Thérèse. Se dio una ducha rápida y sin secarse el cabello se vistió con el traje de Ginger Harvey; bajó al comedor, convertido en centro de operaciones. Abdul (ése era su nombre en clave) la esperaba leyendo sus mensajes de correo electrónico en una computadora portátil. En el salón había otras tres computadoras, una radio de alta frecuencia y dos teléfonos satelitales. También había un equipo para codificar mensajes, más un aparato especial para crear transmisiones de onda corta, que, una vez emitidas y recibidas, podían ser expandidas por alguien que tuviera los códigos y el equipo adecuado.

Abdul levantó la vista de su computadora.

—¿Así que tuviste que abandonar Nueva York intempestivamente?

—Tuve que irme antes de que llamaran a las autoridades locales. Iba a haber demasiada gente buscándome. Pero me aseguré de que supieran que había salido del país.

—¿Y ahora?

—Y ahora quiero regresar, de ser posible hoy mismo. Necesito muy buena cobertura y espero que puedas ayudarme.

—Tienes suerte —contestó Abdul—. Pero no puedes irte hasta mañana.

—¿Cómo lo haré?

—Estamos infiltrando a una joven pareja en los Estados Unidos. Están casados y tienen una hija pequeña. —Buscó en un portafolio que tenía al lado, sacó dos pasaportes y le entregó uno.

—No me parezco nada a ella —dijo Marie-Thérèse.

—Voy a poner tu foto en el pasaporte. Ella viajará en el mismo vuelo, con otro pasaporte. Tú llevarás a la niña y te sentarás con el marido.

—Me gusta —dijo Marie-Thérèse, sonriendo—. Allá no me esperarán tan pronto, y menos con un bebé.

—¿Estás segura de que quieres regresar ahora?

Marie-Thérèse asintió.

—Sí, dejé cosas sin terminar, y por el momento no van a buscarme, porque saben que salí del país.

—Eres muy audaz —comentó Abdul con una sonrisa.

—A veces la audacia es lo mejor.

Abdul le dio un paquete.

—Vas a tener que teñirte el pelo de negro antes de que te tome la foto para el pasaporte. Hazlo ya. Arriba encontrarás ropa de mujer, en un armario. Busca algo que te sirva.

—¿A qué hora es mi vuelo, mañana?

—A las once de la mañana, por British Airways. Llegarás a Nueva York a eso de las dos, con el cambio de horario. ¿Qué más necesitarás? ¿Armas?

Marie-Thérèse sacudió la cabeza.

—Ahora no se pueden llevar armas en los aviones.

—Puede hacerse —opinó Abdul—, pero preferimos reservarlo para ocasiones especiales.

—Tengo suficientes recursos en Nueva York, pero me vendrían bien un par de pasaportes.

—De acuerdo, pero tendremos que mandarlos vía diplomática a nuestra embajada en las Naciones Unidas. Te daré un contacto allí.

—Bien.

—¿A cuánta gente mataste en Nueva York?

—Tres —contestó Marie-Thérèse—. Dos eran miembros de la Inteligencia británica. A la otra la maté por simple conveniencia.

Marie-Thérèse volvió a bajar en media hora, con el cabello teñido de negro. Le tomaron las fotos para los nuevos pasaportes, dos con peluca.

—Son buenas —aprobó al ver las tomas Polaroid.

Abdul se puso a trabajar con el pasaporte; quitó la foto vieja y la reemplazó con la de Marie-Thérèse. Cuando quedó conforme con su obra, le entregó el documento y unos papeles.

—Son los antecedentes de la mujer —le informó—. Es completamente legítima. Nació en El Cairo, estudió Economía en París y Londres. Nunca han sospechado de que tenga alguna relación con nosotros.

—¿Qué te debo a cambio de esto, Abdul?

Abdul sonrió.

—En nuestra embajada en las Naciones Unidas, en Nueva York, tenemos a un hombre que ha estado hablando con la CIA, que le paga por sus informes. Queremos eliminarlo de una forma muy evidente, para después culpar a la CIA por su muerte. Te suministraremos un arma como las que utiliza la agencia.

—Bien —respondió Marie-Thérèse.

—Tendré listos los otros pasaportes antes de que te vayas. Con eso quedamos a mano.

Stone regresó a su casa y entró por la puerta exterior de su oficina. Joan estaba trabajando en su escritorio.

—Bienvenido, jefe. ¿Qué le pareció el hotel?

—Maravilloso, aunque lo vi muy poco. Ni siquiera pude dormir en mi cama. Solamente pude dormir un rato en un barco pequeño, y no era cómodo.

—¿Logró hacer volver a Herbie?

—Sí. Herbie está libre, y yo también. Envía a Tony Levy otros mil, hoy mismo, y a Bill Eggers la cuenta por mis servicios y por los veinticinco mil que le pagué a Irving Newman para la fianza de Herbie.

—Hecho. A propósito, su amiga Felicity está arriba, instalada en su cama. Llegó hace un par de horas, con acompañantes. Hay un hombre en su estudio y otro en el jardín, haciendo de cuenta que lee un libro.

—Gracias. Yo también necesito descansar un rato, así que ocúpate de mis llamadas telefónicas.

Subió al ascensor, y al bajar sintió un metal frío en el cuello.

—Soy Barrington —aclaró.

—¿Identificación?

Stone le mostró su licencia de conductor.

—Yo me haré cargo de esta parte de la casa. ¿Por qué no baja y se pone cómodo en la biblioteca?

—De acuerdo —respondió el hombre, y se dirigió a las escaleras.

Stone entró en el dormitorio lo más silenciosamente posible. Carpenter estaba boca arriba, dormida. Stone se desvistió y se metió en la cama, a su lado.

—Bienvenido a casa, marinero —dijo Carpenter con voz adormilada—. ¿Supongo que querrás un recibimiento de marinero?

Stone se puso de costado y le apretó las nalgas con las manos.

—Nada tan enérgico —respondió—. Después de todo, acabo de volver del mar. —La acarició, y ella soltó un ronroneo de aceptación. Exploró un poco más, y vio que estaba húmeda.

Carpenter se dio vuelta y apretó su trasero contra él, buscándolo. Un momento después Stone estaba dentro de ella, los cuerpos de ambos meciéndose al unísono. Le buscó el clítoris y, mientras la besaba en el cuello, siguió moviéndose y jugueteando con los dedos. Carpenter fue acelerando su ritmo hasta que, al cabo de unos instantes, empezó a gozar, con pequeños gemidos, y él alcanzó el clímax con ella. Se quedaron quietos uno o dos minutos; luego Carpenter se dio vuelta y se acurrucó en sus brazos.

—Un inglés nunca hubiera empezado así —dijo—. Habría sido en la postura del misionero o nada, y no es que yo tenga algo contra los predicadores. ¿Cómo te fue en tu viaje?

—Después —respondió Stone, agitado—. ¿No sabes que el sexo deja inconscientes a los hombres?

Respiró profundamente; cuando dejó salir el aire, ya estaba dormido.

26

SUS COMPAÑEROS DE VIAJE llegaron al refugio en Hampstead seis horas antes de la partida. Marie-Thérèse conoció al marido y la niña, pero no a la esposa, a la que llevaron a otra habitación. Jugó con la beba de nueve meses, que se llamaba Jasmine, hablándole en árabe, haciéndola sentir cómoda con su madre temporaria. A Marie-Thérèse siempre le habían gustado los niños, así que se entendió muy bien con la criatura.

Repasó su historia con el joven, que llevaba el desafortunado nombre de Saddam, y se puso al tanto de muchos detalles del pasado de la mujer. Saddam parecía muy complacido de hallarse en su compañía.

Tres horas antes del vuelo llegó un taxi para llevar al aeropuerto a la madre de la niña; a los pocos minutos llegó otro, que trasladó a Marie-Thérèse, Saddam y la nena. Demorarían un largo rato en llegar a los controles de seguridad, pero no querían hacerlo ni muy temprano ni muy tarde, de modo de estar entre el gentío general y no llamar la atención.

Después de despachar el equipaje, la "familia" se acercó al control de migraciones, donde alcanzaron a ver que la madre de la niña estaba un poco más adelante que ellos. Marie-Thérèse salió de la fila y fue al cuarto de baño para ocuparse de un innecesario cambio de pañales; cuando regresó, la madre ya había pasado el control, al parecer sin problemas.

Marie-Thérèse se acercó al mostrador y entregó su pasaporte prestado, que incluía detalles de la niña, y el de Saddam. Le dirigió una sonrisita al inspector, que no se la devolvió pero selló los pasaportes.

La niña se portó bien mientras esperaban la partida, pero necesitó que de veras le cambiara los pañales, tarea que Marie-Thérèse ejecutó correctamente. Tras una espera interminable, los condujeron hasta el avión y los ubicaron a unas cuantas filas de la madre de la beba. La mujer los ignoró, tal como le habían indicado. Marie-Thérèse había temido que la madre se fijara demasiado en su hija.

El viaje transatlántico transcurrió sin incidentes, salvo el intento de Saddam de tocar a su nueva esposa, lo que le valió un pellizcón que casi le sacó sangre. Después de eso se comportó bien.

Una vez llegados al aeropuerto Kennedy, hicieron la fila para retirar el equipaje y para pasar por el control de Migraciones. Marie-Thérèse y Saddam presentaron sus visas para una visita de un mes a la familia, en Dearborn, Michigan. La encargada de Migraciones se distrajo con la simpática niña y los dejó pasar después de un control de rutina.

Entonces, cuando estaban por salir de la aduana, se les aproximó un hombre de traje oscuro.

—¿Podrían acompañarme, por favor?

Marie-Thérèse miró en busca de vías de escape. No había. El hombre los condujo a un cuarto pequeño, con cuatro sillas y una mesa, y les indicó que se sentaran.

Para entonces, Marie-Thérèse estaba preocupada. Ese hombre no era un guardia de seguridad de los que ganan quince dólares por hora. Era inteligente, eficiente y sabía lo que hacía. Marie-Thérèse, en su papel de esposa musulmana, dejó que hablara Saddam; como él hablaba de su verdadera historia con su esposa, todo salió bien. Entonces el hombre se dirigió a Marie-Thérèse.

—¿Fecha y lugar de nacimiento, por favor?

Marie-Thérèse se lo dijo, y siguió respondiendo mientras el hombre la interrogaba sobre su vida. Contestaba perfectamente, aunque sin exagerar, pero el hombre no estaba satisfecho. Resultaba evidente que el instinto le decía que esa pareja era algo más que lo que mostraba. Y entonces la pequeña Jasmine hizo algo maravilloso.

De pronto el oficial frunció la nariz y se apartó de la mesa.

—¿Qué diablos es ese olor? —preguntó. Obviamente, no era padre.

Marie-Thérèse se mostró avergonzada y confundida y comenzó a abrir el pañal. Antes de que terminara de limpiar y cambiar a la niña, el hombre se había colocado de espaldas contra la pared, tapándose con una mano la nariz y la boca.

—¿Qué hago con esto? —preguntó Marie-Thérèse, tendiendo el pañal sucio.

—Lléveselo —ordenó el hombre, cortante. Señaló la puerta, y la familia salió. Se pusieron en una larga fila para esperar un taxi y una vez más Jasmine colaboró, echando a llorar. Les permitieron adelantarse en la cola y tomar el siguiente taxi.

—Bueno —dijo Saddam en inglés—, me alegro de haber pasado el control.

—Cállate. —Marie-Thérèse le dio un fuerte codazo en las costillas.

Se anotaron en el hotel Roger Smith, en la avenida Lexington, donde tenían reservada una habitación, y esperaron que llegara la madre de la niña. Unos minutos después, golpeó a la puerta. Las dos mujeres se intercambiaron la ropa en silencio; Marie-Thérèse les deseó suerte y los dejó en el cuarto.

Cambió de taxi dos veces, rumbo a la parte norte de la ciudad. Al fin se bajó en una esquina y caminó una cuadra, hasta una empresa de depósito de bienes. Una vez adentro, y después de verificar que no la habían seguido, abrió la cerradura de combinación del cuartito que tenía alquilado, encendió la luz, entró y cerró la puerta. Volvió a cambiarse de ropa, se recogió el cabello y eligió una peluca rubia. Después buscó entre las armas y tomó una pequeña pistola 22, semiautomática, con silenciador. Desenroscó el silenciador y lo guardó en un bolsillo de un gran bolso de mano, junto con un cargador extra. También guardó un picahielo, unas prendas de vestir, y salió.

Stone se despertó antes que Carpenter, pero cuando regresó de la ducha, ella estaba despierta y sentada en la cama, con los pechos desnudos.

—Si se supone que eso me interesará, da resultado —dijo Stone.

—Hueles a jabón y a limpio.

Él quiso abrazarla, pero ella se escapó y corrió a la ducha.

—Prepárame el desayuno —gritó.

—¿Qué te gustaría?

—Fruta, yogur y café.

—Eso es demasiado sano para mi cocina —respondió Stone—. Vas a comer *croissants*, y te van a gustar.

—Si no hay más remedio —y cerró la puerta de la ducha.

—¿Qué tienes que hacer en los próximos días? —preguntó Stone, masticando un *croissant*.

—Me han dado tiempo libre.

—¿Sí? ¿Por qué?

Le contó lo sucedido el día anterior.

—¿Entonces ahora ella está en Londres?

—Así parece —respondió Carpenter—. Pero no quiero correr riesgos. Todavía seguiré escondida.

—Creo que tengo un lugar mejor que aquí donde esconderte —comentó Stone.

—¿Y dónde sería?

—Tengo una casita de campo en Connecticut, en una agradable aldea colonial llamada Washington, y si quieres librarte de tus guardaespaldas, te llevaré.

—¿Al campo? Me parece maravilloso.

—Tengo que terminar unas cosas en mi oficina —dijo Stone—, pero estaré listo para partir a media tarde. Prepara una valija.

—Lo haré.

Cerca de las cuatro, Stone había terminado sus tareas. Los guardaespaldas controlaron los dos costados de la calle antes de llamar a Carpenter por el celular para avisarle que el camino estaba libre. Para entonces, ella y Stone ya se hallaban sentados en el coche, esperando el aviso para partir. Cuando llamaron, Stone abrió la puerta del garaje con el control remoto; salió y cerró tras ellos. Doblaron por la Tercera Avenida y mientras tomaban a la izquierda por la calle Cincuenta y Siete casi atropellaron a una joven rubia, bien vestida.

El Mercedes negro E55 de ventanillas oscuras no significaba nada para Marie-Thérèse, salvo que casi la había atropellado. La joven tampoco significaba nada para Stone y Carpenter.

Stone condujo hacia la autopista Oeste y dobló al norte, en dirección a Connecticut.

—¿Es un viaje largo? —preguntó Carpenter.

—Desde aquí, una hora y cuarenta minutos.

—¿Quieres que esta noche te prepare la cena?

—Pensaba llevarte a cenar afuera, pero si de veras sabes cocinar, bueno...

—Tendrás que esperar y ver, ¿no te parece?

27

MARIE-THÉRÈSE MOSTRÓ uno de sus pasaportes en la puerta principal de la embajada, en el Upper East Side, y la dejaron entrar. Se
aproximó a la ventanilla, abierta en una pared de vidrio grueso.

—¿En qué puedo ayudarla? —preguntó la empleada, en
árabe.

—Quisiera hablar con el vicecónsul a cargo de turismo —dijo Marie-Thérèse.

La mujer parpadeó y vaciló un momento.

—No tenemos vicecónsul para turismo —respondió.

—Por favor, dígale que Abdul me indicó que hablara con él.

Otra vez la misma respuesta.

—No tenemos vicecónsul para turismo.

—Me está esperando —insistió Marie-Thérèse.

—Un momento, por favor. —La mujer se retiró de la ventanilla y fue hasta el teléfono. Habló unas pocas palabras, escuchó,
regresó a la ventanilla, llenó un pase y se lo alcanzó por la angosta ranura.

—Tome el ascensor hasta el cuarto piso. La estarán esperando.

—Muchas gracias —respondió Marie-Thérèse. Se volvió, se
dirigió al ascensor y subió hasta el cuarto piso. Cuando bajó se le
acercaron dos hombres vestidos de civil.

—Su bolso, por favor —le dijo el más bajo de los dos. Era
robusto y tenía abundante cabello negro. Aunque estaba bien afei-
tado, se le notaba la marca de la barba en la piel.

Marie-Thérèse le entregó el bolso de mano y levantó los
brazos para que la registraran.

El hombre bajo vació el bolso sobre una mesita que había
en el pasillo y enseguida descubrió la pistola y el picahielo. Los
tomó con una mano y llevó el bolso en la otra.

—Sígame, por favor. —La condujo por un corredor hasta la
parte de atrás del edificio, y se detuvo ante una puerta de acero.
Marcó un código en un dispositivo empotrado al costado de la
puerta, la abrió y le indicó que entrara. Subieron unos escalones,

marcó otro código ante otra puerta de metal y luego la acompañó por otro corredor hasta una oficina muy cómodamente amueblada, donde un hombre apuesto se hallaba trabajando tras un escritorio. El empleado colocó el bolso y las armas de Marie-Thérèse sobre el escritorio y se fue.

Sin levantar la vista, el hombre le indicó con una seña que se sentara. La dejó esperando hasta que terminó de escribir; luego cerró la carpeta y la deslizó a un lado.

—Vino a vernos antes de lo que esperaba —dijo.

—Tenía un poco de tiempo libre —respondió Marie-Thérèse.

El hombre sacó un par de guantes de goma de un cajón del escritorio; se los puso y tomó la pequeña pistola de Marie-Thérèse.

—Vulgar, pero efectiva, sin duda.

—Funciona muy bien a corta distancia. No me gustaría tener que utilizarla con un blanco del otro lado de la calle.

El hombre se puso de pie, sacó un puñado de llaves del bolsillo y abrió un mueble de metal. Retiró una caja negra de cartón y la dejó en su escritorio.

—Me han dicho que usted es muy eficiente con las armas de fuego.

—Así es.

Le entregó un par de guantes de goma; luego abrió la caja, sacó una pistola y la colocó sobre el escritorio.

—¿Alguna vez vio un arma así?

Marie-Thérèse se puso los guantes, levantó el arma y la examinó. Era semiautomática, calibre 22, con un cañón más grueso que el que ella esperaba. Sacó el cargador y lo examinó.

—Nunca vi algo así. No tiene ninguna clase de marcas.

—Se la quitamos a un agente de la CIA en Beirut, a fines del año pasado —explicó el hombre.

Sacó un silenciador de la caja y también se lo entregó. Ella lo colocó con una sola vuelta de rosca.

—Muy linda —comentó—. El arma de un asesino: liviana, fácil de esconder y, sin ninguna duda, muy precisa, sobre todo con el silenciador.

—La fabricaron por encargo especialmente para la CIA. Se hicieron sólo unas doscientas, según dijo el hombre al que se la sacamos en Beirut. No tiene marcas de fábrica ni ninguna identificación en ninguna de sus partes, pero descubrimos que las estrías del cañón dejan una huella muy característica en las balas que dispara. Parte del interior del cañón es un cilindro que gira libremente, así que, cada vez que el arma dispara, se graba en el proyectil una marca balística diferente.

—Jamás había oído nada parecido —comentó Marie-Thérèse, admirada—. Es muy ingenioso.

—También sabemos que, si algún departamento de policía estadounidense hace un control balístico de una de estas balas, el programa de comparación del FBI dará la alerta de que se trata de un arma muy especial y confidencial.

—Entonces, cuando la policía extraiga la bala del cuerpo de este colega traidor, se sabrá que lo mataron con un arma de la CIA.

—Exacto. Pero si usted dispara más de una vez, parecerá que cada bala provino de un arma diferente.

—¿Y quién es el caballero? ¿Tiene una foto?

—Es el hombre que la acompañó hasta esta oficina. El más bajo de los dos que la esperaban al bajar del ascensor. ¿Lo recuerda bien, o prefiere una foto?

—Lo recuerdo muy bien —respondió Marie-Thérèse.

—Vive a seis cuadras de la embajada, hacia el norte, y siempre vuelve a su casa a pie. Sale de aquí a eso de las cinco y media. Va por el lado este de Park Avenue, donde las veredas son anchas y nunca hay mucha gente, ni siquiera en la hora pico.

—¿Hoy le parece bien?

—Hoy sería muy satisfactorio. ¿Qué apoyo requiere?

—Voy a necesitar un vehículo para escapar, que no pueda rastrearse... una moto, de ser posible... y alguien que conduzca. ¿Puede conseguirlos en el tiempo que nos queda?

—Podemos encargarnos.

La joven controló su reloj.

—Tengo un poco más de una hora. Voy a inspeccionar el lugar y lo llamaré para darle una ubicación.

El hombre escribió un número en un papel y se lo mostró.

—Memorícelo.

Marie-Thérèse lo hizo; luego guardó el arma en su bolso y se puso de pie.

—¿Algo más?

El hombre le dio un sobre que tenía encima del escritorio.

—Un poco de dinero de bolsillo, como dicen los estadounidenses.

—Supongo que, ya que en balística identificarán la bala como perteneciente a un arma de la CIA, no necesitará que la arroje en algún lugar donde puedan encontrarla, ¿no?

—Por favor, guárdesela, con mi agradecimiento —respondió él, y se puso de pie.

Se estrecharon las manos, pese a los guantes de goma, y Marie-Thérèse se marchó.

Una vez abajo, caminó hasta Park Avenue y luego hacia la zona residencial. Cuatro cuadras más allá, encontró un escondrijo, una verja de hierro que daba a una angosta callejuela, al costado de un gran edificio de departamentos. Oculta en ese hueco, miró hacia ambos lados de Park. Podría hacerlo sin dificultades. Sacó el celular y marcó el número.

—¿Sí?

Le dio la dirección del edificio junto al que se hallaba.

—Por favor, que el vehículo siga a su amigo a corta distancia. Cuando el conductor lo vea caer, debe detenerse cerca del cuerpo. Yo subo, y después me dejará a pocas cuadras de allí.

—Así se hará.

—Si no veo la moto, no dispararé. Si el conductor intenta pasarme, le dispararé a él, así que, por favor, que las instrucciones sean precisas.

—Comprendido.

—Adiós.

—Si alguna vez necesita ayuda, puede llamar a este número. Me llamo Alí.

—Gracias. —Cortó la comunicación. Fue hasta la avenida Madison y miró escaparates durante media hora; luego regresó al lugar que había elegido. Se ocultó en el pequeño hueco, apoyada contra el edificio y mirando hacia el lugar por donde aparecería su presa. Pasaron diez minutos hasta que lo vio, a una cuadra. Pero no divisó la motocicleta.

—Muy puntual —dijo en voz alta—. Confiemos en que mi transporte llegue con la misma exactitud. —Observó al hombre que se aproximaba; ya estaba a media cuadra, esperando para cruzar la calle. Mientras el hombre bajaba de la acera, Marie-Thérèse vio la moto. Se arrodilló junto al bolso, buscó el arma, la revisó; luego se enderezó, se echó el bolso al hombro y metió la mano, sujetando el arma. Miró hacia un lado, luego hacia el otro. El hombre caminaba con rapidez; el peatón más cercano iba a media cuadra de él. La moto se detuvo en la esquina, con el motor en marcha.

Marie-Thérèse apretó la espalda contra la pared del hueco, del mismo lado del que venía el hombre, para que no pudiera verla. Entonces apareció su víctima. Tras echar una última mirada en torno, ella dio un paso adelante, sacó el arma del bolso y disparó una sola vez a la nuca del sujeto, desde una distancia de dos metros. Su presa cayó como un animal sacrificado. Marie-Thérèse se acercó, le disparó dos veces más, a la cabeza, y guardó la pistola en el bolso.

La motocicleta se detuvo a pocos pasos. Marie-Thérèse subió al asiento del acompañante, sentada de costado.

—Vaya hasta la Setenta y Dos y doble a la izquierda —indicó.

El conductor siguió sus instrucciones.

—Ahora siga derecho y entre en el parque.

El hombre condujo por el parque.

—Deténgase aquí —ordenó Marie-Thérèse—. Y gracias.

La moto se detuvo, ella bajó y el conductor se alejó sin decir una palabra. Por su físico, y a pesar del casco, le pareció que era Alí, el hombre que le había dado la pistola.

Caminó hacia el sur por el Central Park, encontró un banco y esperó, con una mano metida en el bolso, aferrando la pistola, para ver si alguien la perseguía. No la seguía nadie.

28

STONE ABANDONÓ la ruta Interestatal al norte de Danbury y tomó por un camino más angosto.

—Qué lindo es este lugar —comentó Carpenter mientras cruzaban un puente sobre un gran lago—. Parecido a Inglaterra, pero con muchos más árboles.

—Por algo se llama Nueva Inglaterra —observó Stone.

—Inglaterra debía ser así en el siglo XVII —dijo ella—, antes de que dejáramos sin bosques nuestra campiña.

Siguieron a lo largo de un arroyo y pasaron por un viejo molino.

—Ésta era mi idea de Nueva Inglaterra, tomada más que nada de postales —añadió Carpenter.

Cruzaron Bridgewater.

—Otros veinte minutos —avisó Stone.

—Demora todo lo que quieras; estoy disfrutando del viaje.

Cuando llegaron a Washington, Stone dobló a la izquierda y, al cabo de una corta distancia, otra vez a la izquierda. Unos cientos de metros más y entró por su camino particular.

—¡Ah, qué hermoso! —exclamó Carpenter.

Bajaron del coche y Stone retiró el equipaje del baúl.

—Originalmente, esto era la caseta del cuidador de esa gran casa de al lado —explicó Stone.

—¿Quién vive allí? —preguntó la joven, mirando hacia la gran casa de tablones de madera.

—Hasta hace poco, un escritor, pero se mudó a la ciudad. La compró un productor de cine, pero todavía no se instaló.

—De todos modos tienes mucha intimidad, con los árboles y el seto. Y me fascina la torrecilla.

Stone abrió la puerta, marcó el código de la alarma y reguló el termostato.

—¿Quieres una copa?

—Me encantaría un *bourbon* —contestó ella, que se paseaba por la casa, inspeccionando la cocina nueva, los pisos de caoba y los muebles cómodos. Eligió un sofá y se sentó.

Stone sirvió las bebidas y se sentó a su lado.

—Tendremos que salir enseguida a hacer las compras. Cierran a las seis y media.

Dino estaba ordenando su escritorio, listo para marcharse a su casa, todavía cansado por la falta de sueño de la noche anterior, cuando apareció en la pantalla de su computadora un mensaje generado por una llamada al 911. Un homicidio en Park Avenue. Algo que no sucedía casi nunca. A través de la pared de vidrio de su oficina vio que dos detectives se levantaban de sus escritorios. Eran los del turno siguiente, a quienes correspondía tomar la llamada. Dino decidió ir a echar un vistazo, sólo para ver qué cosas se hacía la gente en Park Avenue. De todos modos quedaba de camino a su casa.

La cuadra estaba bloqueada, lo que provocaba un gran embotellamiento de tránsito. Dino bajó de su coche, pasó por debajo de la cinta que aislaba la escena del crimen y encontró a un policía uniformado.

—¿Qué pasó?

El agente señaló el cuerpo de un hombre, tirado boca abajo en la vereda, goteando sangre. Dos auxiliares de emergencias médicas lo estaban dando vuelta.

—En cuanto ellos terminen, tapen el cuerpo con una sábana y abran la calle —indicó Dino al sargento, mientras se acercaba al cadáver—. ¿Qué encontraron? —preguntó a uno de los paramédicos.

—Según parece, dos, o quizá tres, balazos en la parte de atrás de la cabeza —respondió el hombre.

—¿Ya van a llevárselo?

Los paramédicos asintieron.

—Bien —dijo Dino al sargento. Habían llegado sus dos detectives, listos para tomar notas.

—El portero del edificio vio caer al hombre —dijo el sargento—, pero no oyó nada. Vio a una mujer rubia, de peso y estatura medios, de unos treinta años, que se alejaba del muerto; subió a la parte de atrás de una moto y desapareció hacia el norte por Park. Eso es todo.

—¿Dos o tres disparos, y el portero no oyó nada?

—Es lo que él dice. No encontramos a nadie más que haya visto algo.

—Fue una ejecución —dedujo Dino—. Usaron silenciador. La dama era una profesional. ¿Quién es el muerto?

—Mohammed Salaam. Trabaja en una de las embajadas de las Naciones Unidas, a cuatro cuadras de aquí, entre Park y Lexington. Llevaba pasaporte diplomático. —Se lo mostró.

—Parecería un asunto político —observó Dino. Se volvió hacia los detectives—. Informen al FBI, después de registrar a fondo el lugar. Digan a los técnicos que se apresuren y retiren el cuerpo de la calle lo antes que puedan. Estamos obligando a que el tránsito retroceda a la Cuarenta y Dos, y abrir Park no ayuda, a causa de los curiosos. No quiero que me llame el comisario o, peor, el alcalde, por todo este lío. ¿Entendido?

—Sí, jefe —respondió el detective.

Dino volvió a su coche.

—Lléveme a casa y ponga la sirena si es necesario. —Llamó al celular de su capitán.

—Grady —atendió el capitán.

—Habla Bacchetti, capitán. Tenemos un asesinato en Park Avenue; parece político: un diplomático de una de las embajadas de las Naciones Unidas, un árabe.

—Ah, mierda —comentó el capitán.

—Pienso exactamente lo mismo. Les dije a mis muchachos que llamaran a los federales en cuanto hayan registrado la escena. Le agradecería una llamada a los de Medicina Forense para que hagan la autopsia antes de que nos saquen el cadáver de las manos.

—Hecho. ¿Necesita ayuda?

—Creo que tenemos todo controlado. Les dije a los del equipo que se ocupen de la escena del crimen. El tránsito ya puede pasar por Park, por si alguien pregunta.

—¿Alguna teoría?

—Puede que tenga algo que ver con esa asesina que tiene a mal traer a los británicos —conjeturó Dino—. Voy a investigar por ese lado.

—Bien. Llámeme si me necesita.

—Gracias, capitán.

El coche se detuvo frente a su edificio. Dino subió a su departamento.

Su hijo Ben estaba acostado en el piso, en el estudio de Dino, frente al televisor, haciendo de cuenta que estudiaba.

—Hola, muchacho —lo saludó Dino, acariciándole la cabeza—. ¿Qué estás haciendo?

—Los deberes de matemática —respondió Ben.

—Hazlos en tu habitación, ¿quieres? Tengo que hacer unas llamadas.

Entró Mary Ann, con un delantal manchado de salsa roja. Lo besó en los labios.

—¿Vienes a cenar? ¡Dios bendito!

—No me retes —contestó él, devolviéndole el beso.

—¿Cómo te fue en Saint Thomas?

—Horrible. Anoche sólo pude dormir dos horas, en un barco espantoso. Estoy agotado.

—Tómate una copa; te ayudará. La comida estará lista en una hora.

Dino se sirvió un whisky y se acomodó en su sillón preferido. Tomó el teléfono y llamó a Stone, pero le respondió el contestador.

—Llámame —dijo, y cortó. Probó con el celular, y también lo atendió el contestador.

—¿Qué mierda pasa? —murmuró. Buscó en la agenda el número de la casa de Connecticut.

—¿Hola? —respondió Stone.

—¿Qué estás haciendo ahí? —le espetó Dino.

—Ocultando a Carpenter.

—¿Qué es lo último que saben de La Biche?

—Anoche tomó un vuelo a Londres, y esta mañana asesinó a otra pasajera y le robó los documentos. Los ingleses la perdieron de vista.

—¿Entonces no está en la ciudad?

—¿Quién puede saberlo? Carpenter dice que no le sorprendería que haya regresado. ¿Por qué me lo preguntas?

—Hace una hora mataron a un árabe en Park Avenue. Dos o tres tiros en la cabeza, sin ruido.

—Oh, oh.

—Bien pudo ser nuestra dama.

—No nos apresuremos a sacar conclusiones. Pudo ser algún israelí enojado. La situación está bastante caliente.

—También nos ocuparemos de eso. Dile a Carpenter que me llame, si quiere hablar. Por mi parte, quisiera saber todo lo que opina su gente sobre esto.

—De acuerdo. Ahora está cocinando, y no pienso molestarla.

—Ya era hora de que comieras un plato casero, Stone —replicó Dino.

—No te lo discuto. —Stone cortó.

También Dino colgó. Tomó un sorbo de whisky, apoyó la cabeza en el respaldo del sillón y de inmediato se quedó dormido.

29

Stone regresó a la cocina, donde Carpenter estaba preparando una salsa.

—Huele muy bien —dijo mientras servía otra copa para los dos—. ¿Qué es?

—Pechugas de pollo con salsa de estragón.

—¿Un vino tinto va bien?

—Muy bien. ¿Quién llamó por teléfono? ¿Quién sabe que estamos aquí?

Stone fue a la bodega y encontró una botella de Cabernet Far Niente.

—Dino me descubrió. Asesinaron a un diplomático árabe en Park Avenue. Parece una ejecución profesional. ¿Te sugiere algo?

—¿Te refieres a La Biche?

—Eso es lo que se pregunta Dino.

—No me sorprendería que hubiera vuelto a la ciudad. ¿Pero por qué matar a otro, si está buscándome a mí?

—No sé. Tal vez no quiera perder la práctica.

—¿Tienes el nombre del muerto?

—No. ¿Quieres que llame a Dino?

—Puedes hacerlo mañana.

—Dino quiere que lo llames, si tienes algo que ayude. Quiere saber qué dice tu gente.

—Mañana. —Colocó las pechugas de pollo sobre manteca caliente. A Stone le gustó el aroma.

—La Biche nunca se cansará de buscarte, ¿no?

—No, no creo.

—¿Sabes algo de ella que no me hayas dicho?

—A ver... No se la puede clasificar por la forma en que mata. Utiliza cualquier cosa, desde pistolas hasta picahielos o garrotes. Su manera preferida de evitar que la arresten es lo que hizo en Nueva York: elige a una joven en un bar, en general una lesbiana, va a la casa de ella, la asesina, le saca la ropa y los documentos, y luego desaparece. El año pasado lo hizo tres veces en tres días.

—Por eso resulta tan difícil de rastrear, ¿no?

—Por supuesto. No sabemos dónde buscar, hasta que aparece el cuerpo de una víctima, y eso puede llevar días. Para entonces, La Biche ya es otra persona.

—Pero ahora la tuviste cara a cara. ¿No podrías hacer un retrato para la CIA?

—Temo que no —respondió Carpenter; revolvió la salsa, echó las arvejas en el agua hirviendo y agregó sal—. El dibujo puede ser exacto, pero ella tiene un aspecto tan común que, con maquillaje y el cabello de otro color, podría ser cualquiera. Si tuviéramos una buena instantánea ayudaría en algo, pero no mucho. Esa mujer es un camaleón.

—¿Crees que es lesbiana?

—No lo sé. Tal vez odie a las lesbianas.

—Voy a poner la mesa —dijo Stone. Buscó platos, servilletas y cubiertos y los dispuso para la cena—. ¿Ya es el momento de encender las velas? —preguntó.

Carpenter pasó las arvejas por un escurridor y luego las salteó con manteca y ajo en una sartén.

—Por supuesto. Tendré todo listo en un minuto.

Stone puso unas copas de Baccarat para el vino y encendió las velas. "Hice un buen trabajo", pensó mientras contemplaba la mesa.

—Tráeme los platos —pidió Carpenter—. Voy a servir aquí.

Stone llevó los platos a la cocina y la miró mientras ella servía las porciones, con aire profesional. Luego los llevó a la mesa, corrió la silla para que Carpenter se sentara, y sirvió el vino.

—*Bon appétit* —dijo ella, levantando la copa.

—Qué bueno se ve —exclamó Stone, y probó un bocado—. Podrías cocinar todas las noches, querida —dijo, y empezó a comer, hambriento.

—Ni lo sueñes —respondió Carpenter.

—¿Qué piensas de esos disparos en Park Avenue?

—No parece nada bueno, ¿no?

—Tal vez deberíamos quedarnos en Connecticut. Acá no nos encontrará nunca.

Marie-Thérèse entró en Elaine's y miró en torno. Había leído acerca del restaurante, sobre todo hacía muy poco, y le sorprendió que no fuera un lugar de lujo. Lo que tenía ante sus ojos era un restaurante de barrio, un comedor que se extendía hasta el fondo del local, con mesas de manteles a cuadros, y a su izquierda, un largo mostrador donde funcionaba el bar. El camarero la miró pero ella hizo un gesto hacia la barra y se ubicó en un taburete de uno de los extremos, de espaldas a la ventana. Llevaba un vestido negro de Armani y un collar de perlas muy finas, que había robado a una víctima tiempo atrás. El *barman* se aproximó.

—Johnnie Walker, etiqueta negra, con hielo —pidió Marie-Thérèse, con su mejor acento estadounidense.

El hombre se lo sirvió.

—¿Piensa cenar? —le preguntó.

—¿Puedo comer en la barra?

—Claro. Ya le traigo el menú.

Marie-Thérèse bebió el whisky mientras estudiaba a la clientela. Reconoció dos o tres rostros de las revistas de famosos, que ella devoraba. Le gustó el lugar. Cuando le llevaron el menú, pidió un bife y una ensalada César.

—Tome una copa: yo invito —dijo al *barman*.

El hombre se sirvió un whisky y brindó con ella.

Se mostró amistosa y mantuvo a raya a varios que trataron de acercarse. Cuando llegó su plato, comió ignorando a todos. Al terminar, pidió un coñac.

El *barman* se lo sirvió.

—Es la primera vez que viene, ¿no?

—Sí. Soy de San Francisco. Es mi primera visita a Nueva York.

—Tal vez necesite a alguien que le muestre la ciudad —sugirió el *barman*.

—Podría ser —respondió ella, sonriendo—. Ah, ¿puedo preguntarle una cosa?

—Lo que quiera.

Buscó en su cartera y sacó un recorte del periódico.

—Hace unos días leí esto. —Le pasó el recorte.

El hombre rió entre dientes y se lo devolvió.

—Sí, Elaine aparece todo el tiempo en esa página.

—¿Quién es el abogado de nombre "duro"?

—Ah, ése es Stone —dijo el *barman*—. Stone Barrington.

—¿Y quién es?

—Antes era policía, ahora es abogado. Viene aquí dos o tres noches por semana.

—¿Está acá en este momento? —preguntó Marie-Thérèse, mirando alrededor.

—Esta noche no. ¿Quiere conocerlo?

—En realidad, no. Me intrigaba esa historia del sujeto que se cayó por la claraboya. —Sonrió.— La verdad, creo que me gustaría que me mostraran la ciudad. —Le gustaba el barman; era lindo.

Stone estaba acostado, con los ojos muy abiertos. Hacía media hora habían hecho el amor.

—¿Estás despierto? —preguntó Carpenter.

—Por extraño que parezca, sí.

—Creía que el sexo dejaba inconscientes a los hombres.

—Así es, en general.

—Deja de pensar en La Biche. Ya la encontraremos, tarde o temprano.

—¿Antes de que te atrape a ti?

Se dio vuelta y apoyó la cabeza en el hombro de Stone.

—Tú no vas a permitir que eso suceda, ¿no?

—Por supuesto que no.

Carpenter le pasó la mano por el vientre y lo acarició.

—¿Quieres otro ataque de inconsciencia?

—Por supuesto —respondió Stone, y se volvió hacia ella.

30

DINO HABÍA TERMINADO de cenar y estaba otra vez en su sillón, ante el televisor encendido, aunque le costaba mantenerse despierto.

—¿Por qué no vas a acostarte? —preguntó Mary Ann.

—Es demasiado temprano —respondió Dino—. Me despertaría a las cuatro de la mañana. Conversemos. Estimúlame.

Mary Ann se levantó del sofá, cruzó la habitación y se sentó en su regazo.

—¿Así que quieres que te estimule? —dijo, moviéndose sensualmente sobre su entrepierna.

Sonó el teléfono.

—Ignóralo —pidió Mary Ann—. Deja que atienda el contestador. —Lo besó.

Dino le devolvió el beso. Parecía más despierto.

Se oyó el mensaje en el contestador:

—"Dino, habla Elaine. Necesito hablar contigo. Atiende."

—No la atiendas —dijo Mary Ann.

—Bueno —accedió Dino; le desabotonó la blusa y le buscó los pechos.

Entonces sonó el celular.

—Debe ser del distrito —dijo Dino—. Espera, ya me los saco de encima.

—Ah, está bien —se resignó Mary Ann, y le pasó la lengua por una oreja.

Dino consiguió sacar el celular y abrirlo.

—Habla Elaine. Ven ya mismo.

—¿Cómo?

—¿Recuerdas nuestra conversación sobre esa mujer que iba a encontrar a Stone leyendo esa página del periódico?

—Ajá.

—En la barra hay una mujer con ese recorte, preguntando por Stone.

—Descríbemela.

—Bien vestida, de unos treinta años, medidas generales comunes.

—Haz lo que puedas para retenerla, pero que no se dé cuenta. Ya voy para allá. —Dejó el teléfono y besó a Mary Ann.— Lo lamento, querida, pero ha surgido algo candente.

—¿Más candente que yo? —preguntó Mary Ann, empujándolo sobre el sillón.

—Es una mujer que, hasta donde sabemos, ha matado a cuatro personas. Y ahora está en la barra de Elaine's.

—Me rindo —dijo Mary Ann, cerrándose la blusa—. Jamás lograré acostarme contigo.

—No creas —replicó Dino mientras descolgaba su abrigo y se dirigía a la puerta, con el celular en la mano.

Llamó un taxi frente a su edificio.

—A la Ochenta y Ocho y Segunda —indicó al chofer, y luego llamó a la comisaría del distrito—. Dame con el jefe a cargo —ordenó—. Habla Bacchetti. Tengo una pista de la posible sospechosa de los disparos de esta tarde en Park Avenue. Está en el restaurante Elaine's, en la Segunda entre la Ochenta y Ocho y la Ochenta y Nueve, lado oeste de la calle. Está sentada a la barra, de espaldas a la ventana. Voy para allá. Quiero un grupo SWAT... No, cancela eso; quiero ocho hombres de civil, sin armas visibles ni sirenas por el camino. Mierda, pueden ir corriendo; están muy cerca. Que nadie estacione enfrente, que nadie entre en el restaurante, que me esperen a mí.

El taxi se detuvo en la esquina de la Ochenta y Ocho y la Segunda. Dino le dio un billete de cinco dólares y bajó, todavía hablando por el celular.

—Estoy por entrar en el restaurante. Quiero a dos hombres a cada lado de la puerta; que no se vean desde adentro. Y cuatro del otro lado de la calle. La sospechosa es una mujer blanca, de unos treinta años, estatura y peso medios, sola, probablemente armada y muy peligrosa. ¿Alguna pregunta?

—No, teniente —respondió el detective.

—Llámeme al celular cuando todos estén en posición.

—Comprendido.

Dino cortó; llamó al restaurante y habló con Elaine.

—Entraré solo, en un minuto. ¿Hay alguna mesa vacía cerca de la barra?

—No, pero Sid Zion está en la número cuatro, con dos amigos. Tiene sillas vacías. Le diré que vas a sentarte con ellos.

—Bien. No le prestes atención a la mujer de la barra. Ni la mires. ¿Se movió?

—No.

—Ahora voy a entrar. —Dino revisó su arma, la guardó en la cartuchera y entró en Elaine's.

De pronto Marie-Thérèse se puso nerviosa. El *barman* le había dicho algo a la dueña del restaurante, que había hecho una llamada. Ahora hablaba de nuevo por teléfono y había mirado de reojo hacia donde ella estaba.

Se abrió la puerta y entró un hombre, no muy alto, de aspecto mediterráneo.

Dino fue a la mesa número cuatro, a la que se hallaba sentado Sidney Zion, periodista y escritor.

—Hola, Sid —saludó Dino, y le estrechó la mano—. ¿Puedo sentarme contigo?

—Claro, Dino —respondió Zion.

Dino se ubicó de modo de poder tener una buena visión de la mujer que, según creía, podía ser Marie-Thérèse.

Ese hombre era policía; Marie-Thérèse lo intuía.

—¿Dónde está el baño? —preguntó al *barman*.

—Atrás, a la derecha. Es la segunda puerta a la izquierda.

Marie-Thérèse dejó su abrigo en el taburete, tomó su cartera y comenzó a caminar hacia la parte posterior del restaurante. En el camino, delante de ella, había una puerta, pero enfrente había dos hombres muy altos sentados a una mesa. Dobló a la derecha, hacia el baño para damas, pero antes echó un vistazo a la cocina: no había salida por allí. Entró en el cuarto de baño; no había nadie. Probó la ventana. Aunque era pequeña, podría pasar por ahí. Consiguió abrirla, pero tenía barrotes.

Abrió la cartera y empezó a sacar cosas. Levantó la tapa del depósito del inodoro, envolvió en una toalla la pistola de la CIA y el picahielo, los metió en el depósito y volvió a colocar la tapa en su lugar. Rompió en pedazos su pasaporte falso, lo tiró en el inodoro e hizo correr el agua. Luego sacó el celular y comenzó a marcar.

Sonó el celular de Dino.

—Bacchetti.

—Teniente, todos están en sus puestos.

—Diles que esperen. Vamos a aguardar hasta que ella se disponga a salir. La seguiré hasta la puerta y entonces convergirán todos.

—Comprendido.

Dino dejó el teléfono y miró alrededor. La mujer seguía en el cuarto de baño.

—¿Hola?

—¿Alí?

—Sí. ¿Habla mi cita de esta tarde?

—Sí. Creo que van a arrestarme, y voy a necesitar un abogado.

—¿Dónde está?

—En un restaurante llamado Elaine's, en la Segunda Avenida entre la Ochenta y Ocho y la Ochenta y Nueve.

—Queda muy cerca del distrito Diecinueve. La llevarán allí, a menos que sean federales.

—Me parece que es la policía local.

—Su abogado se llama Sol Kaminsky. Lo llamaré; llegará en media hora. No diga nada a la policía.

—Hablaré con ellos; me haré la inocente.

—Eso lo decide usted. ¿Está sucia?

—Acabo de limpiarme. Tengo un pasaporte bueno.

—Bien. Se lo diré a Kaminsky. Llámelo desde la estación de policía y deje un mensaje en su contestador. Memorice el número. —Se lo dijo.

—¿Me enviará a un abogado judío?

—Lo tenemos contratado. Es bueno. ¿Cuál será su nombre?

—Marie-Thérèse du Bois.

—¿Su nombre verdadero?

—Confíe en mí.

—¿Qué dirección va a dar?

—No lo sé.

—Nosotros tenemos la habitación uno-cero-cero-tres en el hotel Kirwan, en Park Avenue sur, en la calle Treinta y Siete. Deles esa dirección. Le enviaré una valija con ropa.

—Gracias. —Guardó el celular, se miró al espejo y salió del baño. Tal vez estaba un poco paranoica. Rogó que así fuera. Regresó a su taburete en el bar.

—¿Puede traerme la cuenta, por favor? —pidió al *barman*.

El empleado le entregó la cuenta.

—¿Cómo se llama y cómo puedo ponerme en contacto con usted? —preguntó el joven.

Marie-Thérèse sacó de su cartera una lapicera y un papel y escribió su nombre y un número telefónico.

—Llámeme mañana —dijo. Dejó el dinero de la cuenta y una buena propina, se puso el abrigo y se dirigió a la puerta. Por el rabillo del ojo vio que el policía se ponía de pie y buscaba su chaqueta.

Salió y se detuvo en la acera, con la mano tendida para llamar un taxi. Entonces el policía se colocó detrás de ella.

—¡No se mueva! ¡Policía! —ordenó Dino, con el arma en la mano, a dos metros de distancia.

Marie-Thérèse miró por sobre el hombro, fingiendo sorpresa.

—¿Qué? —dijo.

Entonces todos se lanzaron sobre ella, la esposaron y le quitaron la cartera.

—No hay armas —dijo un detective.

—Busquen en el cuarto de baño —ordenó Dino mientras la metían en un patrullero.

31

STONE SE DESPERTÓ de un sueño profundo. Sonaba el teléfono. Por un momento se sintió desorientado, mirando el dormitorio oscuro, tratando de darse cuenta de dónde estaba.

—¿Vas a atender? —preguntó Carpenter.

Stone trató de encontrar el teléfono.

—¿Hola?

—Hola, espero no interrumpir ninguna actividad sexual —dijo Dino.

—Dino, ¿qué pasa? ¿Qué hora es?

—No es muy tarde. Dame con Carpenter.

—Está durmiendo.

—No es verdad —dijo Carpenter, arrancándole el teléfono—. Hola, ¿Dino?

—Lamento despertarte, pero pensé que querrías saber lo que está sucediendo.

—¿Qué sucede?

—Anoche, en Elaine's, arresté a una mujer joven, de unos treinta años, de peso y estatura medios.

—¿Quieres decir que la atraparon *a ella*?

—Parece que sí.

—¿Cómo la identificaron?

—Lleva un pasaporte suizo a nombre de Marie-Thérèse du Bois, y es igual a la foto.

—Voy para allá —dijo Carpenter—. No te atrevas a dejarla ir.

—Está encerrada en una sala de interrogatorios. No irá a ningún lado.

—Llegaré en una hora y media. Puedes aprovechar ese tiempo para sacarle fotos y tomarle las huellas digitales. Y también muestras de ADN.

—Llamó a un abogado, pero no sé en qué podrá ayudarla. También viene para acá el delegado del fiscal del distrito. ¡Apresúrate! —Cortó.

—¿Dino atrapó a La Biche? —preguntó Stone, incrédulo.

Carpenter ya estaba sacando su ropa para vestirse.

—Sí. Y ella admitió su verdadera identidad. ¡No puedo creerlo! ¡Vístete, por el amor de Dios!

Stone comenzó a buscar su ropa.

Dino se paseaba por la sala de interrogatorios, mientras vigilaba a la mujer a través del vidrio-espejo. La mujer estaba sentada, con expresión preocupada y confundida.

—¡Sí, encanto! —dijo Dino en voz alta—. ¡También yo me preocuparía en tu lugar, porque te hemos atrapado!

Se acercó su jefe, el capitán Grady.

—Y bien, ¿quién es esta mujer?

—Se llama Marie-Thérèse du Bois. Es la sospechosa del asesinato del diplomático en Park Avenue.

—¿Es todo lo que sabe sobre ella?

—Según nuestros amigos del otro lado del mar, de la Inteligencia británica, es una asesina de tiempo completo, que ha matado a gente por toda Europa. A propósito, desde que llegó a Nueva York ha cometido por lo menos tres asesinatos. —Le dio el pasaporte.

Grady pasó las hojas y se detuvo.

—Acá dice que llegó ayer a Nueva York, desde Canadá —dijo, señalando el sello.

Dino miró.

—Tiene que ser falso.

—Que se encarguen los federales.

—Todavía no, capitán. No los quiero metidos en esto. Hay una dama de la Inteligencia británica que viene para acá.

—¿Cuándo llegará?

—Viene en auto desde Connecticut con un amigo mío; tal vez llegue en una hora.

—¿Ese amigo suyo es Barrington?

—Sí, capitán. ¿Por qué me lo pregunta?

—Porque usted no tiene otros amigos. ¿Qué tiene que ver él con esto?

—Bueno, él y la dama inglesa son una pareja inseparable. Los dos la conocimos en Londres, el año pasado.

—¿Ya habló con la sospechosa?

—Iba a hacerlo cuando usted llegó. Y también estoy esperando al asistente del fiscal.

—¿Lo sacó de la cama? —preguntó Grady, con una risita ahogada—. Quiero verlo llegar.

—Ya puede verlo, capitán —dijo una voz detrás de ellos.

Dino y el capitán se dieron vuelta y se encontraron con George Mellon, el asistente del fiscal del distrito.

—No parece muy peligrosa —comentó el hombre, espiando por el vidrio.

—Voy a entrar y averiguarlo —contestó Dino.

—Antes de preguntarle nada, que firme que conoce sus derechos —advirtió Mellon.

Dino abrió la puerta y entró en la sala.

Stone conducía a toda velocidad por la ruta casi desierta.

—¿No puedes ir más rápido? —se quejó Carpenter.

—Sí, puedo, pero no voy a hacerlo. Nunca manejé a esta velocidad en toda mi vida.

—Gallina —murmuró ella.

Stone apretó el acelerador.

—Olvidé que en este auto la velocidad está limitada electrónicamente. No puedo acelerar más.

—Mierda —protestó Carpenter—. ¿Por qué no compras algo más veloz?

Stone empezó a pensar en las excusas que podría dar a la policía del estado de Nueva York, y si ya lo estarían esperando para detenerlo. Miró hacia el cielo, buscando helicópteros.

—Buenas noches —saludó Dino—. Soy el teniente Dino Bacchetti.

Marie-Thérèse le tendió una mano, sin levantarse de la silla, como una dama.

—¿Cómo está usted?

—Estoy muy bien —respondió Dino, estrechándole la mano.

—¿Por qué me han traído aquí? —preguntó ella, mitad enojada, mitad atemorizada.

—Antes de seguir adelante, debo advertirle sobre sus derechos de acuerdo con la Constitución de los Estados Unidos. —Le recitó el mantra de la ley Miranda.— ¿Ha entendido esos derechos?

—Por supuesto. ¿Cree que nunca miro televisión?

Dino le dio una hoja impresa y una lapicera.

—Entonces, por favor, firme esta declaración.

La mujer leyó y firmó.

Dino colocó el pasaporte sobre la mesa.

—Aquí dice que usted es Marie-Thérèse du Bois, con domicilio en Zurich, Suiza. ¿Es correcto?

—Sí, es correcto.

—Quisiera hacerle unas preguntas.

—¿Acerca de qué?

—¿Cuándo llegó a los Estados Unidos?

—Está en mi pasaporte. —Ella misma había colocado el sello.

—¿Dónde se aloja?

—En el hotel Kirwan, en Park Avenue, en la calle Treinta y Siete, habitación uno-cero-cero-tres.

—¿Cuándo se registró?

—Hoy... —Miró de reojo su reloj.— Más bien ayer. ¿Voy a necesitar un abogado?

—No lo sé. ¿Usted cree que lo necesita?

—No tengo inconveniente en contestar sus preguntas, pero prefiero que esté presente mi abogado, por favor.

Dino suspiró.

—Le traeré un teléfono. —Salió de la habitación, consiguió un teléfono y regresó.

—¿Quiere hablar a solas? —preguntó.

—No creo que pueda estar muy a solas acá —replicó ella, señalando el espejo. Marcó un número—. Hola, habla Marie-Thérèse du Bois. Estoy detenida en una comisaría... Un momento. —Tapó el aparato con una mano.— ¿Dónde estoy?

—En el distrito Diecinueve.

—...En el distrito Diecinueve, y necesito un representante legal. Por favor, venga ahora mismo y pregunte por el teniente...

—Bacchetti.

—...Por el teniente Bacchetti. Muchas gracias. —Devolvió el teléfono a Dino.— ¿Ahora podría decirme por qué estoy aquí?

—Usted está aquí, señorita du Bois, porque es sospechosa de cuatro asesinatos en Nueva York.

La mujer rió.

—¡Por Dios! ¿Y cuándo se supone que cometí esos asesinatos?

—En los últimos días.

—He pasado los últimos días viajando en auto con un amigo, desde Canadá.

—¿Cómo se llama su amigo? —preguntó Dino, sacando su libreta—. Quisiera confirmar ese dato.

—Se llama Michel Robert. Es canadiense.

—¿Y dónde puedo encontrarlo?

—Francamente, no lo sé. Tuvimos un *petit contretemps*. Me dejó en Nueva York y se fue. No sé adónde. ¿Puedo preguntarle cuáles son las pruebas que me hacen sospechosa de esos ridículos cargos?

—Ya hablaremos más tarde —replicó Dino—. Discúlpeme un momento. —Se levantó y salió para hablar con Mellon.

—Te hizo una buena pregunta, Dino —señaló Mellon—. ¿Con qué pruebas la acusas de esos asesinatos?

—Viene en camino una agente de la Inteligencia británica; ella puede identificarla y contarte todos sus antecedentes.

—¿Traía algo que podamos usar en su contra?

—No, pero antes de que la arrestara en Elaine's fue al cuarto de baño. Ahora están buscando allí.

Entraron dos detectives, uno con una bolsa de plástico que contenía una pistola negra con silenciador y un picahielo.

—Me alegra mucho ver esto —dijo Dino—. Vayan a buscar huellas y verifiquen en balística, para comparar con los disparos del muerto de Park Avenue. Y que sea rápido. —Se volvió hacia Mellon.— ¿Ahora te sientes mejor?

—Un poco. ¿Puedes conectarla con el asesinato?

—Ya oíste lo que les dije a mis muchachos, ¿no?

—¿Ya le tomaste las impresiones digitales?

—Todavía no. Podemos hacerlo ahora.

Entró un hombre bajo y gordo, con aire apresurado.

—¿Dónde está mi clienta? —preguntó con tono perentorio.

—Hola, Sol —saludó Mellon—. ¿Qué te trae por aquí?

—Ella —respondió el hombre, señalando al otro lado del espejo—. Quiero hablar con ella ya mismo, y los quiero a todos afuera mientras lo hago.

—¿Cuánto tiempo necesitas?

—Ya te lo diré, George. Ahora vete y déjame hacer mi trabajo.

Dino, el capitán y el asistente del fiscal salieron de la sala y se dirigieron a la oficina de Dino.

—¿Quién es este sujeto, George?

—Se llama Sol Kaminsky y es un abogado muy astuto, pero, a menos que puedas conectar a esta mujer con el arma, y el arma con uno de esos asesinatos, no va a necesitar ser muy astuto para sacarla.

32

S<small>TONE</small> <small>CRUZÓ EL PUENTE</small> del río Harlem, aminorando la velocidad solamente para pasarlo. Miró el reloj. Jamás había creído que podía llegar tan rápido a Manhattan.

—¿Por qué tardamos tanto? —quiso saber Carpenter.

—Acabamos de batir el récord mundial para un viaje desde Washington, Connecticut, hasta Manhattan —dijo Stone—. Y por media hora.

La joven resopló.

—Si tú lo dices.

Hacía cuarenta minutos que Dino, el capitán y el asistente del fiscal conversaban intranquilos mientras Sol Kaminsky hablaba con su clienta. Los dos detectives entraron en la oficina de Dino y colocaron la pistola, el silenciador y el picahielo sobre el escritorio.

—¿Y? —preguntó Dino.

—No hay huellas en ninguna de estas cosas.

—¿Y la prueba de balística?

—Dos de las balas estaban demasiado deformadas para compararlas —dijo uno de los detectives—, pero una estaba entera.

—¿Y?

—No coinciden. Ni de lejos. Ésta no es la pistola que mató al diplomático.

—¡Mierda! —exclamó Dino.

—Pero es una pistola muy interesante.

—¿Por qué?

—No tiene marcas de fábrica por ningún lado. Controlamos con el banco de datos del FBI y resultó ser de los federales, probablemente de la CIA o de la Agencia de Inteligencia de Defensa, o algo parecido.

Dino levantó la vista y vio entrar a Stone y Carpenter.

—Acá está nuestra espía británica —dijo—. Ahora llegaremos a algún lado. —Dino los presentó al capitán.

—Hola, Stone —dijo George Mellon, sin tenderle la mano.

—Hola, George. —En una oportunidad, Stone lo había vencido en un juicio, de una manera muy desagradable para Mellon.

—¿Dónde está ella? —preguntó Carpenter.

Sol Kaminsky entró en la oficina de Dino.

—Ahora tú y yo podemos hablar con mi clienta —dijo.

Todos siguieron a Kaminsky. El abogado entró con Dino en la sala de interrogatorios; los demás se quedaron mirando por el espejo.

Stone le dio un codazo a Carpenter.

—Y bien, ¿es La Biche?

—Por Dios —contestó Carpenter—. Se la ve tan diferente... No estoy segura de poder jurar que es ella.

—No hay nada como un testigo ocular —murmuró el asistente del fiscal.

—Bueno, teniente Bacchetti —dijo Sol Kaminsky—, mi clienta se ha identificado con su pasaporte válido y ha respondido a sus preguntas. ¿Qué pruebas tiene para conectarla con un crimen?

Dino puso la pistola, el silenciador y el picahielo sobre la mesa, sin decir nada. Quería ver la reacción de la mujer.

Marie-Thérèse miró a su abogado con expresión de asombro.

—No entiendo —dijo.

—Mi querida señora, el teniente cree que estas armas le pertenecen.

—Jamás las vi en mi vida —afirmó Marie-Thérèse—. No necesito armas.

Kaminsky se volvió hacia Dino.

—¿Qué pruebas tiene para conectar estas armas con mi clienta?

—Ella las colocó en el depósito del inodoro del baño de Elaine's —respondió Dino, con el corazón oprimido.

—¿Y cómo lo sabe? ¿Encontró las huellas de ella?

Dino tragó saliva.

—¿Y esas armas están conectadas con los asesinatos, por las pruebas de balística o por otra prueba científica?

—Todavía no —respondió Dino.

—¿Tiene testigos que sitúen a la señorita du Bois en la escena de algún crimen?

—Enseguida vuelvo —dijo Dino. Salió y fue a reunirse con los demás.

—¿Qué me dices, Carpenter?

Carpenter se sobresaltó.

—No puede hacer la identificación —dijo Stone.

Intervino George Mellon:

—No me parece que esto justifique que me hayas sacado de la cama, Dino.

—Espera un momento —lo atajó Dino—. Esta mujer es una asesina profesional muy conocida por las autoridades europeas. ¿No es cierto, Carpenter? ¿No es verdad que puedo buscar su nombre en la base de datos de Interpol y encontrar cargos contra ella?

Carpenter miró el piso.

—No —respondió.

—¿No? ¿Y por qué diablos no?

—Ella figura en nuestras fichas, pero nunca las compartimos con otras agencias. Esperábamos atraparla nosotros.

Mellon volvió a intervenir:

—¿Y debo entender que no hay ningún cargo contra esta mujer en ninguna parte del mundo?

—No, que yo sepa —respondió Carpenter.

—¿Y no hay huellas en las armas, y el informe de balística es negativo?

—Así es más o menos la cosa —admitió Dino.

—Entonces acúsala por la tenencia de esas armas hasta que tengamos algo más concreto.

Nadie dijo nada.

Mellon miró a Dino.

—¿Debo entender que no puedes conectar a esta mujer con las armas?

—Ella fue al cuarto de baño en Elaine's. Encontramos las armas escondidas en el depósito del inodoro, inmediatamente después de que ella salió —dijo Dino a la defensiva.

—Pero no puedes probar que ella las colocó allí —dijo Mellon—. En una noche pasan cincuenta mujeres por el baño, y cualquiera podría haber dejado esas armas. ¿No es así?

—Sí —respondió Dino.

Mellon los miró a todos.

—¿Alguno de ustedes tiene algún cargo que me permita detener a esta mujer, o al menos retenerla? ¿Tal vez se resistió al arresto? ¿Agredió a un oficial de la policía?

Nadie dijo nada.

Mellon comenzó a ponerse el abrigo.

—Entonces me voy. Suéltenla. —Se marchó.

Carpenter se puso a hablar por su celular.

—¿Mason? La Biche está por salir del distrito Diecinueve. Que la sigan ya.

Dino se dirigió a los dos detectives:

—Llamen a todos los que puedan, y no la pierdan. Síganla hasta que llegue al hotel y luego pongan a dos hombres en el pasillo de su habitación y no dejen de seguirla si sale del hotel.

—Lo lamento, Dino —dijo Carpenter.

Dino regresó a la sala de interrogatorios.

—Señor Kaminsky, su clienta quedará libre para irse en cuanto la fotografíen y le tomen las impresiones digitales.

—Ni lo sueñe —contestó Kaminsky—. Mi clienta no está detenida y no hay causa para creer que ha cometido ningún delito. Buenas noches, teniente.

Dino los dejó salir de la sala de interrogatorios.

—Mis disculpas por los inconvenientes, señorita du Bois.

—No se preocupe, teniente —respondió Marie-Thérèse.

Dino los contempló marcharse; luego condujo a Carpenter y Stone a su oficina.

—Lo único que podemos hacer es seguirla y confiar en que trate de matar a alguien.

—A mí, probablemente —acotó Carpenter.

Un detective golpeó a la puerta.

—Teniente, necesito registrar la pistola y el picahielo. ¿Los tiene usted?

—Quedaron en la mesa de la sala de interrogatorios número uno —respondió Dino.

—No, señor, no están.

—Ah, mierda —exclamó Dino.

Marie-Thérèse y Sol Kaminsky iban en un taxi por la Segunda Avenida.

—¿Quiere que la deje en su hotel? —preguntó el abogado.

—No, muchas gracias, señor Kaminsky. Bajaré antes.

El taxi se detuvo a esperar que cambiara la luz del semáforo. Marie-Thérèse miró por la ventanilla y vio un gran camión cerca de ellos.

—Señor Kaminsky, por favor, bájese del taxi y siga caminando.

El abogado la miró asombrado.

—¿En medio de la calle?

—Sí, por favor.

Kaminsky abrió la puerta del lado izquierdo y descendió del coche.

Mientras él hacía eso, Marie-Thérèse entregó un billete de veinte dólares al conductor.

—Deje correr el reloj hasta la calle Treinta y Cuatro, y no levante ningún pasajero —le indicó.

Abrió apenas la puerta, se tiró del taxi y se arrastró hasta debajo del camión. Acababa de hacerlo cuando cambiaron las luces y los coches arrancaron. Rodó debajo de un auto estacionado y esperó.

A una cuadra detrás del taxi, el detective llamó a la comisaría.

—Dile a Bacchetti que el abogado se bajó en la Setenta y Siete y que todavía la seguimos.

Las luces cambiaron; el detective continuó por la Segunda Avenida.

Marie-Thérèse esperó el siguiente cambio de luces antes de salir de debajo del coche estacionado; se sacudió la ropa y se perdió en la noche.

33

Stone hizo subir a Carpenter a un taxi.

—Estoy agotada —dijo Carpenter.

—Deja que la policía y tu gente hagan el trabajo —le aconsejó Stone—. Podrás dormir bien en mi casa.

—Ha sido una experiencia humillante —se quejó Carpenter con un suspiro.

—Tendrías que haberle advertido a Dino que en Europa no había cargos contra ella.

—No queríamos que la Interpol y las otras agencias interfirieran.

—Ustedes querían encontrarla y matarla sin escándalo, ¿no es así?

La joven no respondió.

—Si no hay cargos contra la mujer, ¿cómo reunieron toda la información sobre ella, la gente que mató y sus métodos?

—Por personas a las que... interrogamos —respondió Carpenter.

—¿Y no pueden usarse los testimonios de esa gente para que Dino tenga cargos para poder arrestarla?

—Esa gente ya... No es posible conseguir sus testimonios.

Stone respiró profundamente.

—Ah —fue su único comentario.

El detective que seguía al taxi de La Biche volvió a llamar.

—Dile a Bacchetti que el taxi no fue al hotel. Sigue para el centro.

—Habla Bacchetti —dijo Dino—. ¿Dónde está el taxi ahora?

—En la Segunda y Treinta y Cuatro, detenido por el semáforo. Un momento: el taxi está libre y subió un pasajero.

—Detén el taxi y arréstala por manipular pruebas. Se llevó la pistola.

El detective encendió las luces del coche y se detuvo junto

al taxi. Su compañero bajó, alumbró con la linterna el asiento trasero del vehículo y regresó al patrullero.

—Teniente —dijo por la radio—, la mujer no está en el taxi.

—¿Cómo?

—Que no está. Vimos bajar al abogado, pero a ella no. Creíamos que todavía seguía allí.

—Ah, excelente —rezongó Dino. Cortó y llamó a la casa de Stone.

—¿Hola? —atendió Stone. Carpenter tomó la extensión del otro lado de la cama.

—La perdimos.

—¿Cómo? —preguntó Stone.

—Mis muchachos vieron bajar a Kaminsky en la Setenta y Siete, pero a ella no. Y ahora no está en el taxi. Y lo que es peor, se robó la pistola y el picahielo de la mesa cuando yo les abrí la puerta para salir. ¿Ninguno de ustedes vio nada por el espejo?

—Estábamos hablando entre nosotros —respondió Stone.

—No es culpa tuya, Dino —dijo Carpenter—. Es nuestra.

—Lo lamento, querida —dijo Dino—. Si quieres, puedo pedir una orden de arresto por robar la pistola.

—¿Puedes probar que ella la robó?

—Puedo, si la atrapamos con la pistola.

—¿Y qué posibilidades crees tener?

Dino guardó silencio.

—Buenas noches, Dino. —Carpenter cortó.

Stone hizo lo mismo.

—¿Y ahora qué?

Carpenter marcó un número.

—¿Mason?

Stone levantó el tubo del otro teléfono.

—Mason —respondió una voz masculina.

—Dime que todavía la siguen —dijo Carpenter.

—Temo que no. No hubo forma de llegar a la comisaría antes de que se fuera.

—Me lo temía. La policía la perdió. Estuvieron siguiendo a un taxi vacío.

—¡Santo cielo! ¿Por qué no la arrestaron?

—Por culpa nuestra. Nunca registramos cargos en su contra, y la policía de Nueva York no tenía nada contra ella. Encontraron la pistola en el baño de Elaine's, pero en Balística no hallaron coincidencia con las balas que mataron al diplomático, y ella no utilizó esa arma con los otros.

—Lamento mucho todo esto —dijo Mason.

—Y además de todo, se robó la pistola en la comisaría y se fue con sus armas en la cartera.

—Me parece que hemos vuelto al punto de partida.

—Exactamente.

—Architect no se pondrá muy contento.

—No, supongo que no. Ahora duerme, Mason. Hablaremos mañana.

—¿Dónde estás?

—En la casa de Barrington.

—Te enviaré gente.

—No te molestes. Creo que por esta noche estamos seguros.

—Buenas noches, entonces.

—Buenas noches.

Stone y Carpenter cortaron la comunicación.

—Me encantó tu casa en Connecticut —dijo ella.

Marie-Thérèse entró en el depósito, que permanecía abierto las veinticuatro horas, fue hasta su cuartito, abrió la puerta y la cerró tras ella. El lugar, de dos metros y medio por tres, parecía una celda, pensó. Se quitó toda la ropa hasta quedar desnuda, sacó de una percha un tapado de piel y lo extendió en el piso. Sacó otro abrigo, se envolvió en él y se acostó sobre el tapado.

Acababa de utilizar su recurso más valioso, el que más atesoraba: su propia identidad. Ya no podría usarla otra vez. Salvo que fueran tan estúpidos como para no ingresar la información en sus computadoras y enviarla a Interpol, pensó.

Se durmió pensando en la beba que había tenido en su regazo durante el viaje a través del Atlántico.

34

CINCO HOMBRES Y CUATRO mujeres descendieron del vuelo del Concorde en el aeropuerto Kennedy y subieron a dos camionetas que los aguardaban. El conductor de una de ellas entregó a uno de los hombres un teléfono celular.

—Simplemente apriete el uno, señor.

El hombre marcó el uno y acercó el aparato a su oído.

—Asociación Comercial —dijo una voz femenina.

—¿Sabe quién le está hablando?

—Sí, señor.

—Vamos para allá. Quiero una reunión con todos, en una hora. Y quiero que estén todos.

—Comprendido, señor. Prepararé la sala de conferencias.

—Bien. —Cortó y devolvió el aparato al conductor.

—Es suyo, señor, mientras esté aquí.

Architect se guardó el celular en el bolsillo y volvió su atención al New York Times.

En el dormitorio de Stone sonó el teléfono.

—¿Hola? —atendió con voz de dormido, mientras miraba el reloj.

—La señorita Carpenter, por favor —dijo una voz de mujer.

Stone sacudió a Carpenter para despertarla.

—Una llamada para ti.

—¿Qué hora es? —preguntó Carpenter, dándose vuelta para tomar el otro teléfono.

Stone colgó de su lado.

—Un poco más de las dos de la tarde. Dormimos muy bien.

—¿Hola?

—Llegó Architect. Habrá una reunión aquí, a las tres —informó la mujer—. Es de asistencia obligatoria.

—Bien —repuso Carpenter, y cortó—. Tengo que darme una ducha. Mi jefe llegó de Londres. —Apartó las sábanas y corrió al cuarto de baño.— ¿Alguna posibilidad de comer algo?

Stone fue a la cocina, preparó unos sándwiches de jamón y los llevó al dormitorio. Carpenter salió de la ducha, secándose el cabello con una toalla.

—Qué rico —dijo, tomó un sándwich y lo mordió.

—¿Para qué será la reunión? —preguntó Stone.

—Creo que puedes adivinarlo.

—¿Cómo diablos van a encontrarla? —volvió a preguntar Stone.

—La encontraremos y nos haremos cargo —respondió ella con la boca llena. Regresó al cuarto de baño, llevándose otro sándwich.

Stone tomó el teléfono y llamó a Dino.

—Bacchetti.

—¿Almorzaste?

—No pude.

—¿En Clarke's en media hora?

—¿Tú pagas?

—Sí.

—Entonces, que sea en el Four Seasons. —Dino cortó.

Stone fue a su baño y se metió bajo la ducha. Veinte minutos después estaba en la escalera de la puerta de su casa, con Carpenter.

—¿Cenamos? —preguntó.

—Te llamaré —respondió ella, dándole un beso. Bajó corriendo las escaleras y dobló hacia la Tercera Avenida.

Stone se dirigió hacia Park.

En el Four Seasons, los últimos comensales bebían sus cafés *espresso* en el salón. Conseguir mesa había resultado fácil, ya que casi toda la clientela había regresado ya a sus oficinas. Stone y Dino pidieron ensaladas y *omelettes* y un par de copas de vino.

—¿Cómo es que La Biche estaba en Elaine's a la misma hora que tú? —preguntó Stone.

—Fue a buscarte.

—¿Qué?

—No es un chiste. Fue, se sentó a la barra, pidió la cena y sacó ese recorte del periódico que decía que eras el abogado de Herbie Fisher. Y le preguntó al *barman* dónde estabas.

—¿Y él se lo dijo?

—No sé. Yo estaba muy ocupado. Elaine me llamó a casa y me dijo que alguien preguntaba por ti. Así que tuve que decepcionar a mi esposa, que en ese momento estaba encima de mí, y salí corriendo. Y allí estaba ella, bebiendo un coñac.

Stone pensó en lo que acababa de decirle su amigo.

—¿Entonces por qué querías que almorzáramos? Tenía la sensación de que se te había ocurrido alguna cosa.

—Algo están preparando nuestros amigos ingleses —dijo Stone.

—¿Ah, sí?

—El gran jefe acaba de llegar de Londres, y llamó a su gente para una reunión.

—¿Y a mí en qué me afecta?

—Creo que habrá problemas en tu zona.

—¿Qué clase de problemas?

—Piensa. ¿Qué te parece?

—¿Tengo que adivinar?

—Eso es lo que estoy haciendo yo. ¿Hoy no te llamó nadie? De los ingleses, quiero decir.

—Nadie. ¿Debería esperar que lo hicieran?

—No creo.

—Vamos, Stone. ¿Qué te dijo Carpenter?

—Sólo que tenían una reunión.

—¿Y cuál crees que será el tema de esa reunión?

—No seas obtuso, Dino.

—Está bien, conozco el tema. ¿Qué es lo que van a hacer?

—Creo que van a perseguirla y matarla —dijo Stone.

—¿Acá, en Nueva York?

—Sí. Desde luego, tal vez sólo quieran secuestrarla y torturarla, pero creo que las probabilidades de encontrar a la dama con vida son nulas.

Dino tragó un bocado de ensalada y pensó.

—Muy bien —dijo al fin.

—¿Qué quieres decir con "muy bien"?

—Quiero decir que para mí está muy bien que la persigan y la maten, o que la secuestren y la torturen.

—Por Dios, Dino, eres un policía de la ciudad de Nueva York. ¿Vas a dejar que eso suceda?

—Ajá —repuso Dino, y bebió un sorbo de vino.

—Estamos hablando de asesinato, Dino. Se supone que tienes que hacer algo.

—Estás muy confundido, Stone.

—No, no lo estoy. Simplemente no quiero que haya asesinatos en las calles de mi ciudad.

—¡Ah! Seguro que, cuando los asesinos se enteren, el promedio de asesinatos disminuirá en una forma increíble —se burló Dino.

—Dino, tienes que hacer algo.

—¿Y qué puedo hacer? Esa gente no son policías de visita. Son malditos espías. Hacen las cosas en secreto. ¿Crees que me permitirán intervenir en sus planes?

—Tal vez yo pueda hacer algo.

—Yo no quiero saberlo —replicó Dino—. Y si quieres seguir con la señorita Felicity Devonshire, será mejor que tampoco tú sepas nada.

—¿Quieres que te diga por qué no hay cargos contra La Biche en Europa? —le espetó Stone.

—No, pero tengo la sensación de que igual me lo vas a decir.

—Porque los servicios de Inteligencia consiguen sus informaciones sobre ella torturando y matando a sus amigos. Por eso no tienen pruebas contra La Biche.

—No habría querido enterarme.

—Es así como trabajan. Cuando se enfrentan a este tipo de asesinos, los meten en una celda y les sacan información a golpes; y una vez que obtienen lo que quieren, se deshacen de ellos. Actúan fuera de la ley, por encima de la ley.

—Bueno, entonces, si yo fuera tú, no haría enojar a Carpenter.

—Antes, tú y yo teníamos la misma idea de la ley —insistió Stone—. Creíamos que había que hacer las cosas al pie de la letra.

—Bueno, no siempre *estrictamente* al pie de la letra —corrigió Dino.

—Está bien; golpeamos a unos cuantos, atemorizamos a otros, pero nunca matamos a nadie.

—Y yo no voy a empezar ahora —aceptó Dino.

—¿Pero vas a cerrar los ojos para no ver lo que planea esta gente?

—Stone, en este caso lo único que tengo son los ojos cerrados.

—No quieres ver lo que pasa.

—Tienes razón, porque, a diferencia de ti, entiendo que hay dos mundos totalmente diferentes, que existen uno al lado del otro. Está tu mundo y el mío, y está ese otro mundo, donde hay una mujer loca que los odia y anda por ahí matando a la gente que se le cruza por el camino. ¿Cómo podría procesarla? No hay ninguna prueba. Y suponiendo que pudiera, de alguna manera, evitar que mataran a La Biche, ¿qué haría con ella? ¿Le daría una palmada en la cabeza y la enviaría de vuelta a Europa, para que matara más gente? No tengo ninguna prueba contra ella. Por Dios, alguien tiene que detenerla, pero yo no puedo hacerlo.

—Esto es deprimente —dijo Stone.

—No es deprimente si no piensas en ello —fue la respuesta de Dino.

35

CARPENTER ENTRÓ apresuradamente en el edificio, fue hasta su oficina temporaria, dejó el abrigo y tomó sus notas. Entró en la sala de conferencias justo cuando Architect se sentaba.

Su verdadero nombre, como bien sabían todos los que trabajaban con él, era sir Edward Fieldstone, pero al elegir su nombre en clave —el Arquitecto— se dejó llevar por su gusto por la carpintería y la construcción. En su casa de campo, en Berkshire, tenía un enorme taller, y su gran finca incluía establos, graneros, casas para los trabajadores y otras estructuras que había construido o supervisado él mismo. Había ingresado en el servicio de Inteligencia a través del ejército, y se sabía que favorecía a los oficiales que habían servido en sus unidades, en especial en Irlanda del Norte, donde había sido comandante. Desde aquella época tenía reputación de ser un hombre de trato agradable pero completamente despiadado.

A veces Carpenter se sentía en desventaja por no haber servido en el ejército. Sus méritos para ingresar en la agencia eran, al principio, hereditarios, ya que su abuelo paterno y su padre habían pertenecido al servicio de Inteligencia. El primero, durante la Segunda Guerra, había sido enviado varias veces a Francia como paracaidista, para ayudar a entrenar a los miembros de la Resistencia, y el segundo se había especializado en la lucha contra terroristas irlandeses en territorio británico. En la agencia tales antecedentes se consideraban méritos históricos, y Carpenter había tenido que esforzarse mucho para demostrar que era digna de ellos.

—Buenos días —saludó Architect con su voz suave, haciendo enmudecer de inmediato a todos los que se hallaban en el salón. Recorrió con la mirada las dos docenas de rostros, un tercio de los cuales eran de mujeres—. Damas y caballeros —dijo al fin—, el tema, el único tema, de esta reunión es Marie-Thérèse du Bois, también conocida como La Biche, un apodo muy adecuado, me permito agregar. —Una sonrisita le crispó una comisura de la boca.

"Estoy seguro de que todos han leído el expediente de esta mujer, un informe pasmoso por su naturaleza, y en especial por su comportamiento para con los miembros de este servicio. Tengo que recalcarles que es preciso detenerla.

Hubo un murmullo de aprobación alrededor de la mesa.

—Carpenter —dijo Architect.

Todos los ojos se clavaron en ella; Carpenter sintió que le ardían las orejas.

—¿Sí, señor?

—Háganos un breve resumen de las actividades de la mujer en esta ciudad, durante estos días.

Carpenter no necesitó consultar sus notas.

—Mató a un ex oficial de esta agencia, a un oficial en servicio, a un diplomático árabe que actuaba como oficial de Inteligencia y a una civil inocente. También hirió de gravedad a un oficial en servicio de nuestra agencia.

—¿Y cómo está Thatcher?

—Ha sufrido una parálisis parcial en ambas piernas, como resultado de un golpe con un picahielo en la columna vertebral, pero ahora se encuentra fuera de peligro, responde al tratamiento y muestra señales de mejoría. Se le diagnostica una recuperación completa, o casi.

—Bien, bien. ¿Lo están cuidando como es debido?

—Sí, señor.

—Bien. Ahora, por favor, Carpenter, deme su evaluación de la actual situación referida a La Biche. En especial quiero saber sobre su detención y liberación en el Departamento de Policía de Nueva York. ¿Cómo sucedieron ambas instancias?

—En la columna de chismes del *New York Post* apareció una nota referida al abogado que organizó el operativo para fotografiar a Lawrence Fortescue, ex miembro de esta agencia, en el curso de una aventura amorosa con una mujer, que resultó ser La Biche. En el artículo se mencionaba que ese abogado frecuentaba un restaurante llamado Elaine's, en la zona este de la ciudad, y La Biche acudió al restaurante para preguntar sobre el abogado cuyo nombre se mencionaba en el artículo. La dueña del restaurante, del mismo nombre, telefoneó a un oficial de la policía, conocido suyo, para informarle sobre el incidente. Él de inmediato organizó el arresto y llevaron a La Biche a la comisaría del distrito Diecinueve, para interrogarla.

—Eso explica su arresto. ¿Y cómo fue que la soltaron? —preguntó Architect.

—La Biche había escondido dos armas en el depósito del inodoro del baño de damas del restaurante, después de limpiarlas. Pese a que las encontraron, las armas no tenían huellas, por lo que no pudieron relacionarlas con ella, ya que, en teoría, cualquiera podría haberlas dejado allí. Una de las armas, una pistola, se examinó en Balística, con la esperanza de conectarla con el asesinato del diplomático árabe. Pero los resultados fueron negativos. —Respiró para tomar aliento.— La policía se encontró con otro obstáculo, ya que esta agencia nunca denunció sus actividades a la Interpol ni a otros servicios y, al no haber cargos anteriores, no pudieron mantenerla detenida.

La sala estaba muy silenciosa, ya que todos sabían que la decisión de no avisar a la policía había sido de Architect.

—En efecto —dijo el jefe con calma, sin demostrar fastidio alguno—. Continúe.

—Por último, ella presentó un pasaporte válido, con su nombre verdadero y sellos de entrada legales o, al menos, muy bien falsificados, ya que la policía no detectó nada anormal. La representó un abogado de Nueva York, un tal Sol Kaminsky, que ya antes ha representado a terroristas árabes ante los tribunales. Se hizo conocido por su desafortunada defensa de los hombres que colocaron una bomba en el estacionamiento subterráneo del World Trade Center hace unos años.

—Estoy al tanto de la reputación del señor Kaminsky —dijo Architect—. ¿Quién tomó la decisión de dejar en libertad a La Biche?

—El asistente del fiscal del distrito de Nueva York. Estuvo presente durante su interrogatorio y, al no poder encontrar una causa para detenerla ni fotografiarla ni tomarle las impresiones digitales, ordenó que la dejaran marcharse.

Architect asintió.

—¿Cómo considera nuestra actual situación, Carpenter?

—No sabemos dónde está, ni quién puede estar ayudándola. No tenemos pruebas creíbles contra ella, de manera que, aunque lográramos detenerla, no podríamos llevarla a juicio y, si consiguiéramos hacerlo, la absolverían, tanto aquí como en Londres. Debo señalar esto, ya que tiene una apariencia común y la cambia constantemente; y como no tenemos sus impresiones digitales, nos resultará muy difícil identificarla. En resumen, no le hemos echado mano y no parece que podamos hacerlo.

Architect la miró con dureza.

—En su deseo de mostrarse realista, está siendo muy pesimista, Carpenter. ¿Tiene algún plan de acción?

—Sabemos que solía frecuentar bares de lesbianas, donde elegía mujeres y las mataba, para apoderarse de sus identidades y lugares de residencia por períodos cortos. Sugiero que, ya que hay aquí varias mujeres presentes, vigilemos la mayor cantidad posible de esos bares, en la esperanza de encontrarla. Cada oficial deberá llevar un micrófono oculto o estar bajo constante vigilancia electrónica.

—Habrá notado que he traído cuatro oficiales femeninas —dijo Architect—. ¿Alguna otra recomendación?

—Debemos pinchar los teléfonos de la casa y la oficina del señor Kaminsky, y mantenerlo vigilado. Es la única persona que, según sabemos, ella conoce en Nueva York.

La voz de Architect se volvió más suave.

—¿Eso es todo? Con seguridad tendrá alguna otra recomendación.

Carpenter le mantuvo la mirada. Cuando se realizara la investigación sobre esa situación, como sin duda sucedería, quería que su respuesta estuviera registrada.

—No tengo más recomendaciones, señor.

"Si quieres algo más, tendrás que decirlo tú, maldito hijo de puta relamido", pensó.

—Me desilusiona, Carpenter.

—Lo lamento mucho, señor.

—No es para menos. —El Architect volvió a recorrer a los presentes con la mirada.— Y bien, actuaremos de la siguiente manera: Mason, usted se ocupará del seguimiento y la vigilancia electrónica en la operación de los bares de lesbianas. A propósito, ¿cómo los encontraremos? —Los miró, esperando respuestas.

Contestó Carpenter:

—Yo sugeriría que comenzáramos por recorrer las calles del Greenwich Village y el Soho. Una vez localizados esos lugares, nuestra gente puede preguntar otras direcciones a las clientas presentes.

—Bien —aprobó Architect, permitiéndose otra leve sonrisa—. Me causa cierto alivio saber que ninguno de los míos tiene conocimiento personal de esos lugares. Ocúpese, Mason.

—Sí, señor.

—Sparks —continuó Architect, señalando a otro oficial—. Dejaré el control de los teléfonos del señor Kaminsky en sus manos. Encárguese de que nuestra presencia no sea advertida por las autoridades locales.

—Sí, señor —respondió el agente—. ¿Procuramos la aprobación del FBI?

—No exactamente, pero esta noche cenaré con el director de esa agencia, que está en Nueva York, y lo pondré al tanto de nuestras actividades.

—Gracias, señor —repuso Sparks.

—Bien —dijo Architect, cerrando su portafolio—, creo que hemos terminado.

—Perdóneme, señor —dijo Carpenter—. ¿Tiene alguna tarea para mí?

Architect la miró de reojo.

—Es obvio que, ya que La Biche la ha visto de cerca, no podemos mandarla por esos bares... por muchas ganas de ir que tenga...

Las orejas de Carpenter volvieron a arder.

—...pero tengo entendido que mantiene una relación personal con ese abogado... ¿Barrington? ¿Así se llama?

Carpenter miró a Mason, que estudiaba cuidadosamente unos papeles, sin levantar la vista.

—Sí. Barrington —continuó el jefe—. Ya que, al parecer, La Biche ha mostrado interés en él, su tarea, Carpenter, consistirá en evitar que esos dos se encuentren. Si ella sigue matando civiles... —Dejó la frase sin terminar.

—Sí, señor.

—Y además, Carpenter, le encargo que tome las medidas necesarias para seguir vida. Muerta no me sirve para nada.

—Disculpe, señor —intervino Mason.

—¿Sí, Mason?

—¿Puede darnos instrucciones sobre qué debemos hacer con La Biche, una vez que la encontremos?

"Bien por ti, Mason —pensó Carpenter—. Que sea él quien dé la cara, y que quede registrado."

—No deben... repito: *no* deben... intentar detenerla —dijo Architect—. Ella es demasiado peligrosa y no quiero perder más gente. —El jefe cerró su portafolio.— Dispongan de ella por cualquier medio posible.

—Señor —insistió Mason—, algunas de esas oportunidades podrían darse en lugares públicos.

—Soy consciente de eso, Mason —contestó Architect—. Traten de evitar daños colaterales. —Tomó su portafolio y salió de la sala de conferencias.

Cuando el grupo se dispersó, Carpenter encaró a Mason.

—¿Estás dispuesto a obedecer esa orden? —le preguntó en voz baja.

—No estoy acostumbrado a no obedecer sus órdenes —respondió Mason.

36

Stone sentía cada vez más hambre y Carpenter no llamaba. Por fin sonó el teléfono.

—¿Hola?

—Soy yo —dijo ella.

—¿Cómo anduvo tu reunión?

—Te lo diré después.

—¿Después cuándo?

—Temo que tendré que trabajar hasta tarde. ¿Por qué no vas a Elaine's y nos encontramos allí en un rato?

—¿Te sientes segura en Elaine's?

—La última vez que La Biche fue a Elaine's, la arrestaron —explicó Carpenter—. No creo que esté ansiosa por regresar, ¿no te parece?

—Supongo que no —admitió Stone—. ¿Tienes idea de a qué hora llegarás?

—Te llamaré cuando salga. Hasta luego —y cortó.

Stone tomó un taxi hasta Elaine's, se sentó a su mesa y pidió una copa y el menú. Elaine se acercó y se sentó con él.

—Te perdiste toda la excitación de la otra noche, ¿no?

—Sí, Dino me dijo que le avisaste. Estuviste magnífica.

Elaine se encogió de hombros.

—Sólo estaba cuidándote el trasero.

—Gracias. Todavía lo tengo. ¿Cómo sucedió todo?

—Ella entró y se sentó a la barra. Uno de los camareros, Bobby, charló con ella mientras comía y se entendieron muy bien. La mujer hasta le dio su número de teléfono. Después sacó el recorte del periódico, y él me avisó. Ella quería saber tu nombre, y Bobby se lo dijo. Yo me acordé de una conversación que tuvimos aquí sobre eso...

—¿Ella le dio su número a Bobby?

—Ajá, se entendieron bien. Bobby es muy rápido con las mujeres.

—Discúlpame un segundo —dijo Stone. Se levantó y fue a la barra—. Hola, Bobby.

—Hola, Stone. ¿Cómo estás?

—Bien. Gracias por tu ayuda la otra noche.

—También me ayudé a mí mismo.

—Elaine me dijo que la dama te dio su número.

—Sí, así es.

—¿Todavía lo tienes?

Bobby fue a la caja registradora, puso una llave y se abrió un cajón. Buscó entre el dinero y volvió con un pedazo de papel.

—Aquí está. No creo que me den ganas de llamarla, después de todo lo que oí decir de ella.

Stone se guardó el papel.

—Gracias, Bobby. Tómate una copa; pago yo.

—Gracias.

Stone regresó a la mesa y miró el papel. El número del código de área era 917 y estaba reservado a los celulares de la ciudad de Nueva York.

Elaine lo miró.

—Por Dios, no estarás tan necesitado de mujeres, ¿no?

—Por supuesto que no —repuso Stone, guardando el papel en un bolsillo.

—¿Dónde está Felicity?

—Trabajando. Llegará más tarde.

—¿Y Dino?

—Almorzamos juntos. Ya nos vimos lo suficiente por hoy.

—Stone, ¿crees que corres algún peligro con esa mujer?

—Espero que no, pero no creo que venga aquí otra vez, después de lo que le pasó anoche.

Stone levantó la vista y vio entrar a una mujer sola, que se detuvo en la puerta y miró alrededor. De estatura y peso medios, cabello castaño, muy bien vestida. Stone buscó con la mirada algo que arrojarle a la cabeza y eligió una talla de madera india que estaba cerca de su mesa.

Entonces la mujer pareció divisar a alguien en la parte de atrás del restaurante. Avanzó rápidamente por el pasillo, pasó junto a Stone y abrazó a un hombre que se había levantado para recibirla.

—Es la esposa —explicó Elaine—. Bébete otra copa. —Hizo un gesto al mozo y señaló a Stone.

—No me molestaría.

—Esta vez invito yo —dijo Elaine al camarero cuando le sirvió la bebida.

—Gracias —dijo Stone, levantando su vaso hacia ella.

—Tal vez deberías irte de la ciudad por unos días —aconsejó Elaine—. ¿Por qué no vas a Connecticut?

—Vengo de allá —respondió Stone—. Pero no es mala idea.

Elaine se levantó para saludar a alguien, dejando solo a Stone, que pidió la comida y volvió a mirar el número de teléfono. En un impulso, lo marcó.

La mujer atendió de inmediato.

—¿Sí?

—Señorita du Bois, habla Stone Barrington. No corte —dijo rápidamente—. Sólo quiero hablar con usted.

Un silencio.

—Está bien —respondió Marie-Thérèse—. ¿De qué quiere hablar? —Su acento era perfectamente estadounidense.

—Ante todo, quiero explicarle por qué la hice fotografiar.

—Me interesaría oírlo.

—Fue un asunto doméstico: Lawrence Fortescue estaba casado con una mujer, clienta mía, que creía que él la engañaba. Tenían un convenio prenupcial que impedía que él recibiera dinero de ella si se divorciaban por adulterio. Yo no tenía idea de quién era usted.

—¿Ahora sí? —preguntó Marie-Thérèse.

—Tengo una idea más clara, y no quiero figurar en su lista de enemigos.

La mujer lanzó una carcajada.

—Señor Barrington, tiene un sentido de conservación muy bien desarrollado, eso tengo que reconocérselo.

—Creo que sería buena idea que usted y yo nos encontráramos —propuso Stone.

—Vamos, no lo dirá en serio, ¿no?

—¿Está enterada del principio estadounidense de la inviolabilidad de la relación abogado-cliente?

—Creo que sí.

—Entonces comprenderá que, si usted y yo nos encontramos con el propósito de que usted reciba consejos legales de mi parte, tanto el encuentro como la conversación serán inviolables y yo no podré informar nada a la policía.

—Entiendo. ¿Y esa relación abogado-cliente le impide a usted, digamos, invitar a otras personas a esa reunión?

—Sí. Éticamente, yo no puedo informar a ninguna autoridad sobre nuestra reunión o nuestra conversación, a menos que tenga conocimiento directo de su intención de cometer un crimen.

—¿Y qué sé yo de su sentido de la ética, señor Barrington?

—Nada, salvo que todos los abogados estadounidenses se rigen por el mismo código. Los abogados no entregamos a nuestros clientes, excepto en las circunstancias que acabo de mencionarle.

—Tengo la impresión de que usted siente curiosidad por mí.

—Por supuesto, pero no es ésa la razón principal por la que deseo verla.

—¿Y cuál es esa razón principal?

—Quiero salvarle la vida, si puedo.

—¿Quiere convencerme de que me entregue? Ayer estuve detenida, y no me dieron la impresión de tener interés en mí.

—Yo no represento a la policía... ni a los servicios de Inteligencia británicos.

Se produjo un breve silencio.

—Usted es muy interesante, señor Barrington, a causa de los sujetos a los que no representa. Seguro que tiene un celular. Deme su número.

Stone se lo dictó.

—Mañana a las seis de la tarde vaya a la pista de patinaje del Rockefeller Center. Tal vez lo invite a tomar algo. Pero, por favor, no cometa la estupidez de invitar a nadie a nuestra reunión. —Cortó.

Stone iba a guardar su celular, cuando vibró marcando una llamada.

—¿Hola?

—Hola, soy yo.

—Hola.

—Acá las cosas van muy lentas; voy a quedarme unas cuantas horas más. Pidieron comida china, así que comeré aquí y te veré más tarde en casa.

—Lamento que no puedas venir.

—Yo también. Hasta luego.

Stone dejó a un lado el celular, pero no pensaba en Carpenter, sino en La Biche. Se preguntaba en qué se estaría metiendo.

37

Marie-Thérèse acudió a su cita con el Frédéric Fekkai, un salón de belleza de moda, en la Cincuenta y Siete este. Ya la conocían, aunque con otro nombre.

El señor Fekkai la recibió con suma amabilidad.

—Señora King, ¿cómo está? ¿Cómo anda todo en Dallas?

—Hola, bombón —respondió la señora King, con acento tejano—. Las cosas andan de maravillas. El precio del petróleo sube, así que decidí venir a la gran ciudad y gastar parte del dinero del señor King.

—Estamos encantados de recibirla. A ver... tiene un masaje con hierbas, manicura y maquillaje. Su cabello queda para el final. ¿Está bien?

—Por supuesto, amoroso.

—La encargada le traerá el almuerzo.

—Me muero de hambre. ¿Tendrá *bourbon*?

—Enseguida se lo averiguo.

Marie-Thérèse dedicó la mitad del día a mimarse; al final se encontró con el señor Fekkai.

—Y bien, ¿qué haremos con su cabello? —le preguntó el estilista.

—Lo quiero bastante corto —dijo ella, pasándose la mano por el cabello—, y quiero un lindo tono rubio, con mechones más claros.

—Le quedará perfecto —contestó el dueño—. Ahora la esperan para el color; yo la atenderé después.

A las cuatro de la tarde salió del salón, literalmente convertida en una nueva mujer. También había cambiado su identificación, para reforzar el efecto. Fue a Bergdorf's, donde se compró ropa y dos pelucas; pagó todo con una tarjeta American Express a nombre de la señora King, gastos que se descontarían automáticamente de una cuenta en las islas Caimán. A las seis de la tarde estaba en la esquina de la Quinta Avenida y la Cincuenta y Siete. Sacó el celular e hizo la llamada.

Stone miraba, entre los patinadores, a una en particular, una rubia bonita, de equipo rojo con falda corta, que era la mejor de todos los que se hallaban en la pista de hielo. Luego miró alrededor, buscando a una mujer sola que pudiera ser La Biche. Su celular vibró.

—¿Hola?

—Buenas tardes —dijo Marie-Thérèse—. Quiero que vaya a pie, no en taxi, al parque Bryant, detrás de la Biblioteca Pública de Nueva York. Deberá llegar en diez minutos. Camine por el lado oeste de la Quinta hasta la Cuarenta y Cuatro; después baje por el lado este de la calle a la Cuarenta y Dos y luego cruce otra vez. ¿Entendió?

—Sí.

—Lo llamaré cuando llegue allí —y cortó.

Stone caminó por la Quinta Avenida rumbo a la biblioteca.

Marie-Thérèse caminó por la avenida Madison, cruzó la calle, dobló a la izquierda y entró en un negocio especializado en equipos para espías, donde hizo una compra rápida. Tomó un taxi hasta el centro y entonces hizo otra llamada.

—¿Hola? —dijo Stone.

—Escuche atentamente —dijo Marie-Thérèse—. Quiero que vaya a pie hacia el oeste, del lado sur de la calle Cuarenta y Dos, doble a la izquierda en la esquina siguiente, siga al sur hasta la Treinta y Siete y doble otra vez a la izquierda. Del lado sur de la calle hay un bar que se llama O'Coineen's. Entre y siéntese en la última mesa de la fila de reservados, a su izquierda. Si en la mesa ve un cartel de "reservada", ignórelo. Si alguien pretende impedirle sentarse, diga que está esperando a Maeve. ¿Captó todo?

—Sí.

—Llegue en diez minutos. —Cortó e indicó al conductor del taxi:— Doble aquí y deténgase a mitad de cuadra. —Bajó, entró en O'Coineen's y se dirigió al cuarto de baño. Hizo pis y luego buscó una peluca en su bolsa de compras. Eligió una de color castaño rojizo, muy lacia y con flequillo. Echó una mirada a su reloj.

Stone encontró el bar. El lugar estaba lleno de clientes que iban después del trabajo, pero el último reservado estaba vacío. Se le acercó un camarero.

—Lo lamento; este lugar está reservado.

—Voy a encontrarme con Maeve —respondió Stone.

—Está bien, Sean —dijo una voz de mujer con un atractivo acento irlandés.

Stone se volvió y se encontró ante una pelirroja, de cabello lacio y flequillo. No era la misma mujer que había visto en la comisaría del distrito Diecinueve.

—Póngase de pie, señor Barrington —ordenó Marie-Thérèse.

Stone salió del reservado.

—Buenas tardes —saludó.

—Separe los brazos del cuerpo —ordenó ella.

Stone obedeció.

Lo registró como una hábil profesional, sin omitir la entrepierna; luego sacó un pequeño objeto negro y se lo pasó por todo el cuerpo, de la cabeza a los pies.

—Siéntese —dijo, señalando el lado del reservado que quedaba de espalda a la calle.

—Gracias por venir —dijo Stone mientras se sentaba.

La mujer se ubicó en el asiento opuesto, de frente a la calle, y colocó la bolsa de compras de Bergdorf's en el lugar vacío, a su lado. Luego apoyó sobre la mesa un bolso de mano de tamaño mediano, con la abertura hacia ella. Miró en torno con cautela y observó las ventanas. Al fin se volvió hacia él.

—¿Qué quiere tomar?

—Una cerveza me vendría bien.

—Dos Harps —ordenó Marie-Thérèse al camarero.

—De acuerdo —dijo el hombre, y fue a buscarlas.

—Y bien, ¿qué le parece? —dijo Marie-Thérèse, manteniendo el acento irlandés.

Stone no supo qué responder.

—Vamos, señor Barrington, aquí estoy. ¿Qué es lo que quiere?

Stone iba a contestarle, pero llegó el camarero con las bebidas, así que esperó a que se retirara.

La mujer tomó su botella, sirvió un poco de cerveza en un vaso y lo chocó contra el de Stone.

—¿Y? No es muy conversador, señor Barrington.

Stone bebió un sorbo.

—Creo que debe abandonar Nueva York de inmediato.

—¿Ah, sí? ¿Y por qué motivo, si fuera tan amable de explicármelo?

—No creerá que el hecho de que la policía la haya dejado en libertad la ha vuelto inmune.

—¿Inmune a qué? —preguntó Marie-Thérèse.

—A... nuevas acciones.

Marie-Thérèse miró la puerta de reojo; luego se echó hacia atrás en el asiento y bebió otro trago de cerveza.

—Por teléfono me dijo que sabía cosas sobre mí. ¿Exactamente qué es lo que sabe?

—Tengo entendido que, cuando usted era más joven, sus padres murieron en una emboscada preparada para otros, y que después de eso usted se sometió a un entrenamiento especializado y luego empezó a asesinar gente, en especial a los que, sin querer, se convirtieron en los responsables de la muerte de sus padres.

—Bueno, bueno. Está muy bien informado, ¿no?

—Más o menos.

—¿"Sin querer"? ¿Eso le contaron?

—¿Quiénes?

—El que sea que le haya contado esa basura.

—Yo creo que es muy buena información, aunque tal vez no coincida en todo con su forma de ver las cosas.

La joven rió.

—Sí, mi forma de ver las cosas es bastante diferente. Tengo la seguridad de que el blanco era mi madre, y matar al marido y a la hija no era algo que les preocupara.

Stone no dijo nada.

—Como verá, en toda historia hay dos versiones.

—Puede ser. Pero eso no cambia el hecho de que la perseguirán, para atraparla y matarla.

Marie-Thérèse lo miró divertida.

—¿Ah, sí? Bueno, tendrán que hacer unas cuantas cosas.

—Ellos no tienen recursos legales, así que utilizarán otros.

—¿Y usted cómo lo sabe?

—Escucho cosas —respondió Stone.

Marie-Thérèse buscó algo en su bolso de mano.

Stone se quedó rígido en su asiento.

Marie-Thérèse sacó un billete de cien dólares y lo deslizó por encima de la mesa.

—Guárdeselo en el bolsillo.

Stone obedeció.

—Ahora es mi abogado, ¿verdad? Acabo de pagarle por su asesoría legal, ¿no?

—Correcto.

—Y esta conversación es confidencial. Usted no puede contársela a nadie.

—Así es.

—Muy bien, señor Stone Barrington. ¿Cuál es su consejo?

—Le aconsejo que no pase otra noche en la ciudad de Nueva York. Que no tome ningún avión, ómnibus ni tren. Que se vaya en auto. Y si quiere dejar el país, que sea en coche o a pie. Y le aconsejo que no vuelva durante mucho tiempo.

—¿Algo más?

—Le aconsejo que se busque una identidad que pueda mantener en forma permanente y que encuentre una forma de vida más productiva. Y que nunca, nunca jamás, vuelva a identificarse como Marie-Thérèse du Bois.

—Bueno, es un consejo muy saludable, señor Barrington. Voy a pensarlo.

—No lo piense mucho —replicó Stone—. Y ya que yo voy a negar que esta conversación haya tenido lugar, le agradecería que usted hiciera lo mismo, porque para mí es muy peligroso que me asocien con usted.

—Creo que eso puedo prometérselo. —Tomó su cartera y su bolsa de compras.— Ahora voy a dejarlo, y no creo que volvamos a vernos. Termine su cerveza, después termine la mía y espere por lo menos quince minutos antes de irse. —Se puso de pie.

—Adiós, entonces.

El tono de su voz cambió.

—Adiós, señor Barrington, y gracias por su preocupación. Le estoy muy agradecida.

La mujer fue hasta el fondo del salón y desapareció por la puerta de la cocina.

Stone terminó su cerveza y la de ella. Se había dado cuenta, por la actitud de Marie-Thérèse, de que su misión era inútil. Ella iba a hacer exactamente lo que se había propuesto hacer desde un principio.

38

STONE Y CARPENTER se encontraron en el Box Tree, un restaurante pequeño y romántico, cerca de su casa. Se ubicaron a una mesa y Stone pidió una botella de Veuve Clicquot La Grande Dame, su champaña favorito.

—¿Qué celebramos? —preguntó Carpenter una vez que entrechocaron las copas y bebieron.

—Una noche entera sólo para nosotros dos, libres de todas las preocupaciones del trabajo. Lo que los estadounidenses llamamos "una cita".

Carpenter rió.

—¿Y qué es lo que estuvimos haciendo antes? —preguntó.

—Lo que los estadounidenses llamamos "pum, palo y a la bolsa".

—No creía que los hombres estadounidenses objetaran esa clase de relaciones.

—No es una relación, sino puro divertimento carnal... aunque tampoco objeto eso.

—Ya me he dado cuenta.

Estudiaron el menú y pidieron la comida. El mozo les sirvió más champaña.

—Cuéntame cosas de tu vida —pidió Stone.

Carpenter volvió a reír.

—¿Eso no tenía que decirlo yo? No sé por qué, pero me parece que nuestros papeles están cambiados...

—Los papeles pueden cambiarse en determinadas circunstancias.

—¿Qué circunstancias?

—Cuando un hombre tiene por una mujer un interés que va más allá de lo carnal. —Stone creyó notar un rubor en las mejillas de Carpenter.— Háblame de ti.

—Lo que en realidad quieres saber es por qué hago lo que hago, ¿no es cierto?

—En general, lo que hacen las personas suele ser lo más importante de ellas.

—Lo que yo hago no es lo más importante de mi vida.

—¿Y qué es?

—Lo que soy.

—¿Y qué eres?

Carpenter contempló la mesa y luego el salón durante un largo rato.

—Bueno... Lo que hago es lo más importante en cuanto a mi persona. Es lo que soy.

—Imagina que, por algún motivo ajeno a ti, no pudieras continuar tu carrera. ¿Quién serías entonces?

Carpenter bebió un sorbo de champaña.

—Es algo que me resulta impensable.

—Pero con seguridad habrás visto a personas de tu agencia a las que han echado, despedido de un día para el otro.

—Alguna vez.

—¿Creías que también ellos eran lo que hacían?

—Algunos, supongo que sí.

—¿Y qué hicieron cuando ya no pudieron ser lo que querían?

—Uno o dos... se mataron.

—¿Tú lo harías?

—Por supuesto que no —respondió Carpenter con vivacidad.

—¿Entonces qué? ¿Qué harías? ¿Quién serías?

—Yo podría hacerte la misma pregunta.

—Puedes, después de contestarme.

—Sería abogada —contestó ella—. Estudié leyes en Oxford. Podría ejercer perfectamente.

—¿Cuántos años tienes?

—Treinta y ocho —respondió Carpenter sin vacilar.

—¿En Londres hay trabajo para abogados novatos de treinta y ocho años?

—Supongo que tendría que ir a una ciudad más pequeña.

—¿Y en las ciudades más pequeñas hay trabajo para abogados novatos de treinta y ocho años?

Carpenter se encogió de hombros.

—No me faltan amigos influyentes.

—Eso siempre ayuda.

—No entiendo adónde quieres llegar con tus preguntas. ¿Qué es lo que realmente quieres saber?

—Supongo que me estoy preguntando si tú y yo podríamos tener una relación más permanente.

—¿En Nueva York?

—Por supuesto.

—¿Por qué "por supuesto"? ¿Por qué no podrías mudarte tú a Londres?

—Porque no puedo conseguir trabajo como abogado en ninguna parte de Inglaterra, y dudo que quieran ofrecerme algo en Scotland Yard. Y esto es lo único que sé hacer. Supongo que lo que de veras quiero saber es si serías feliz con una vida en la que los secretos y la rutina de la violencia, incluido el asesinato, no tuvieran lugar.

—¿Es así como tú ves mi vida?

—¿No es como la ves tú? ¿Nunca pensaste en lo que te hace tu trabajo, como ser humano?

—En mi familia hay una larga tradición, que viene al menos desde hace quinientos años, de servir al país.

—¿Sin importar lo que el país le pida a uno que haga?

—Yo siempre me he sentido bien con lo que mi país me pedía.

—Eso es lo que me preocupa —dijo Stone.

—¿Que yo sea leal a mi país?

—No. Que, cuando se trata de tu país, seas capaz de cualquier cosa.

Carpenter lo miró parpadeando.

—¿De qué hablas?

—Los padres de Marie-Thérèse no fueron asesinados por accidente, ¿verdad?

—Ya te dije que sí. Yo estuve allí.

—El blanco era la madre, ¿no es cierto? No importaban los daños colaterales.

Carpenter apoyó su copa en la mesa.

—¿Con quién estuviste hablando?

—Con alguien que estuvo allí.

—Yo soy la única sobreviviente de los que estuvieron allí.

—No —replicó Stone—. No lo eres.

Ella lo miró fijamente un momento, con rostro inexpresivo.

—Santo Dios —murmuró.

Stone no dijo nada; se limitó a seguir mirándola.

—Creo que es mejor que dejes de mentirme —dijo al fin—. No le hace bien a la relación.

—¿Cómo la encontraste?

—Soy un buen detective. La policía de Nueva York me entrenó bien.

—¿Nosotros no pudimos encontrarla, y tú sí?

—Así parece.

—¿Te encontraste con ella frente a frente?

—Sí, pero no tenía la cara que vimos en la comisaría Diecinueve. No sé cómo hace para cambiar, pero lo logra.

—¿Tienes idea de lo peligrosa que es?

—Me pareció más peligroso no encontrarme con ella. Sabía quién era yo, y que había tenido que ver con...

—Sí, supongo que tienes razón. ¿Dónde se encontraron?

—En un bar. Lo lamento, pero no puedo decirte más.

—¿Por qué?

—Porque antes de hablar conmigo insistió en pagarme por mis servicios. Ahora soy su abogado.

—Muy inteligente de su parte. ¿Puedes contactarla otra vez?

—Tal vez.

—¿No estás seguro?

—No.

Carpenter empujó su silla para levantarse.

—Tengo que irme —dijo.

—¿Para informar a tus superiores?

—Gracias por el champaña —dijo. Se levantó y se marchó.

39

EL TELÉFONO DE STONE sonó temprano a la mañana siguiente.

—Habla Carpenter.

—Buen día.

—¿Estás libre para almorzar hoy?

—Sí.

—A las doce y media en el Four Seasons. Hay alguien a quien quiero que conozcas.

—¿Quién?

—Te veo a las doce y media. —Cortó.

Stone llegó puntual. Carpenter y su acompañante ya estaban sentados a una mesa del salón. El hombre se levantó para recibir a Stone.

—Él es sir Edward Fieldstone —los presentó Carpenter—. Sir Edward, Stone Barrington.

El hombre, de aspecto distinguido, medía un metro ochenta, era delgado, de tupido cabello gris bastante largo, pelos en la nariz y las orejas; vestía un traje de buen corte, aunque algo antiguo y arrugado.

—¿Cómo está, señor Barrington? —saludó con voz profunda y suave, con el acento de la clase alta inglesa—. Tome asiento, por favor. ¿Le gustaría tomar algo?

Stone echó una mirada a la botella que había en la mesa: Chateau Palmer, 1966.

—Esto está muy bien.

Sir Edward hizo una seña y el camarero sirvió el vino.

—Muchas gracias por venir pese a haberle avisado con tan poca anticipación —dijo sir Edward—. ¿Les parece que pidamos el almuerzo?

Miraron el menú. Stone pidió un bife pequeño; Carpenter y sir Edward, lenguado a la Dover, sin que pareciera importarles que no era lo que mejor combinaba con ese vino.

—Qué buen tiempo —comentó sir Edward—. Nosotros no estamos acostumbrados. Londres es siempre tan deprimente...

—Nueva York también puede ser deprimente —dijo Stone, preguntándose quién sería exactamente ese hombre. Daba la impresión de tener algo más de sesenta años, y no parecía en absoluto un espía.

Hablaron de temas intrascendentes hasta que llegó la comida. Stone esperaba a que alguno de los dos le dijera por qué se encontraba allí.

—¿Hay algo que quisiera saber? —preguntó sir Edward.

Stone miró a Carpenter, que mantuvo la boca cerrada.

—Tal vez debería comenzar por decirme quién es usted.

—Por supuesto, por supuesto —repuso sir Edward, con tono de disculpa—. Soy un servidor civil británico. Tal vez, eh... no pueda decirle nada más que eso.

—¿Usted es el superior inmediato de Carpenter?

—Tal vez unos escalones más.

—¿Es el jefe de la agencia de Carpenter? —preguntó Stone.

—Podríamos decirlo así. Páseme la sal, por favor.

Carpenter le alcanzó la sal.

—¿Del servicio de contrainteligencia o de espionaje? —preguntó Stone.

—Oh, todo eso es muy indistinto en estos días —respondió sir Edward—. No seamos tan específicos.

—Tal vez yo pueda explicarlo, señor —intervino Carpenter.

Sir Edward le hizo una seña imperceptible.

—Es muy poco habitual que... que alguien en la posición de sir Edward se encuentre, en carácter oficial, con una persona ajena a la agencia. De hecho, muy pocas personas de afuera conocen su nombre.

—¿Preferiría que lo llame de otra manera, sir Edward? —preguntó Stone.

Sir Edward rió divertido, pero no contestó.

—Esto te sonará un poco anticuado —continuó Carpenter—, pero ¿entiendes que esta reunión... eh... nunca tuvo lugar?

—De acuerdo —repuso Stone—. ¿Tal vez podrías decirme por qué nunca tuvo lugar?

—Gracias, Felicity —intervino sir Edward—. Ahora continuaré yo. —Se volvió hacia Stone.— Señor Barrington, creo que está familiarizado con los recientes sucesos que involucran a una joven llamada Marie-Thérèse du Bois.

—De alguna manera.

—Y sabe que tratamos de proteger a algunos miembros de nuestro personal de ciertas acciones de esa mujer.

—¿Quiere decir que está tratando de impedir que mate a su gente?

Sir Edward miró alrededor para asegurarse de que nadie lo oía.

—Podríamos expresarlo así, aunque tal vez no tan crudamente.

—Sir Edward, soy estadounidense, no diplomático, y a veces somos un pueblo un poco rudo. Creo que esta conversación resultará mejor si lo tiene en cuenta.

—Perfecto —repuso sir Edward, un poco disgustado.

—¿Qué es lo que quiere de mí? —preguntó Stone.

—Tengo entendido que usted está representando a esa mujer en ciertos asuntos.

—Ella me ha pagado para contar con mi asesoría legal.

—¿Entonces está en contacto con ella?

—Podría ser.

—Me gustaría concertar un encuentro.

Stone casi se ahogó con el vino.

—Me sorprende, sir Edward, teniendo en cuenta la historia de los encuentros de ella con gente de su agencia.

—Soy consciente de que esa mujer alimenta sentimientos malsanos hacia nosotros.

—Entonces también será consciente de que es probable que ella disfrute matándolo en cuanto lo tenga en la mira.

—En efecto.

—Sir Edward, creo que lo que usted propone está fuera de discusión, dado el actual estado de las relaciones entre usted y mi clienta.

—Es esa relación entre nosotros lo que quiero discutir.

—Con franqueza, no consigo imaginar dónde podría efectuarse esa reunión, ya que ambas partes tienen ideas muy diferentes en cuanto a seguridad.

—Yo desearía encontrarme con ella a solas, en el lugar que ella elija, siempre que sea en un lugar público.

—Sir Edward, ¿intenta proponer una especie de tregua entre su agencia y mi clienta?

—Algo así.

Stone meneó la cabeza.

—Para concertar una reunión de ese tipo, creo que debería existir un nivel de confianza que no tiene ninguna de las dos partes.

—Ya le dije que estoy dispuesto a encontrarme con ella a solas.

—Si me perdona, no creo que sea una propuesta creíble.

Sir Edward parecía irritado.

—¿Y por qué no?

—Creo que mi clienta consideraría esa reunión sólo como una oportunidad para que la agencia la mate.

—Tonterías. Estoy dispuesto a darle mi palabra.

—Dada la experiencia que ella ha tenido con su agencia, no creo que eso la impresione.

Sir Edward lo miró como si quisiera clavarle el tenedor para pescado en el pecho.

—Sin duda usted sabrá entenderlo —dijo Stone.

—Hable con su clienta —sugirió sir Edward.

—¿Y exactamente qué le diré?

—Que nosotros queremos llegar a un arreglo.

—Haga una propuesta.

—Dejaremos de matarnos entre nosotros. Si logramos ponernos de acuerdo en eso, me encargaré de que todos los informes sobre ella se borren de la base de datos de nuestros servicios y de los de Europa.

—¿En forma definitiva?

—Conservaríamos un registro, no oficial. Si ella violara nuestro acuerdo, lo haríamos circular nuevamente.

—¿Y si lo violaran ustedes?

—Eso, señor, no se cuestiona —contestó sir Edward. Cambió de posición en la silla, al tiempo que adoptaba un tono más conciliador—. Por favor, comprenda que mi servicio nunca antes ha hecho un trato así con... un adversario. Lo hacemos ahora sólo porque en usted, señor Barrington, hemos encontrado de pronto una manera de llegar a la oposición. Puede decirle que nosotros respetamos sus motivos, pero que creemos que es de interés para ambas partes poner fin a esta locura.

—Veré qué puedo hacer —respondió Stone.

40

STONE REGRESÓ A su casa a pie, sumido en sus pensamientos. No confiaba en las intenciones de sir Edward Fieldstone, cuya palabra no le resultaba suficiente. Imaginaba a un francotirador apuntando a la cabeza de Marie-Thérèse mientras ella negociaba con sir Edward en un lugar público. Sacó el celular y marcó el número.

Ella contestó de inmediato.

—¿Sí?

—Habla Stone Barrington.

—Sea breve. No quiero que me detecten.

—Necesito encontrarme con usted otra vez. Tengo novedades.

Un breve silencio.

—Vaya otra vez al Rockefeller Center, esta tarde a las seis. Lo llamaré. —Cortó sin esperar respuesta.

Stone apretó el botón para volver a marcar.

—¿Sí?

—Tenga mucho cuidado. ¿Me entiende? No sé si me están siguiendo.

—Siempre soy muy cuidadosa. —Cortó la comunicación.

Stone llegó con puntualidad a la pista de patinaje. Pasaron diez minutos antes de que sonara su celular.

—¿Hola?

—¿Lo siguieron?

—No vi que me siguiera nadie.

—¿Es hábil para despistarlos?

—Bastante.

—Vaya al Central Park. Suba por la Quinta Avenida, en sentido contrario al tránsito. Cruce la calle por lo menos tres veces, fijándose bien, por si lo siguen más de uno. Podría haber cuatro, como mínimo. Una vez en el parque, siéntese en un banco, cerca del zoológico infantil. —Cortó.

Stone caminó apresuradamente por la Quinta Avenida, deteniéndose cada tanto para vigilar si lo seguían, valiéndose del reflejo de los escaparates. Cruzó la calle cuatro veces, buscando alguna cara repetida, pero no divisó a nadie. Cruzó despacio el parque hasta el zoológico infantil y se sentó en un banco. Su celular sonó de inmediato.

—¿Sí?

—Vaya hasta la pista de patinaje Wollman. —Cortó.

Stone caminó hacia la pista, deteniéndose varias veces para mirar a los animales del zoológico y verificar si lo seguían. Al llegar a la pista, su celular volvió a sonar.

—¿Sí?

—Vaya hasta el carrusel y compre una entrada. No suba a un caballo, quedaría ridículo. Siéntese en un banco. —Cortó.

Stone hizo lo que Marie-Thérèse le había indicado, mezclándose entre los niños y sus niñeras. El carrusel ya había dado tres vueltas cuando ella se sentó a su lado. Tenía el cabello largo y oscuro, los labios pintados de un rojo brillante, y vestía un traje de *tweed*.

—Buenas tardes —lo saludó.

—Buenas tardes. Deduzco que no me siguieron.

—Sólo yo. Nadie más. ¿Por qué me llamó? —Ahora su acento era estadounidense.

—¿Sabe quién es sir Edward Fieldstone?

—¿Architect? Por supuesto.

—Hoy almorcé con él. Me invitó.

Marie-Thérèse lo miró sorprendida.

—¿Y cómo fue?

—Una amiga mía trabaja para él. Le conté que había hablado con usted.

—Supongo que eso no fue una violación de la confidencialidad del cliente.

—Él quiere encontrarse con usted.

Ella rió.

—Apostaría a que sí.

—Creo que debe considerarlo. Él dice que quiere encontrarse con usted, a solas, en el lugar que usted elija, siempre que sea un sitio público. Supongo que ya estará pensando en la posibilidad de un francotirador en algún techo, ¿no?

—Usted es vidente, Stone. ¿Qué es lo que él quiere?

—Una tregua.

Marie-Thérèse parpadeó un par de veces.

—¿De veras dijo eso?

—Considerando lo que un inglés de clase alta puede decir explícitamente, sí, lo dijo.

—¿Y en qué condiciones?

—Usted deja de matar a la gente de él, y la gente de él deja de intentar matarla a usted. Él limpiará todas las informaciones sobre usted de las computadoras del servicio de Inteligencia británico y de Europa, aunque se guardará una copia para el caso de que usted no cumpla.

—¿Y si no cumple él?

—Se lo pregunté, pero no obtuve una respuesta directa. Se supone que usted podría volver a matar a la gente de la agencia.

—No entiendo. ¿Y por qué él dejaría de intentar matarme?

—Hasta ahora, ¿a cuánta gente de ellos ha matado? ¿A media docena? Y él no ha podido matarla a usted. Él está perdiendo, y lo sabe.

—Pero ceder no es propio de él —dijo Marie-Thérèse—. En Irlanda del Norte tenía la reputación de no abandonar jamás hasta atrapar a su hombre. O mujer.

—Quizás está envejeciendo. Debe de tener bastante más de sesenta años. Tal vez sus fuegos se estén enfriando.

—Tal vez. Pero lo dudo.

—Marie-Thérèse, ¿cuánto tiempo cree que puede continuar como hasta ahora, antes de terminar en la mira del arma de alguien?

—Todo el tiempo que yo quiera.

—¿Nunca deseó llevar una vida más normal?

—¿Qué, con un marido? ¿E hijos?

—Lo que quiera... Poder vivir su vida sin cambiar de identidad a cada rato, estar a salvo, sin que nadie la persiga.

—Algunas veces lo he pensado, pero usted no entiende lo que puede pasarme si paro. Existe otra gente que no se pondría contenta si yo abandonara mi trabajo.

—Comprendo, pero ellos no cuentan con el tipo de facilidades de que disponen los servicios de Inteligencia. Tal vez tengan una gran red de personas, sí, pero no tienen computadoras que registren una cara cada vez que cruza una frontera. Usted podría desaparecer, encontrar un lugar donde llevar una vida normal... cualquiera sea la que le guste.

Marie-Thérèse suspiró.

—Lo hace parecer muy atractivo.

—Mire, tarde o temprano la gente con la que usted ha estado trabajando acabará por perder. También a ellos los persiguen, y esto no parará. Luchan contra un grupo de naciones grandes que disponen de recursos virtualmente ilimitados y los aplastarán. Incluso los países que los refugian comenzarán a echarse atrás, porque el costo será demasiado alto. Al final terminarán por darse cuenta de que es más fácil hacer negocios con los poderes de Occidente que intentar destruirlos. Es inevitable. Y cuando eso suceda, ¿dónde le gustaría estar?

—Lo que dice tiene sentido, pero eso no va a ocurrir mañana. Y mientras tanto, yo estoy disfrutando.

—No lo creo. Creo que se está cansando, y si se cansa comenzará a cometer errores. Y usted no puede permitirse cometer errores.

—Podría encontrarme con sir Edward, pero en las circunstancias adecuadas, y le doy mi autorización para negociar en mi nombre. Dígale que, si nos encontramos, sería un error muy grande hacer algo contra mí.

—Se lo transmitiré.

—Llámeme en cuanto tenga algún acuerdo, por escrito.

—Los acuerdos de esta clase no se ponen por escrito.

Marie-Thérèse suspiró.

—Está bien. Haga lo que pueda, pero quiero una tregua inmediata mientras estemos negociando.

—Se lo diré.

Marie-Thérèse se puso de pie, agarrándose de un barrote para mantener el equilibrio.

—¿Está libre para cenar esta noche? —preguntó.

—Ni esta noche ni ninguna otra —respondió Stone—. Es peligroso estar cerca de usted.

—Bueno, si podemos volverlo menos peligroso con este trato, tal vez más adelante.

—Tal vez más adelante —repitió Stone. Pero no lo pensaba de verdad.

41

STONE LLEGÓ a su casa y llamó a Bob Cantor.

—Hola, Stone.

—Hola, Bob. ¿Dónde está ese sobrino tuyo?

—De vuelta en su trabajo, revelando fotos en el negocio.

—¿Qué pasó con sus planes de trabajar en Saint Thomas?

—El muchacho es... ¿Cómo explicarte?... Digamos que inconstante.

—Eres un maestro para subestimar la realidad.

—¿Qué necesitas?

—Quiero que revisen mi casa todos los días, durante una semana. ¿Puedes encargarte?

—¿Todos los días? ¿En qué te has metido?

—Eso no importa. Pero no quiero que me escuchen.

—Me serviría saber qué clase de vigilancia es la que te preocupa.

—Teléfonos, habitaciones, todo.

—¿Quién es la oposición?

—¿Por qué quieres saberlo?

—Si es un aficionado, es tarea sencilla. Si es un profesional, o un grupo de profesionales, será más difícil.

—Es un grupo de profesionales.

—Estaré allí en una hora.

Cantor llegó y empezó por revisar el sistema telefónico. Al cabo de una hora entró en la oficina de Stone con una especie de dispositivo electrónico en la mano.

—Tus teléfonos estaban pinchados, y con un equipo muy sofisticado.

—¿Qué clase de sofisticación?

—No necesitan tener una camioneta estacionada en la puerta de tu casa. Es probable que esto tenga un alcance de entre dos y cinco kilómetros. Pueden dejar un grabador que se activa con la voz y escuchar tus conversaciones cuando quieran. Este aparato no lo compraron en un negocio cualquiera. Está diseñado y fabricado por encargo. El que lo hace dispone de alta tecnología. ¿Quiénes son estas personas?

—Un servicio de Inteligencia.

—No el nuestro, espero. No quiero problemas con esa gente.

—Son extranjeros.

—¿Qué clase de extranjeros? No estamos hablando de árabes, ¿no?

—Hablan nuestro mismo idioma, y dejémoslo así. ¿Ahora los teléfonos están seguros?

—Sí, al menos hasta que yo me vaya. Hay otras formas de hacer esto, como ya sabes, si pueden tener acceso clandestino al equipo de la compañía telefónica.

—¿Y el resto de la casa?

—Dame unos minutos.

Cantor regresó al rato.

—No descubrí nada, pero eso no significa necesariamente "nada". Esa gente puede haber alquilado un departamento detrás de tu casa o del otro lado de la calle y recibir las vibraciones por los vidrios de tus ventanas.

—Tengo vidrios dobles en toda la casa.

—Eso ayudará. ¿Planeas mantener alguna conversación importante en tu casa?

—Quizá.

—Entonces vamos a encontrar los lugares donde puedas obstaculizar la vigilancia. Yo no utilizaría esta oficina —dijo, señalando los jardines que se veían desde allí—. Demasiado fácil para ellos. Vamos arriba.

Recorrieron la casa, mirando las habitaciones.

—El comedor es tu mejor lugar, porque no tiene ventanas. El estudio también es un buen sitio, si corres esas cortinas de terciopelo. Tu dormitorio y la cocina no son buenos.

—Muy bien, Bob, ya entendí. Necesito un poco más de ayuda.

—¿De qué tipo?

—Quiero que consigas tres o cuatro ex policías para que me sigan.

—¿Temes algún ataque personal?

—No, tengo miedo de que me sigan. Quiero que tus hombres me vigilen por si alguien me pisa los talones.

—Entendido —repuso Cantor, y abrió su agenda—. ¿Quieres estar conectado con mi gente?

—Ésa es la idea.

—¿Cuándo quieres empezar?

—Voy a tener una reunión aquí, más tarde. Después de eso.

—¿A qué hora es la reunión?

—Tengo que concertarla; luego te aviso. Tú puedes empezar a llamar a tus hombres.

—Tienes el número de mi celular. Llámame.

—Lo haré. —Cantor salió solo de la casa.

Stone llamó a Carpenter.

—Quiero otra reunión con sir Edward.

—No sé si tendrá tiempo.

—¿Cómo? ¿Se está burlando de mí?

—¿Puedes arreglar la reunión con La Biche?

—Hablaremos de eso en la reunión.

—Veré si tiene tiempo.

—Si él quiere que todo esto se resuelva, dile que encuentre el tiempo. Nos reuniremos en mi casa, lo antes posible.

—Él va a querer elegir el lugar.

—Entonces dile que se vaya a la mierda. —Stone cortó.

Diez minutos después sonó el teléfono.

—¿Sí?

—A las cinco de la tarde, en tu casa —dijo Carpenter.

—Solamente él —exigió Stone.

—Quiere que yo lo acompañe.

—Yo quiero lo mismo... cuando no estás matando gente. Dile que voy a registrarlo, por si trae algún aparato de escucha. Y también a ti.

—No lo aceptará.

—Lo haremos a mi manera o no lo haremos —replicó Stone—. ¿Qué me contestas?

Carpenter cubrió el teléfono y habló con otra persona; luego reanudó la conversación con Stone.

—Te veo a las cinco —dijo.

Stone cortó y llamó a Bob Cantor.

—La reunión es a las cinco.

—Va a ser difícil... ¿Cuánto durará?

—Media hora, una hora a lo sumo.

—Haré lo mejor que pueda.

Stone fue al comedor y empujó todas las sillas contra la pared, excepto tres; luego fue a su escritorio, buscó en un cajón y sacó un pequeño detector. Le cambió la batería y se lo guardó en el bolsillo. A continuación se sentó y llamó a Marie-Thérèse por el celular.

—¿Sí?

—Llámeme desde un teléfono público —le dijo—. Tenía mis teléfonos pinchados. Ahora están limpios.

—En diez minutos —respondió ella, y cortó.

Stone esperó lo más pacientemente que pudo y atendió el teléfono en cuanto sonó.

—¿Es usted?

—Soy yo.

—Tengo una reunión con el caballero inglés.

—Bien.

—Vamos a hablar sobre lo que usted quiere, así tenemos algo con qué negociar.

—Quiero lo que él me ofrece, más cualquier otra cosa que pueda conseguir.

—¿Se refiere a dinero? ¿Una indemnización por la muerte de sus padres?

—Eso estaría muy bien.

—Considerando los daños que usted ocasionó a la agencia, no creo que tengamos base para pedir semejante cosa. Ya ha obtenido un muy buen trato.

—De acuerdo. Quiero una disculpa por escrito por la muerte de mis padres.

—Me gusta. Es bueno empezar con algo que sabemos que jamás aceptará. ¿Qué más?

—No me importa nada, salvo que creo que debemos tener algo para castigarlo si me traiciona.

—Eso tengo que pensarlo. La llamaré después de concluida la reunión.

—¿Dónde será?

—Ah, no. Usted no le tocará ni un pelo a nadie mientras yo esté metido en este asunto, o deberá buscarse otro abogado. No quiero servir de intermediario para un crimen.

—Bueno, está bien. No mataré a nadie por un tiempo —dijo Marie-Thérèse, como una niña que promete portarse bien.

—Bien. La llamaré más tarde. —Dictó unas notas a Joan, las leyó a medida que iban saliendo de la impresora y luego las leyó una vez más. Estaba preparado. Miró la hora, impaciente por empezar la reunión.

42

Sir Edward y Carpenter llegaron puntuales, y Stone los llevó hasta el comedor.

—¿Quieren tomar algo fresco? —preguntó.

—Tal vez más tarde —respondió sir Edward—. Vayamos al asunto.

Stone se sentó.

—Marie-Thérèse está dispuesta a encontrarse con usted en un lugar público que elegirá ella, según estrictos requisitos de seguridad, también estipulados por ella.

—Aceptado —respondió sir Edward—. Aunque el lugar que elija queda sujeto a mi aprobación.

—Usted ofreció encontrarse en el lugar que ella escogiera. Usted no sabrá cuál es ese lugar hasta que esté allí. Si se siente inquieto mientras va en camino, siempre puede abortar el plan.

—¿Y cómo lo organizará ella?

—Usted irá a un lugar público determinado, y allí será contactado por teléfono celular; se le indicará ir a otro lugar público y luego a otro, hasta que ella esté segura de que usted no lleva acompañantes. Entonces, y sólo entonces, se producirá la reunión.

—De acuerdo —aceptó sir Edward.

—Ella exige una disculpa por la muerte de sus padres, escrita personalmente por usted, en papel con membrete de su agencia.

Sir Edward se irguió.

—Absolutamente no.

—Y un resarcimiento monetario —continuó Stone.

—Una total ridiculez —objetó sir Edward, muy ofuscado.

—¿Sí? Piénselo un momento, sir Edward. Obedeciendo instrucciones de usted, miembros de su agencia esperaron a los padres, deliberadamente destruyeron su auto en una calle pública, y mataron a la madre y el padre. Fue, por supuesto, un acto criminal que merecería prisión de por vida en cualquier lugar del mundo civilizado, pero nosotros lo pasaremos por alto para mantener esta negociación en un plano civilizado.

—A mí no me parece muy civilizada —comentó sir Edward.

—Digo civilizado en el sentido de opuesto a lo criminal. Marie-Thérèse, a cambio de que usted se disculpe y acepte su responsabilidad por escrito, más una indemnización monetaria, se comprometerá, también por escrito, a no presentar cargos criminales y a no emprender ninguna acción civil.

—Sus padres fueron asesinados en una guerra —afirmó sir Edward.

—¿Ah, sí? ¿Hubo alguna declaración de guerra de parte de Gran Bretaña contra Suiza y sus ciudadanos?

—Por supuesto que no.

—Entonces, según la ley internacional, no hubo ninguna guerra.

Intervino Carpenter:

—Stone, con seguridad te darás cuenta de que no podemos darle nada por escrito. Tal vez una disculpa, pero no por escrito. Ella podría publicarlo.

—Eso es exactamente lo que piensa hacer, si ustedes no cumplen con el acuerdo.

—Ridículo —dijo sir Edward.

—¿Sí? Usted tiene recursos si ella viola el pacto. Usted puede volver a ingresar los datos de ella en las computadoras de los servicios de Inteligencia y las fuerzas internacionales, y volverá a ser una fugitiva. Ella también tiene derecho a protegerse, y la posibilidad de publicar la carta sería un motivo para que usted cumpla con el acuerdo.

—¿Qué más quiere esa mujer?

—Sólo esas dos cosas.

—¿Y cuánto quiere?

—Dos millones de dólares: un millón por cada uno de sus progenitores.

—Imposible.

—Hágame una oferta.

Sir Edward cuchicheó con Carpenter.

—Cien mil dólares —respondió Carpenter.

—Si van a hacer bromas, ya no tenemos nada más que hablar —contestó Stone, y se puso a juntar sus notas.

Más murmullos.

—Está bien: medio millón —ofreció Carpenter.

—Un millón —contraatacó Stone.

—Tres cuartos de millón de... euros —dijo sir Edward—, y es mi última oferta.

—Creo que puedo recomendar esa suma a mi clienta —dijo Stone—, aunque ella se reserva el derecho de rechazar la oferta en su reunión con usted.

Sir Edward asintió.

—Hice un borrador de la carta —añadió Stone, y le pasó una hoja sobre la mesa.

Sir Edward se la dio a Carpenter.

—Léamela.

Carpenter tomó la carta.

—"A quien corresponda: El (fecha), en la ciudad de El Cairo, Egipto, agentes de este servicio, actuando bajo mi dirección, asesinaron a dos ciudadanos suizos, René y Fátima du Bois, que eran inocentes de todo delito. Deseo disculparme, personalmente así como en nombre de este servicio, ante la hija de ambos, Marie-Thérèse du Bois, por ese acto lamentable. Como consecuencia de mis acciones, este servicio pagará a la señorita du Bois la suma de (cantidad) en calidad de reparación por la muerte de sus padres. Firmado: (firma)."

—¿Nos disculpa unos minutos? —preguntó sir Edward.

—Por supuesto. —Stone se puso de pie y fue a su estudio. Oía los murmullos de Carpenter y su jefe y, por momentos, la voz de sir Edward que se elevaba. Hasta que al fin Carpenter entró en el estudio.

—Ya está. Ven. Y te digo, Stone, que él no irá ni un paso más lejos de lo que vas a oír.

—Oigamos, entonces —repuso Stone, se levantó y volvió al comedor.

Sir Edward, sentado, con las mandíbulas apretadas, lo miró fijamente.

—El texto es el siguiente —dijo Carpenter y leyó una hoja escrita a mano—: "A quien corresponda: Hace un tiempo, agentes del Servicio Británico de Inteligencia Militar llevaron a cabo un operativo en el Oriente Medio, durante el cual dos ciudadanos suizos, René y Fátima du Bois, resultaron muertos en forma accidental. Esta organización lamenta dichas acciones y extiende sus disculpas y condolencias a la hija de esas víctimas, Marie-Thérèse du Bois". Es todo. En la carta no se mencionará la indemnización. El documento se escribirá a máquina, en papel con membrete del Ministerio de Defensa.

—Y no cambiaré una maldita palabra —afirmó sir Edward.

—Muy bien —respondió Stone—. Puede presentar la carta y su oferta a Marie-Thérèse cuando se encuentren.

—¿Cuándo será? —preguntó Carpenter.

—Les avisaré una vez que hable con mi clienta.

Todos se pusieron de pie y Stone los acompañó a la puerta. Carpenter se detuvo un momento.

—Stone, créeme que, para sir Edward, ésta es una concesión extraordinaria. Por favor, dile a tu clienta que no le ofrecerá nada más.

—Se lo diré.

—Llámame cuando sepas de la reunión. —Ella y su jefe se marcharon.

Stone volvió a entrar en su casa, llamó a Marie-Thérèse y le pidió que lo llamara desde un teléfono público. Cuando ella llamó, le leyó la carta y le contó acerca del dinero.

—Tanto la carta como la suma son insuficientes —replicó ella.

—Escúcheme, Marie-Thérèse. La oferta es ésta, y no cambiará. Es mucho más de lo que usted podía esperar, y mi mejor consejo es que acepte.

Ella guardó silencio unos instantes.

—Muy bien, pero sir Edward tendrá que disculparse en persona cuando se encuentre conmigo.

—Podemos pedírselo durante la reunión, pero no se haga ilusiones de que suceda.

—Muy bien. Ahora, ¿cómo haremos para evitar que esa gente trate de matarme durante la reunión?

—Tengo algunas ideas al respecto —respondió Stone, y se las explicó.

—Me gustan —aprobó Marie-Thérèse—. Dígale a sir Edward que mañana a las tres de la tarde vaya a la pista de patinaje del Rockefeller Center.

—Muy bien —respondió Stone. Cortó y llamó a Dino.

43

STONE YA IBA por la mitad de su primera copa de *bourbon* cuando Dino llegó a Elaine's.

Dino besó a Elaine en la mejilla y se ubicó en una silla frente a Stone.

—Una Laphroaig con hielo —pidió al camarero.

—¿Ahora bebes cerveza de malta? —preguntó Stone.

—Sólo cuando tú invitas —contestó Dino—. Y es mejor que ese whisky de maíz que bebes.

—El licor de maíz se añeja en barriles de roble durante diez años. Además, el *bourbon* es una bebida patriótica estadounidense.

—Entonces deberían darte una medalla de honor. ¿Qué pasa?

—Necesito tu ayuda.

—Qué novedad.

—Deberás impedir que ocurra un homicidio en las calles de Nueva York, así que considéralo parte de tu trabajo.

—Estoy de lo más ansioso por saber cuál es tu noción de lo que es mi trabajo.

—Bueno, presta atención, porque es complicado.

—Trataré de seguirte —replicó Dino—, pero sólo si hablas con frases cortas y palabras de dos sílabas.

—En realidad...

—Ahí ya tienes cuatro sílabas.

—Dino, cállate y escucha.

—¿Puede traerme otra Laphroaig con hielo? —preguntó Dino a un camarero que pasaba.

—Todavía no terminaste la que estás bebiendo —señaló Stone.

—No, pero vas a hablar un largo rato y no quiero interrumpirte pidiendo otra bebida.

—Ya me interrumpiste.

—No te interrumpiré más. Sigue.

—Estoy concertando una reunión entre el jefe de la agencia de Carpenter y La Biche y...

—¡Eh, eh, eh! —casi gritó Dino—. ¿Cómo mierda vas a hacer eso, si no conoces a ninguno de los dos?

—Desde la última vez que nos vimos, los conocí a los dos.

—Lo último que supe era que estabas molesto porque ellos intentaban matarla.

—Y todavía lo estoy. Intento evitar que ocurra. Por eso necesito tu ayuda.

—A ver, espera un momento. Quiero saber algo.

—¿Qué?

—¿Qué hacen cuatro policías retirados ahí afuera, en la calle, y acá, en el bar?

—Están asegurándose de que nadie me siga.

—Stone, ¿te has vuelto paranoico?

—Dino, si me dejas hablar sin interrumpirme durante unos minutos, te prometo que todas tus preguntas serán respondidas.

—Te escucho.

—No, no me escuchas. No haces más que preguntar.

—No, no, te escucho. —Dino apoyó el mentón en una mano.— ¿Ves? Así soy yo cuando escucho.

—Empiezo de nuevo. Estoy organizando una reunión entre La Biche y sir Edward Fieldstone...

—¿De dónde sacan esos nombres los británicos? —preguntó Dino, meneando la cabeza.

—Dino, cierra la boca y escucha.

Dino corrió una imaginaria cremallera sobre sus labios.

—...que es el jefe del servicio de Carpenter. Él ha propuesto una tregua entre su gente y La Biche. En pocas palabras, dejarán de matarse entre ellos.

Dino sacudió la cabeza, asombrado, y lanzó una carcajada.

—Dino...

—No dije una palabra, pero es gracioso.

—Los que participan en esto no lo consideran gracioso.

—Sí, apuesto a que no. ¿A cuántos de los hombres de ese Fieldstone ha liquidado La Biche?

—A demasiados; por eso el hombre quiere la tregua. Y por eso arreglé una reunión entre ellos.

—¿Esa chica está mal de la cabeza? Si aparece en esa reunión, la harán picadillo.

—Eso es lo que quiero evitar, y para lo que necesito tu ayuda.

—¿Quieres que le consiga un traje especial de seguridad?

—No es la peor idea que has tenido, pero no, no creo que sea necesario.

—Bien, porque no quiero estar ni cerca de ellos cuando tengan esa reunión.

—Es exactamente allí donde quiero que estés.

—¿En algún lugar cercano?

—No, cercano no. En realidad, *muy* cerca.

Una expresión de incredulidad se dibujó en la cara de Dino.

—Limítate a escucharme —volvió a pedir Stone.

—¿Quieres que esa mujerzuela me pegue un tiro?

—No, pero si tú estás allí nadie le disparará a nadie.

—¿Y cómo lo sabemos? —preguntó Dino—. De veras, me gustaría saber por qué mi presencia les impedirá apretar el gatillo.

—Dino, tú eres un teniente del Departamento de Policía de Nueva York. No les conviene matar a una persona como tú. Por eso no dispararán si estás cerca de ella y ellos lo saben.

—¿Y dónde será la reunión?

—No lo sé.

—¿Cómo?

—Todavía no lo sé.

—Vamos a retroceder un poco —pidió Dino—. ¿Cómo es que estás en contacto con La Biche?

—Conseguí su número por Bobby, el *barman*.

—¿Bobby, el *barman*, ese de ahí? —señaló la barra.

—Sí.

—A ver si entendí bien. Si uno quiere ponerse en contacto con una asesina y terrorista internacional, ¿la persona a la que hay que ver es Bobby, el *barman* de Elaine's?

—En este caso, sí. Mira...

—Caramba, estuve subestimando a Bobby. Creí que sólo sabía mezclar bebidas, mientras que todo este tiempo ha sido un enlace de espías y asesinos.

—¿Recuerdas la noche en que la arrestaste?

—Creo que algo recuerdo, sí...

—Ella estuvo en la barra, hablando con Bobby. Él le pidió el número de teléfono, y ella se lo dio. El número de su celular.

—¡Ojalá se me hubiera ocurrido mientras la tenía en custodia! Me habría resultado mucho más fácil contactarla la próxima vez que matara a alguien.

—Dino, así fue como sucedió. La llamé y nos encontramos...

—¿Y por qué mierda hiciste algo tan estúpido? Después de lo que salió en el *Post*...

—Por eso quería hablar con ella: para explicarle que no tenía nada que ver con el intento de asesinarla. No quería tenerla respirándome en la nuca.

—¿Y ella te creyó? No es tan astuta como creí.

—Es muy, muy astuta, créeme. Y yo puedo manejar esta reunión y parar la matanza si tú me acompañas.

—Claro, claro, te acompañaré. Será un buen cambio: hace años que no hago algo tan loco.

—Gracias —dijo Stone—. Haremos lo siguiente.

Dino lo escuchó, absorto. Cuando Stone terminó, estalló en carcajadas.

—Diablos, me encanta. ¿Y qué vas a hacer si la Tercera Guerra Mundial estalla en ese lugar público?

—Confía en mí, Dino. Saldrá bien.

—Ruego a Dios que tengas razón, porque si no es así me estoy jugando el trasero.

—Y el mío —añadió Stone.

—El tuyo no importa —contestó Dino.

44

Sir Edward Fieldstone, de pie en medio del Rockefeller Center, trataba de mirar a los patinadores. No le gustaba estar en medio de toda esa... gente... esos extranjeros, esos colonos, esos estadounidenses con ese acento que, según conjeturaba, debía de ser de Brooklyn. Su idea de los acentos de Nueva York se había formado, en su mayor parte, mirando muchos filmes estadounidenses sobre la Segunda Guerra Mundial. Su idea de un neoyorquino era el actor William Bendix.

Hacía ya doce minutos que se encontraba allí, cada vez más molesto, hasta que vibró el celular que tenía en la mano. Lo abrió y se lo llevó a la oreja.

—¿Sí?

—Buenas tardes, sir Edward —dijo Marie-Thérèse.

—Si usted lo dice.

—Bueno, bueno... No sea desagradable.

Su fastidio y el grueso chaleco antibalas que llevaba debajo de la chaqueta lo hacían transpirar.

—¿Podemos continuar con esto, por favor?

—Por supuesto. Vaya hacia el oeste, por la calle Cincuenta oeste, a su derecha. Cuando llegue a la Sexta Avenida, cruce y doble a la izquierda.

—Qué... —Pero la comunicación se había cortado.

—Tengo que caminar al oeste por la calle Cincuenta, cruzar la Sexta Avenida y doblar a la izquierda —dijo, bajando la cabeza y confiando en que funcionara el micrófono que llevaba pinchado en la parte interna de la solapa.

—La camioneta no podrá seguirlo —contestó Carpenter—, porque el tránsito de la Sexta circula hacia arriba y usted irá hacia el centro. Y no creo que podamos correr el riesgo de respaldarlo con alguien de a pie. Pero el helicóptero lo verá.

Sir Edward levantó la vista.

—No mire para arriba —indicó Carpenter—, y no baje la cabeza cuando me hable. El micrófono puede recibir su voz. Hable lo menos posible y trate de no mover los labios.

¿Qué creían que era? ¿Un ventrílocuo? Detestaba haberle permitido a Carpenter que lo involucrara en esa locura, pero tenía que aceptar que era la única oportunidad de atrapar a La Biche. Empezó a caminar. En la Sexta Avenida cruzó y siguió hacia el centro como si estuviera paseando. No le gustaba la Sexta Avenida, llena de taxis y gente mugrienta y esos espantosos vendedores callejeros, con sus comidas extranjeras que llenaban la atmósfera de mal olor. Su celular vibró.

—¿Sí?

—En la próxima esquina, cruce la calle y luego continúe hacia el centro.

Siguió las instrucciones de la mujer, resistiendo el impulso de mirar hacia atrás. De todos modos no había nadie, salvo que La Biche tuviera cómplices.

Sonó el celular de Stone.

—¿Hola?

—Habla Cantor. El inglés está cruzando la Sexta y se dirige al centro. Ninguno de mis hombres ha detectado a nadie que lo siga. Debe de estar limpio.

—Bien —repuso Stone, y cerró el celular.

Sir Edward ya había caminado casi ocho cuadras sin que lo llamaran. No le gustaba caminar, en especial en Nueva York; prefería su coche con chofer. Entonces su celular volvió a vibrar.

—¿Sí?

—Cruce la Cuarenta y Dos, luego doble a la izquierda en el parque Bryant, detrás de la Biblioteca Pública. Dé diez pasos dentro del parque, deténgase y espere la siguiente llamada. —Cortó.

—Me está llevando hacia el parque, detrás de la Biblioteca —dijo sir Edward al aire que lo rodeaba.

—No puedo creer que tengamos tanta suerte —respondió Carpenter—, salvo que no sea ése el lugar final del encuentro.

—Me dijo que cuando llegara al parque me detuviera. ¿Cree que me disparará?

—No creo. Ahora escuche: cuando ella esté a la vista, su señal para disparar será sacarse el sombrero, arreglarse el cabello y volver a ponerse el sombrero.

—Creo que lo recuerdo —respondió sir Edward—. Usted asegúrese de que su hombre no falle.

—El arma está giroestabilizada —le informó Carpenter—. El movimiento del helicóptero no alterará la puntería. —Miró de reojo a Mason, que estaba a su lado, con un arnés que lo sujetaba al helicóptero y una gorra de béisbol puesta al revés. Pensó que lucía ridículo.

—Dios quiera que tenga razón. —Sir Edward cruzó la calle Cuarenta y Dos, caminó unos metros más y dobló en el parque Bryant. Contó diez pasos y se detuvo. Su celular vibró.

—¿Sí?

—Muy bien, sir Edward. ¿Ve la fila de bancos que hay a su derecha? ¿Los que están en el centro del parque?

—Sí.

—Vaya y siéntese en el cuarto banco, al final, cerca de la Sexta Avenida.

Sir Edward miró los bancos. Estaban en fila, separados por una corta distancia uno de otro. Los contó; luego fue y se sentó en el que le había indicado la mujer. Miró alrededor.

—¿Qué está sucediendo? —preguntó Carpenter.

—Me dijo que me sentara en este banco.

—¿Nada más?

—No.

—Entonces esperemos a que suceda algo.

—No veo otra alternativa —repuso sir Edward—, a menos que ella esté por dispararme.

Alguien se sentó a su lado.

—¿Quién es? ¿Quién es ese hombre de sombrero? —quiso saber Carpenter.

—Buenas tardes, sir Edward —dijo el hombre.

—¿Barrington? ¿Qué está haciendo aquí? La reunión era con la señorita du Bois.

—¿Stone Barrington está allí? —preguntó Carpenter.

—Sí —respondió sir Edward.

—¿Sí, qué? —preguntó Stone.

—No hablaba con usted —dijo sir Edward.

—¿Con quién hablaba, entonces?

—Eh... conmigo mismo. ¿Dónde está la señorita du Bois?

—Llegará en el momento adecuado —respondió Stone.

Sir Edward miró en torno. El parque estaba lleno de toda clase de gente. ¿Cuál sería la mujer? ¿Esa vieja fea que empujaba un carrito? ¿La mujer de portafolio y aspecto de ejecutiva? ¿La joven con patines?

—¿Dónde está ella?

—Tranquilícese, sir Edward —dijo Stone.

En la vereda, detrás de los bancos, un hombre de traje y sombrero empujaba una silla de ruedas en la que iba una anciana encorvada, con un gran bolso en el regazo. Sir Edward seguía mirando, tratando de identificar a La Biche.

La silla de ruedas se detuvo entre el banco de sir Edward y el siguiente. El hombre se inclinó ante la mujer, que en apariencia era su madre.

—¿Este lugar te resulta cómodo, mamá? —preguntó.

—Muy cómodo —respondió la mujer, con voz de anciana. Se estiró y arrancó el diminuto receptor de la oreja de sir Edward—. Buenas tardes, sir Edward —dijo. Su voz ya no era la de una anciana, y su acento era tan británico como el de sir Edward—. Soy Marie-Thérèse du Bois. Le presento al teniente Dino Bacchetti, del Departamento de Policía de Nueva York.

—¿Cómo está usted, sir Edward? —saludó Dino, todavía seguía inclinado sobre la silla de ruedas. Su cabeza estaba muy cerca de la de Marie-Thérèse.

45

Sir Edward miró alrededor.

—Estoy rodeado —dijo, bajando la cabeza para acercarse al micrófono oculto bajo la solapa.

Marie-Thérèse tardó apenas un momento en ver dónde lo tenía y sacárselo.

—Sir Edward está absolutamente seguro —dijo por el micrófono—. Y quiero señalar que cualquier intento contra mí podría lastimar también al teniente Bacchetti o al señor Barrington. Si eso sucediera, The New York Times tendrá la primicia antes de que lleguen las ambulancias. —Tomó el auricular de sir Edward, que le colgaba del hombro, y se lo colocó en su propia oreja.— ¿Ha entendido con toda claridad? —preguntó.

Sir Edward se quitó el sombrero, se pasó las manos por el cabello y volvió a ponerse el sombrero.

Carpenter, en el helicóptero, miró a Mason, que meneó la cabeza.

—Nada de disparar —dijo—. No queremos derribar a un hombre de la policía local, ¿no es cierto? Y ni hablar de tu amigo.

—Entendí todo con claridad —respondió Carpenter por su micrófono.

—Entonces tenga la bondad de detener el helicóptero sobre el río East —indicó Marie-Thérèse—. De todos modos podrá oír nuestras transmisiones. Pero no querrá ponerme nerviosa revoloteando encima de nosotros, ¿verdad?

Mason apagó sus auriculares.

—¿Cuánto tardaríamos en enviar hombres al parque?

—Calculo que cuatro minutos, si corren —respondió Carpenter.

—Parece que la situación no nos favorece, ¿no?

Carpenter volvió a encender su micrófono.

—Piloto, diríjase al río East y quédese allí —ordenó, para que La Biche pudiera oírla. Cambió la frecuencia al canal dos—.

Reúnanse todos en el parque Bryant, detrás de la Biblioteca Pública de Nueva York. El blanco está sentado al lado de Architect. Tomen todas las precauciones posibles y no disparen a menos que estén seguros de acertar, sin ningún daño colateral.

—Muchísimas gracias —respondió Marie-Thérèse. Observó un momento mientras el helicóptero se movía hacia el este, por la calle Cuarenta y Dos; luego se inclinó hacia adelante en la silla de ruedas, para poder mirar a Stone—. No nos queda mucho tiempo antes de que llegue la caballería de sir Edward.

—Sir Edward —dijo Stone—, ¿trajo la carta?

Sir Edward buscó en un bolsillo interior, sacó un sobre y se lo entregó al abogado.

Stone leyó la carta y se la pasó a Marie-Thérèse.

—Dice lo que se acordó.

La mujer le echó una mirada.

—¿Y el dinero?

Sir Edward sacó otro sobre.

—Aquí tiene un recibo de depósito del Manhattan Trust. Llame al número que figura en la parte superior de la hoja, ingrese la contraseña "estructura", y el banco le girará el dinero a cualquier cuenta en el mundo. La transacción es imposible de revocar por mi parte.

—Así lo espero, por su bien, sir Edward, porque si hay algún problema con la transferencia usted estará violando nuestro acuerdo.

—Creo que debe darme un documento firmado por usted —dijo sir Edward.

Stone le dio una carta. El inglés la leyó y se la guardó en su bolsillo.

—Es satisfactorio —dijo.

—Muy bien, vamos —urgió Marie-Thérèse—. Sir Edward, usted empujará mi silla de ruedas.

—¿Cómo? ¡Yo no iré a ninguna parte!

—Entraremos todos en la Biblioteca. Es un edificio impresionante; le gustará.

—Todo terminará en un par de minutos, sir Edward —intervino Stone—. Por favor, no haga alboroto.

Los cuatro se pusieron en marcha: sir Edward empujando la silla de ruedas, Stone y Dino a ambos lados de Marie-Thérèse. Entraron en la biblioteca por una puerta lateral y tomaron el ascensor al primer piso.

—Deténganse aquí —indicó Marie-Thérèse—. Sir Edward, usted acompañará a estos caballeros a la entrada principal de la biblioteca. Una vez afuera queda libre y puede marcharse. —Hizo girar las ruedas y maniobró con la silla hacia el baño para discapacitados.

—Vamos —dijo Stone, indicando el camino a sir Edward.

Marie-Thérèse cerró la puerta con llave, se quitó unas prendas, y sacó otras, más una peluca, del gran bolso de mano que llevaba. Se miró rápidamente al espejo y salió del cuarto de baño, dejando allí la silla de ruedas y la ropa que vestía antes. Regresó al parque Bryant y se dirigió a la Sexta Avenida. Cuando pisó la vereda, media docena de hombres pasaron corriendo a su lado, mientras ella hacía señas a un taxi.

Stone se detuvo en lo alto de las escaleras del frente de la Biblioteca.

—Aquí concluye nuestra transacción, sir Edward.

—Así lo espero, maldita sea —replicó sir Edward.

—No podía jugar limpio, ¿no? Vaya que desacredita la palabra de honor de un caballero inglés.

—Ah, déjese de embromar —contestó sir Edward, con la cara transpirada.

—Debería sacarse ese chaleco antibalas antes de que le dé un ataque —le aconsejó Dino—. Vamos, Stone. —Bajaron las escaleras y subieron al coche del policía, que los esperaba junto al cordón.— ¿Adónde vamos?

—A casa, supongo. —El coche arrancó.

—¿Y dónde está Marie-Thérèse ahora? —preguntó Dino.

—No lo sé —respondió Stone—, ni quiero saberlo.

Marie-Thérèse abrió su celular y marcó el número escrito en el recibo del banco que le había dado sir Edward.

—Departamento de transferencias —dijo una voz de mujer.

Marie-Thérèse le dio el número de la cuenta que figuraba en el papel.

—¿Cuál es su código?

—Estructura.

—Aceptado. ¿Cuáles son sus instrucciones?

—Gire todo el monto al siguiente número al Banco Saint George, en las islas Caimán. —Le dio el número de la cuenta.

La mujer se lo repitió, para confirmarlo.

—Los fondos estarán en su cuenta mañana a la mañana —dijo la empleada.

—¿Por qué no hoy mismo? —preguntó Marie-Thérèse.

—Las transferencias deben hacerse antes de las dos de la tarde, o pasan al otro día.

—Haga una excepción —insistió Marie-Thérèse.

—Lo lamento, pero es una regla bancaria nacional —respondió la mujer—. Buenas tardes. —Cortó.

Marie-Thérèse marcó el número del celular de Stone.

—¿Sí?

—El banco no girará los fondos hasta mañana por la mañana.

—Es lo normal. Las transferencias deben hacerse hasta las dos de la tarde.

—Muy bien —respondió Marie-Thérèse—. Por la mañana lo verificaré con mi banco, y si no están los fondos...

—Por favor, no me lo diga.

—Si los fondos no están depositados tendrá noticias mías.

—Preferiría no tener más noticias suyas, Marie-Thérèse.

—¿Y sus honorarios?

—Considere mis servicios como un asesoramiento *ad honorem* —respondió Stone—. Ahora, por favor, desaparezca, y que tenga una vida feliz.

—Revise el bolsillo de su abrigo —contestó Marie-Thérèse—. Y muchas gracias por su ayuda, Stone. —Cortó.

Stone buscó en sus bolsillos. En uno había algo. Metió la mano y sacó un sobre. Adentro había un grueso fajo de billetes de cien.

—Parecen unos diez mil —calculó Dino—. No te olvides de incluirlos en tu próxima declaración de impuestos. Y esta noche pagas la cena.

46

Stone y Dino acababan de sentarse en Elaine's, cuando entró Carpenter.

Dino le hizo señas para que se acercara. Cuando ella saludó, Stone la ignoró.

—Lo que esté tomando Dino —pidió Carpenter al camarero.

—Una buena cerveza. Invita Stone —dijo Dino.

—Qué día, ¿eh? —comentó Carpenter. El camarero le sirvió su bebida, y ella levantó la copa—. Por un muy buen trabajo de la empresa Barrington y Bacchetti.

Dino levantó su copa.

—Brindo por eso.

Stone dejó su copa en la mesa.

—¿Qué te pasa? —quiso saber Dino.

—Ella estaba en el helicóptero —le explicó Stone. Se volvió hacia Carpenter—. ¿Quién era el tirador? ¿Mason?

—Mason era el mejor tirador de la Marina Real hace un par de años —respondió Carpenter—. Pero ahora no hace nada.

—Pero habían ordenado disparar, ¿no?

—No. Sir Edward dio esa orden cuando se sacó el sombrero. Yo la anulé.

—Pero no lo habrías hecho si Dino no hubiera estado allí, ¿verdad?

—Si Dino y tú no hubieran estado allí... Fue muy astuto de tu parte.

—Sabía que era la única forma de mantenerla con vida.

—Y no te equivocabas.

—Bueno, he aprendido algo de esta experiencia —repuso Stone.

—¿Qué cosa? —preguntó ella.

—Que nunca debo confiar en ciertos caballeros ingleses... ni tampoco en ciertas damas inglesas.

—Es como dicen los de la Mafia de ustedes —contestó ella—: no era nada personal, sino puros negocios.

—Perdóname si lo tomé como algo personal.

—Eso corre por cuenta tuya.

—Stone y yo tenemos una diferente visión del tema —terció Dino—. Yo entiendo tu posición, e incluso la veo con cierta simpatía.

—Gracias —respondió Carpenter—. Es bueno recibir un poco de comprensión de alguien.

Stone tomó el menú.

—¿Alguien quiere comer?

—Yo me muero de hambre —dijo Carpenter—. Comeré lo mismo que pida Dino.

—Qué chica inteligente —comentó el policía—. Vamos a probar el *osso buco* —indicó al camarero.

—Lo mismo para mí —dijo Stone—, y pídele a Barry que lo haga con polenta en lugar de pasta. Y tráenos una botella de Amarone.

—¿Por qué prefieres la polenta a la pasta? —quiso saber Carpenter.

—Lo prefiere mi corbata —respondió Stone.

—Ponte la servilleta al cuello, a la manera inglesa.

—Así lo haré, incluso con la polenta.

—Y bien, ¿cuáles son tus planes ahora, Felicity? —preguntó Dino.

—Ah, me quedaré un tiempo en Nueva York. Ya es hora de que haga el trabajo que vine a hacer, antes de que La Biche lo interrumpiera tan brutalmente.

—¿Y qué trabajo era?

—Temo que no puedo decírtelo, Dino.

—Ella teme que interfiera la policía de Nueva York —espetó Stone—. En los últimos días, Carpenter y su gente han violado más leyes neoyorquinas que toda una familia de la Mafia.

—Bueno, mientras no lo hagan en el distrito Diecinueve y no me asusten a los patrulleros...

Se acercó Elaine y se sentó con ellos.

—¿Y?

Stone se encogió de hombros.

—Es una pena que no hayas llegado un minuto antes —le dijo Dino—. Te perdiste una demostración del ultraje moral de parte de Stone.

—¿Sí? Aquí no tenemos mucho de esas escenas, salvo cuando pierden los Yankees o los Knicks.

Llegó la comida y Elaine se marchó a otra mesa.

—Delicioso —comentó Carpenter.

—El mejor *osso buco* de Nueva York —afirmó Dino—. Y si lo pienso bien, mejor todavía que el que comí en Italia.

Stone comió la mitad de su porción y dejó el resto.

—¿Qué te pasa? —preguntó Dino—. Nunca vi que dejaras *osso buco* en el plato.

—Supongo que todavía estoy pensando en lo que sucedió esta tarde, y no me abre el apetito. —Hizo una seña al camarero.— Un Wild Turkey con hielo.

—No terminaste tu vino —observó Carpenter.

Stone vació su copa en la de ella.

—Termínalo por mí. No es lo bastante fuerte para esta noche. —Llegó el *bourbon*; Stone tomó un largo trago.

—Oh, oh —dijo Dino—. Esta noche tendré que mandarte a tu casa en un patrullero.

—¿Le sucede a menudo? —preguntó Carpenter.

—Un par de veces al año, tal vez. En general, es por una mujer.

—Esta noche es por una mujer —dijo Stone.

—¿Alguien a quien conozcamos? —preguntó Dino.

Stone miró directamente a Carpenter, por primera vez en esa noche.

—No está a kilómetros de esta mesa.

—Ah, me encanta pensar que arrastro a un hombre a la bebida.

Stone contempló su vaso de whisky.

—No entiendes, ¿verdad? —preguntó Carpenter.

—No, no entiendo.

—Es una guerra, y tenemos que ganarla.

—Ustedes ganaron la Primera Guerra Mundial y perdieron un millón de hombres, toda una generación de dirigentes. Ganaron la Segunda Guerra Mundial, y todas sus ciudades y sus industrias se convirtieron en escombros, y perdieron el Imperio. ¿Qué es lo que esperan ganar esta vez?

Carpenter se encogió de hombros.

—Algún tipo de paz.

—¿A qué precio?

—El que haya que pagar.

—Admiro tu convicción, aunque no tus tácticas —dijo Stone.

—En cada país, incluso en éste, hay unos pocos que están dispuestos a hacer lo que haga falta para lograr un bien mayor. A la gente en general no le importa; miran para otro lado mientras nosotros limpiamos la mugre que deja la política extranjera.

—Ah, gracias a Dios por esos pocos —ironizó Stone, levantando su vaso. Tomó un buen sorbo—. Esos pocos me descomponen.

—No vomitarás en mi patrullero, ¿no? —preguntó Dino.

—Voy a vomitar sobre esta mesa si oigo una palabra más sobre este tema.

—Dino —preguntó Carpenter—, ¿podrías explicárselo?

—No lo entenderá —aseguró Dino.

—Ah, yo lo entiendo muy bien —contestó Stone—. Es justamente lo que entiendo lo que me descompone.

Carpenter arrojó su servilleta sobre la mesa y vació su copa de vino.

—Bueno, no voy a seguir descomponiéndote.

—¿Tienes alguna idea de lo que ocurrirá mañana? —preguntó Stone.

—¿Qué ocurrirá mañana?

—Marie-Thérèse descubrirá que el dinero que le prometió sir Edward no está en su banco. Es una suposición mía, de todos modos... después de haber tratado con sir Edward. Y si es tan poco honesto como creo, habrá sangre en las calles: *tu* sangre, y la de sir Edward y la de Mason y la de cualquier persona de tu agencia que sea tan tonta como para asomar la cabeza por la puerta.

—¿Crees que todos deberíamos abandonar la ciudad? ¿Huir?

—Creo que deberías dejar el planeta, si puedes, porque todavía no te das cuenta de lo decidida que está esa mujer y de las cosas de que es capaz. Se equivocaron una vez con ella, y perdieron media docena de agentes. Si se equivocan de nuevo... El enfrentamiento no tendrá fin, hasta que estén todos muertos... incluida ella.

—Felicity —preguntó Dino—, ¿mañana el dinero estará en el banco?

Carpenter miró a Dino.

—Sí —contestó, y se volvió hacia Stone—. Yo misma hice los trámites bancarios. Ahora me voy. Estoy harta de la superioridad moral de Stone.

—Es fácil sentirse moralmente superior a cierta gente —contestó el abogado.

Carpenter tomó su cartera y se marchó.

Dino se volvió hacia Stone.

—Ella dijo que el dinero estará. Tal vez todo salga bien.

—Miente —contestó Stone—. Es lo único que hace esa gente: matar y mentir. Esto va a ser un desastre. Espera y verás.

—Tú siempre tan optimista —comentó Dino.

47

Como de costumbre, Marjorie Harris llegó media hora antes a su oficina, en el Manhattan Trust. Encendió la computadora y abrió el archivo de transferencias. Ya tenía preparada la lista de las transacciones que habían llegado demasiado tarde para la hora tope de las dos de la tarde del día anterior, de modo que ahora sólo tenía que oprimir "enviar", verificar dos veces las instrucciones, y decenas de millones de dólares serían transferidos automáticamente a bancos de todo el mundo en cuestión de segundos.

Esperó que llegara la confirmación y, una por una, cada transacción fue confirmada por la computadora de otro banco en algún lugar. En la operación no participaban manos humanas, aunque en algunos casos las instrucciones se recibían por fax.

Una vez cumplido su primer deber del día, Marjorie abrió la bolsa de la casa de comidas y sacó un vasito de café y un pastel caliente de queso danés que no formaba parte de su dieta; luego se dedicó a completar las palabras cruzadas del *New York Times*. El resto de su jornada no comenzaría hasta que las hubiera terminado.

En ese mismo momento, en las islas Caimán, al sur de Cuba, Hattie Englander ingresaba en el Banco Saint George y se dirigía a su oficina, en el departamento de transferencias. Colocó sobre el escritorio su café y un sándwich de jamón y huevo, y luego abrió la máquina de fax y se inclinó para retirar todos los faxes que se habían acumulado durante la noche o esa mañana más temprano.

Cuando estaba por enderezarse oyó a sus espaldas un sonido parecido a un gorjeo. Sonrió, sin cambiar de posición.

—Aquí estás —dijo Jamie Shields, pasándole una mano cálida por el trasero—. Brillante como el sol de la mañana. —Le levantó la falda y le bajó la bombacha.— ¿Estás húmeda esta mañana? —le preguntó a Hattie.

—Ya sabes que sí —respondió la muchacha, moviéndose bajo la mano de él, y luego al sentir algo más ardiente todavía.

Se deslizó dentro de ella por detrás.

—¡Qué maravillosa manera de empezar el día! —exclamó entre jadeos, mientras se movía rítmicamente.

Hattie hizo lo que hacía dos o tres veces por semana: alcanzó el orgasmo con una serie de gemidos y gritos, aferrándose de la máquina de fax para sostenerse. Las hojas que tenía en la mano cayeron y se desparramaron, mientras Jamie se unía a sus gemidos.

Cinco minutos después, cuando comenzaban a llegar los demás empleados, Jamie se hallaba en su escritorio, en la otra punta de la oficina, y Hattie, en cuatro patas, juntaba las hojas de fax que se le habían caído.

—¿Qué pasó? —preguntó su jefe con severidad.

—Nada, señor Peterson —respondió Hattie, interrumpiendo su búsqueda antes de ver la hoja solitaria que había quedado debajo de la máquina—. Se me cayeron los faxes de esta mañana.

—Ocúpese de ellos de inmediato —ordenó el hombre, malhumorado.

—Sí, señor —respondió Hattie, y ocupó su silla frente al escritorio. El café tendría que esperar. Juntó los papeles y los revisó con rapidez. Todos eran copias de transferencias enviadas por bancos de todo el mundo, esa mañana y la noche anterior. Salvo una hoja, que era un pedido de notificación. Una hora después de abrir la oficina, Hattie debía enviar un fax a un número de Suiza, para confirmar la recepción de una transferencia de 750.000 euros del Manhattan Trust de Nueva York. Si los fondos llegaban a la cuenta del Saint George, ella debía transferirlos de inmediato a una cuenta del Banco Suizo, dejando sólo los cincuenta dólares que costaba la operación. Si la transferencia de Nueva York no llegaba, debía informar enseguida al Banco Suizo.

Volvió a revisar las hojas. La transferencia no había llegado. Miró la hora en su reloj: las nueve menos veinte. Destapó el vasito de café. Le sobraba tiempo para tomar su desayuno antes de volver a mirar la máquina de fax a las nueve. Comenzó a masticar el sándwich y a beber el café.

A las nueve en punto controló otra vez la máquina de fax. Habían llegado otras operaciones, pero no la transferencia del Manhattan Trust. Abrió un formulario de fax en su computadora y tecleó un corto mensaje: "Asunto: Transferencia de 750.000 euros, del Manhattan Trust, no recibida. Por favor, infórmese al cliente".

Movió el cursor al botón de "ENVIAR" y oprimió. La operación sería más sencilla si sus jefes hubieran completado la configuración del sistema para manejar todo en forma automática, pero estaban esperando que terminara el año fiscal para gastar ese dinero.

Cinco minutos más tarde, recibió un mensaje electrónico de Suiza. "Por favor, confirme recepción o no recepción de transferencia del Manhattan Trust hasta las dos de la tarde, hora límite".

Hattie trabajó con las transferencias toda la mañana; poco después de la una de la tarde empezó a sentir hambre. Pero no podía almorzar hasta las dos, cuando cortaban el servicio. A las dos, una vez más controló la máquina de fax y la encontró vacía. Tomó su bolso y se dirigió a la puerta. Entonces, cuando estaba por irse, se acordó.

Regresó a su escritorio, miró de nuevo las transferencias y tecleó un mensaje a Suiza: "Transferencia de 750.000 euros del Manhattan Trust no se recibió hoy. Por favor informe al cliente". Después salió a almorzar.

Marie-Thérèse estaba tomando el desayuno en su suite en el Carlyle, cuando sonó su teléfono.

—¿Sí?

—Buenos días. Habla el doctor von Enzberg, de Zurich —dijo una grave voz masculina.

—Buenos días, doctor von Enzberg —respondió Marie-Thérèse—. Me alegro de oírlo.

—El Banco Saint George nos ha informado que la transferencia del Manhattan Trust no se ha recibido —le dijo el hombre—. Sin embargo, sin duda llegará más tarde. Les pedí que me contactaran a las dos, que es la hora de cierre, para avisarme cuando haya llegado.

—Muchas gracias, doctor von Enzberg —contestó ella—. Esperaré su llamada. —Cerró el celular y continuó con su desayuno. Luego se detuvo, nerviosa. Encontró la hoja de papel que le había entregado sir Edward y marcó el número.

—Departamento de transferencias —dijo Marjorie Harris.

—Ayer di instrucciones para realizar una transferencia al Banco Saint George en las Caimán —dijo Marie-Thérèse, y le dio el número de la cuenta.

—Ah, sí —respondió Marjorie, mientras controlaba el número en su computadora—. Salió esta mañana a primera hora. Ya debe de estar en su cuenta.

—Muchas gracias —dijo Marie-Thérèse y cortó, sintiéndose mejor. Terminó el desayuno y fue a darse un baño. ¿Adónde podía ir?, se preguntó. Ahora el mundo estaba a sus pies.

Ahora hasta los países donde había sido una fugitiva estaban abiertos a ella, siempre que tuviera un buen pasaporte europeo, algo que conseguiría en un día. Pensó en Inglaterra: tal vez una linda casita en el campo, no lejos de Heathrow... Costwold Hills era un lugar muy agradable, y le gustaba el toque de ironía que significaría vivir en el mismo país que sir Edward. El solo pensarlo la hizo reír. Le vendría bien hacer unas compras antes de dejar Nueva York.

Poco después de las dos de la tarde, Marie-Thérèse estaba probándose un traje en la boutique de Armani cuando sonó su celular.

—¿Sí?

—Habla el doctor von Enzberg. Del Banco Saint George me han notificado que no han recibido los fondos de su cuenta en el Manhattan Trust.

—¿Están seguros?

—Pedí que lo confirmaran, y lo hicieron. ¿Cuáles son sus instrucciones?

—Nada —respondió Marie-Thérèse—. Me ocuparé personalmente. —Cerró el celular.— Me llevaré este vestido y la chaqueta de *tweed* —indicó a la vendedora.

—Ambas prendas le vendrán muy bien para viajar —comentó la mujer.

—Ah, todavía no me voy de viaje —respondió Marie-Thérèse—. Tengo unas cosas que hacer en Nueva York este fin de semana, antes de irme. —Era evidente que el teléfono del Manhattan Trust era manejado por alguien del servicio de Inteligencia británico. No volverían a engañarla.

Justo a la hora de cerrar, la mujer de la limpieza entró en la oficina de transferencias del Banco Saint George y se dispuso a limpiar el piso.

—¿Se quedará mucho tiempo? —preguntó a la joven sentada ante el escritorio.

—Me voy en un momento —respondió Hattie.

La mujer de la limpieza tomó la mesa con rueditas que sostenía la máquina de fax y la empujó para apartarla de la pared. Abajo quedó una hoja de papel. La levantó y se la alcanzó a la joven.

—¿Es suya?

Hattie examinó el documento.

—Ah, sí. ¿Dónde la encontró?

—Debajo de la máquina de fax.

—La estuve esperando toda la mañana —dijo Hattie, riendo. Miró su reloj: ya había pasado la hora de cierre en Suiza. Tecleó el mensaje para confirmar que había recibido los 750.000 euros del Manhattan Trust y oprimió el botón de "ENVIAR". En Suiza ya era la noche del viernes. Recibirían el mensaje cuando abrieran el lunes a la mañana.

48

MARIE-THÉRÈSE BOSTEZÓ. Ese tipo de vigilancia era aburrida, pero en aquel momento era la única forma de seguir a esa gente. Estaba esperando desde hacía casi dos horas en uno de los vehículos más anónimos en Nueva York, un Lincoln negro.

—¿Cuánto tiempo más? —preguntó el conductor. Se lo había facilitado su amigo de la embajada.

—El tiempo que sea necesario —respondió Marie-Thérèse—. Lea el periódico.

—Ya lo leí.

—Entonces haga las palabras cruzadas.

—Nunca puedo hacerlas en inglés.

—Entonces cierre la boca.

El hombre guardó silencio.

Estaban estacionados en un espacio permitido de la Tercera Avenida, cerca del anónimo edificio que albergaba a la gente que ella esperaba. Tenía un buen panorama de la puerta principal y sus ojos rara vez se apartaban de allí. Entonces, al fin, ocurrió algo. Tres grandes coches negros, de vidrios oscuros, pasaron al lado del coche de ella y doblaron a la izquierda. Se detuvieron ante la puerta delantera del edificio, de donde de inmediato salieron cuatro hombres, mirando a ambos lados de la calle.

—Ahora —dijo Marie-Thérèse en voz alta—. Espere a que los tres coches negros se pongan en marcha, y entonces encienda el motor.

—De acuerdo —respondió el chofer.

Un hombre y una mujer salieron del edificio y subieron rápidamente al vehículo del medio. Los tres coches se pusieron en marcha.

—Vamos —ordenó Marie-Thérèse—. Manténgase lo más lejos posible, sin perderlos.

El conductor hizo lo que le había indicado. El viaje fue corto. Los tres coches avanzaron por Park Avenue, doblaron, volvieron a doblar en la calle Cincuenta y Dos y se detuvieron debajo de un toldo que sobresalía en la planta baja del edificio Seagram. Cuatro hombres bajaron del primero y el último vehículos e hicieron una buena inspección en los alrededores; luego, a una señal de uno de ellos, se abrieron las puertas posteriores del coche del medio, bajaron tres hombres y una mujer y entraron en el edificio. Los tres coches se alejaron, sin duda para encontrar un lugar donde estacionar.

Marie-Thérèse, cuyo auto esperaba en Park Avenue, ordenó:

—Déjeme ante el toldo. Después dé una vuelta a la manzana y estacione donde yo pueda ver las puertas. Si la policía le dice algo, muéstrele su pasaporte diplomático y no se mueva de allí hasta que yo aparezca.

El coche se detuvo ante el toldo y Marie-Thérèse bajó, alisándose el corto vestido negro y colocándose un par de guantes negros. Para la ocasión, llevaba el cabello largo y negro. Entró y comenzó a subir la amplia escalera. Su presa iba unos metros más adelante. Cuando salió al segundo piso, el grupo, junto con dos guardaespaldas, desapareció por un pasillo hacia el salón de billar del Four Seasons.

Eso no era bueno. Ese salón no tenía más entrada o salida que por el pasillo, de unos tres metros de ancho, salvo quizá la puerta de la cocina, a la que Marie-Thérèse no tenía acceso. Se sentó en un rincón del bar, grande y cuadrado, mirando hacia el este, con el pasillo a su izquierda. Uno de los guardaespaldas regresó al cabo de unos minutos, presumiblemente después de haber completado su inspección del gran comedor, mientras su compañero permanecía allí. El hombre se ubicó en el otro extremo del bar con respecto a Marie-Thérèse, mirando al oeste, de manera de poder vigilar el pasillo desde su asiento. Pidió agua mineral y la bebió despacio.

No era inglés, pensó Marie-Thérèse. Su traje no era el adecuado, y llevaba el cabello demasiado corto. Tenía el aspecto de un joven comerciante muy aburrido.

Marie-Thérèse puso un billete de cincuenta dólares sobre el mostrador y echó una mirada a su reloj.

—Llegué temprano —explicó al *barman*—. Un martini Tanqueray bien seco, por favor.

—Sí, señora —respondió el *barman*, y fue a prepararlo.

¿Cuánto tardaría aquello? El hombre al que Marie-Thérèse esperaba tenía más de sesenta años, así que tal vez no tardaría tanto. Antes de que sirvieran el plato principal, sería su invitado.

El joven sentado del otro lado del bar tomó su vaso, rodeó el mostrador y se sentó cerca de ella, mirando hacia el sur, de espaldas al pasillo que se suponía debía vigilar.

—Buenas noches —la saludó. Sí, era estadounidense.

—Buenas noches —respondió Marie-Thérèse.

—Espero no molestarte, pero te encuentro muy atractiva. ¿Puedo invitarte una copa?

—Muchas gracias, pero ya tengo una. Y la persona a la que espero llegará en unos minutos.

—¿Podemos charlar hasta entonces?

—Bueno.

—Me llamo Burt Pence —dijo el joven, tendiéndole una mano—. ¿Y tú?

—Elvira Moore —respondió Marie-Thérèse, estrechándosela.

El joven tomó el billete que ella le había dejado al *barman* y lo deslizó en la cartera de ella.

—Por favor, guárdalo. Invito yo.

Marie-Thérèse recogió el billete y lo guardó en su gran cartera, apoyada sobre el taburete de al lado.

—Gracias, Burt. Cuéntame, ¿a qué te dedicas?

—Soy agente del FBI —respondió Burt.

—Ah, claro. Ya me lo han dicho antes.

Burt buscó en el bolsillo interior de su chaqueta, sacó una billetera, la abrió y la apoyó sobre el mostrador.

—Ah, era cierto —dijo Marie-Thérèse, al tiempo que tomaba la billetera y miraba la credencial—. ¿Y qué estás haciendo en el Four Seasons? Espero que tengas una buena cuenta de gastos.

—En realidad, no he venido a cenar —respondió Burt—. Estoy de servicio.

—¿En serio? —Fingió gran interés.— ¿Qué clase de servicio?

Burt miró furtivamente a un lado y a otro, como si temiera que alguien lo oyera.

—Estoy protegiendo al director del FBI y al jefe de Inteligencia británica.

Marie-Thérèse miró alrededor.

—¿Dónde están?

—En el otro comedor, del otro lado del pasillo. Mi compañero está de servicio allá adentro.

—¿Y de qué los están protegiendo?

—Ah, de nada en particular. Lo que quiero decir es que no hay ninguna amenaza especial, pero el director siempre utiliza guardaespaldas.

—Ya veo... ¿Y esa gente que está allá? —Señaló a una pareja que había subido por las escaleras y avanzaba escoltada por el pasillo.— ¿No serán una amenaza?

Burt miró hacia el pasillo y los vio de espaldas.

—Probablemente no, pero mi compañero los vigilará en el comedor. —De pronto se puso de pie.— Oh, oh. Tendrás que disculparme.

Marie-Thérèse miró hacia el corredor y vio que sir Edward Fieldstone iba rápidamente hacia ellos.

—Ése es mi sujeto británico —dijo Burt, hablando de costado—. Seguro que va al baño.

—Bueno, mejor que vayas y... le des una mano —bromeó Marie-Thérèse.

Sir Edward comenzó a bajar las escaleras, y Burt corrió tras él.

Marie-Thérèse dejó nuevamente su billete de cincuenta en el mostrador y se bajó del taburete. Comenzó a bajar las escaleras y se detuvo en el descanso. Sir Edward estaba frente a la puerta del cuarto de baño para hombres, pero a Burt no se lo veía por ningún lado. Entonces Burt salió, abrió nuevamente la puerta e hizo un gesto para indicar que sir Edward podía entrar. El inglés entró de inmediato. Burt se quedó vigilando, del lado de afuera.

Marie-Thérèse bajó rápidamente y se acercó a Burt.

—¿Cómo? ¿Te vas? —preguntó el joven—. Yo vuelvo enseguida.

—Mi pareja acaba de llamarme para avisarme que no podrá venir —respondió ella.

—Yo quedo libre en un par de horas. ¿Y si nos encontramos en algún lado?

Marie-Thérèse miró en torno. La joven encargada del guardarropa se había ido un momento.

—¿Llevas un arma, Burt? —preguntó Marie-Thérèse.

Burt sonrió y se abrió la chaqueta, para mostrar una semiautomática 9 milímetros.

—Ah, qué bien —dijo Marie-Thérèse, al tiempo que le apretaba contra las costillas su propia pistola con silenciador y lo empujaba contra la pared—. Yo me guardaré esto, Burt. —Le sacó la pistola de la cartuchera.— Ahora entremos en el baño. —Lo empujó con el cañón del arma.

—Eh, ¿qué te pasa? —preguntó Burt, como si fuera una broma. Pero obedeció y entraron en el pequeño vestíbulo.

Con la pistola que le había quitado, Marie-Thérèse lo golpeó con fuerza en la nuca, y el joven se desplomó.

—Lo lamento, Burt. —Entró en el cuarto de baño, para encontrarse con sir Edward, que se estaba lavando las manos. El encargado le estaba alcanzando la toalla. Marie-Thérèse le disparó primero al encargado del cuarto de baño para captar la atención de sir Edward.

Sir Edward se enderezó, con las manos mojadas tendidas en el aire.

—¡No, no! Yo le pagué, de verdad.

—Mentiroso hasta el final —dijo Marie-Thérèse y le disparó al pecho. El hombre cayó al piso. Ella se acercó y le disparó en la cabeza.

Guardó la pistola en el bolso y salió del baño, pasando sobre el bulto inerte de Burt. El agente comenzaba a moverse. Marie-Thérèse pensó un instante y volvió a golpearlo con su propia pistola.

—Hoy es tu día de suerte, Burt. —Espió por la puerta entreabierta. La entrada estaba libre. Salió caminando tranquilamente y llegó a la puerta principal, para buscar su coche. Lo divisó cerca de la esquina. Hizo un gesto y el conductor se acercó enseguida y se detuvo frente a ella.

—Más despacio, por favor —dijo Marie-Thérèse mientras subía—. Aléjese como si estuviéramos paseando. —Miró hacia atrás, a los tres coches negros estacionados junto al cordón. Seguían allí.

—Esto salió muy bien —comentó Marie-Thérèse—. Déjeme en Madison y la Setenta y Dos.

Se bajó del coche y se puso a mirar vidrieras mientras se dirigía al Carlyle.

49

CARPENTER ESTABA sentada en el salón comedor del Four Seasons con el director del FBI y su asistente. Ya les habían servido el plato principal y sir Edward todavía no había regresado del cuarto de baño.

—Será mejor que vaya a ver —dijo Carpenter al director.

—Quédese sentada —respondió el hombre, e hizo una seña a su guardaespaldas—. Vaya al baño y fíjese si le pasa algo a sir Edward —le ordenó—. Tal vez esté descompuesto.

—Estoy segura de que no es nada —dijo Carpenter—. Quizá se encontró con algún conocido. Creo que podemos empezar a comer sin esperarlo. —Tomó sus cubiertos y cortó un bocado de carne.

—¿Cuánto hace que es oficial de Inteligencia, Felicity? —le preguntó el director.

—Doce años, señor. Primero estudié leyes en Oxford y luego ingresé en el servicio.

—Sir Edward me contó que también su padre pertenecía al servicio.

—Así es, y mi abuelo también. —Algo captó su atención. El guardaespaldas del director se acercaba casi corriendo.

—¿Qué sucede? —preguntó el director—. ¿Le ha ocurrido algo a sir Edward?

—Sí, señor. Por favor, síganme, rápido.

Todos se levantaron de la mesa y siguieron al agente a través del comedor y la zona de la cocina, hasta una gran puerta que decía: "SALIDA".

—¿Qué pasa? —preguntó el director.

—Por favor, esperen aquí un momento, señor —dijo el agente. Abrió la puerta, salió y regresó unos segundos después—. Por favor, apresúrense. Su coche los espera.

Carpenter siguió a los tres hombres; subieron todos a uno de los coches negros y luego arrancó a toda velocidad.

—Ahora dígame qué pasa —exigió el director.

Carpenter pensó que ella ya lo sabía. Buscó su celular.

Stone y Dino estaban terminando de comer en Elaine's, cuando sonó el teléfono de Dino.

—Bacchetti —dijo. Escuchó un momento y luego habló—: Enterado. ¿Estás hablando por tu celular? No vuelvas adonde estabas; debes ir a otro lugar. Volveré a llamarte.

Stone miró a Dino.

—¿Qué sucedió? No tienes buena cara.

—Parece que... —Volvió a sonar su teléfono.— Sí, señor, acabo de enterarme. Ya he enviado hombres... Sí, señor, entiendo lo que parece. Yo llegaré en diez minutos... Sí, señor, comprendido. —Cortó.— Vamos —dijo a Stone, y los dos salieron corriendo.

Iban en el asiento trasero del coche de Dino, rumbo al centro, con la sirena encendida. Sólo entonces Dino habló.

—No dejes que nada te detenga —ordenó al conductor, y abrió otra vez su celular.

—Espera un minuto, Dino —lo cortó Stone—. ¿Qué pasa?

—Parece que tu clienta mató a sir Edward en el cuarto de baño del Four Seasons. —Dino marcó un número.— Habla Bacchetti. Quiero cuatro detectives de homicidios, un equipo para la escena del crimen y doce uniformados en el Four Seasons, en la Cincuenta y Dos este. Ya. Cierren la calle, no dejen entrar a nadie en el restaurante, pero permitan salir a los clientes cuando terminen de comer. Examinen el baño de hombres y no dejen que entre nadie hasta que yo llegue y dé nuevas órdenes. Llegaré en seis minutos.

—Ah, mierda —murmuró Stone, hundiéndose en el asiento.

—Así que tenías todo controlado, ¿eh? —le reprochó Dino.

—¿En el Four Seasons? —gimió Stone—. Qué maldición.

—Todo esto me sobrepasa —dijo Dino—. Recién me llamó el comisario, y si alguna vez llega a descubrir que estuve involucrado en ese pequeño asunto tuyo en el parque Bryant me pasaré haciendo rondas por las calles más lejanas del Bronx por el resto de mi carrera.

—No lo puedo creer —continuó Stone—. Estaba todo controlado, ¡todo!

—Me gusta tu idea de tener todo controlado —ironizó Dino—. Llama a tu clienta.

—¿Qué?

—Que la llames. Tengo que conseguir su número de teléfono.

—¿Qué se supone que debo decirle?

—Pregúntale qué es lo que piensa hacer ahora.

—¿Por qué crees que me lo dirá?

—Simplemente pregúntale. Vamos, llama. —Dino le entregó su celular.

Stone marcó el número, que ya conocía de memoria, mientras Dino se acercaba para oír.

—¿Sí? —respondió Marie-Thérèse.

—Habla Stone. ¿Qué ha hecho?

—Ellos no enviaron el dinero.

—Por supuesto que lo enviaron. Yo lo confirmé. ¿No llamó al banco?

—Sí, pero no me atendieron los del banco. Es evidente que pusieron a alguien de la gente de sir Edward. Nos mintieron a mí y a usted, Stone. Confirmé dos veces que el dinero no había llegado.

—Tiene que parar esto, Marie-Thérèse.

—No tengo intenciones de parar nada —espetó ella—. Ellos violaron el pacto, y ahora no hay veda para cazar. —Cortó.

Dino recuperó su celular y apretó el botón de volver a marcar para conseguir el número.

—¿Qué haces? —preguntó Stone—. Era una conversación con una clienta.

—Una clienta que acaba de anunciar su intención de cometer un crimen —contestó Dino—. Ahora tu obligación es informar a la policía y brindar toda la ayuda que puedas, que es lo que acabas de hacer. —Llamó a otro número.— Habla el teniente Dino Bacchetti, del distrito Diecinueve. Quiero vigilancia total al siguiente número de celular. —Lo dictó.— Consigan la ubicación y llamen de nuevo enseguida. Es de alta prioridad. No deben... repito: NO deben intentar detener a la dueña del celular. —Cortó.— Voy a atrapar a esa desgraciada.

—¿Qué más puedo hacer para ayudar? —preguntó Stone.

—Piensa. Piensa en otra forma de atraparla. ¿Sabes dónde duerme?

—No.

—¿Ni la menor idea? ¿Hotel? ¿Departamento? ¿Un refugio?

—No, no tengo idea. Lo único que tengo es el número del celular, y ahora tú también lo tienes.

—Ruego a Dios que con eso baste —dijo Dino—. ¿Te dije que, cuando mató a sir Edward, él y Carpenter estaban comiendo con el director del FBI?

—Ah, mierda.

—Exacto, compañero.

El coche cruzó una valla en la Cincuenta y Dos y Park Avenue y se detuvo frente al Four Seasons. Stone y Dino bajaron del coche.

—Quédate conmigo —dijo Dino—, y mantén la boca cerrada.

—¿Qué podría decir? —contestó Stone.

50

DINO Y STONE ENTRARON en el vestíbulo de la planta baja del Four Seasons para encontrarse con una falange de agentes policiales uniformados frente a la puerta del cuarto de baño de hombres. Un hombre vestido con un elegante traje a rayas les gritaba:

—¡Ustedes no entienden! ¡Tengo que entrar en el baño *ya mismo*!

Dino le tocó el hombro para que se diera vuelta y le mostró su credencial.

—Señor —le dijo—, suba y pídale al camarero que le indique otro cuarto de baño.

—Pero no hay otro; éste es el único.

—Créame que le encontrará otro —dijo Dino, y llamó a un agente—. Usted, acompañe arriba a este señor.

El policía tomó al hombre por el codo y lo acompañó escaleras arriba.

—Salgan del paso —ordenó Dino a los uniformados y éstos se apartaron como las aguas del mar Rojo. Señaló con el pulgar a Stone—. Él está conmigo. —Y se encaminó hacia el cuarto de baño. El equipo de emergencias médicas de la policía ya se ocupaba de los dos cuerpos, uno de ellos con traje oscuro.

—¿Muertos? —preguntó Dino.

—Ajá —respondió uno de los del equipo—. Los dos.

—Entonces lárguense de mi escena del crimen.

Juntaron sus elementos y se marcharon.

Dino se agachó junto a sir Edward.

—Uno en el pecho, otro en la cabeza. Muy profesional. —Miró al encargado del cuarto de baño.— Pobre infeliz —murmuró—. Lugar y momento equivocados.

Un uniformado asomó la cabeza por la puerta.

—Teniente, arriba, en el bar, tenemos a un sujeto del FBI. Es el único testigo.

—Vamos —dijo Dino a Stone. Subieron las escaleras y entraron en el bar, donde uno de los paramédicos revisaba la nuca de un joven. Había ante él un vaso con un líquido oscuro, sin hielo. El joven tomó un buen trago.

Dino le quitó el vaso de la mano y lo dejó sobre el mostrador.

—¿Es así como se recuperan los del FBI de un golpe en la cabeza? —preguntó—. Soy Bacchetti, de la policía de Nueva York. Cuénteme qué ocurrió.

—Estaba sentado acá, observando a la gente que entraba en el comedor. Mi compañero estaba allá con el director, el asistente y sus invitados.

—¿Quiénes eran...?

—Robert Kinney, el asistente del director; sir Edward no-sé-cuánto, el muerto; y una mujer que trabaja... que trabajaba con él.

—Continúe.

—Sir Edward bajó al hall buscando el cuarto de baño. Yo lo acompañé, y entonces la mujer...

—Espere un momento. ¿Qué mujer?

—Había una mujer sentada cerca de mí, en el bar.

—¿Estaba sentada cerca de usted, o usted se sentó cerca de ella?

—Bueno...

—Me alegro de haberlo aclarado.

—Bueno, el asunto es que fui con sir Edward y revisé el baño. No había nadie, salvo el encargado. Me quedé a esperarlo afuera, cuando esa mujer se acercó.

—Descríbala.

—Blanca, de entre treinta y cuarenta años, un metro sesenta y cinco o poco más, sesenta y cinco kilos, cabello largo, oscuro, vestido de cóctel negro y guantes negros. —Miró con deseo el vaso que descansaba sobre el mostrador.— Muy atractiva.

—Muy buena descripción —comentó Dino—. Al menos aprendió algo en la academia. ¿Qué sucedió después?

—Me preguntó si estaba armado, y yo le mostré mi arma. Ella empuñó una pistola negra, con silenciador y de poco calibre, me quitó la mía y me hizo entrar en el vestíbulo del cuarto de baño. Debió de pegarme con su arma o con la mía, porque me desmayé. Cuando me recuperé, volvió a golpearme. Sólo me desperté hace cinco minutos, y avisé por radio.

—¿Y dónde está toda su gente?

—Vienen para acá.

Dino miró la cabeza del hombre.

—Llévenlo al hospital —ordenó a los de emergencias—.Va a necesitar unos cuantos puntos.

Los paramédicos y el compañero del agente del FBI guiaron al joven hasta abajo; Dino y Stone los siguieron. Justo cuando se marchaba en una ambulancia, apareció en la cuadra una procesión de camionetas negras, de las que empezaron a bajar hombres con chalecos antibalas, cascos y armas automáticas, que se desparramaron por el lugar. En la espalda llevaban la insignia del FBI.

Dino se quedó en la puerta y mostró su credencial.

—Policía de Nueva York —dijo—. ¿Quién está al mando?

Un hombre de traje se bajó del asiento delantero de una camioneta, se acercó y mostró su identificación.

—Soy Jim Torrelli, agente a cargo de la oficina del FBI en Nueva York —se presentó—. Usted está impidiendo el paso de mis hombres.

—No, no es así —retrucó Dino—. Ellos están impidiendo el tránsito de esta ciudad. Por favor, retírelos de aquí.

—Tenemos una escena del crimen que controlar.

—La escena del crimen es del Departamento de Policía de Nueva York, y ya la tenemos bajo control —contestó Dino, sin moverse.

—Allá adentro tenemos a un agente del FBI herido —insistió Torrelli.

—No, no lo tienen. Ya va camino al hospital. Adentro no hay nadie del FBI. Sólo hay dos víctimas de asesinato, y el asesinato, si me permite recordárselo, no es un crimen federal. Ahora, si quiere quedarse por aquí y ver lo que sucede, está invitado a hacerlo, pero no se cruce en mi camino y saque a toda la caballería de aquí, ya.

Torrelli lo pensó un momento.

—Vuelvan todos a los vehículos —ordenó—. Regresen a la base y esperen mi llamada. —Los hombres regresaron a las camionetas y se alejaron.— Ahora, detective...

—*Teniente* Bacchetti —corrigió Dino—, jefe del escuadrón de detectives del distrito Diecinueve.

—¿Puede decirme qué ha ocurrido aquí?

—Cómo no. El director del FBI y su asistente invitaron a comer al jefe de la Inteligencia británica y a un colega también británico, custodiados por dos agentes del FBI. El inglés fue al baño y una mujer joven golpeó en la cabeza a uno de los agentes y mató a tiros al inglés y al encargado del baño. Después abandonó el lugar. Es todo lo que sabemos por el momento, pero cuando terminemos aquí el FBI habrá hecho un papelón tan vergonzoso como para no olvidarlo en muchos años.

Torrelli tuvo que hacer un esfuerzo para poder articular unas palabras.

—¿Ya han detenido a la mujer?

—No, y no creo que podamos hacerlo por ahora.

—¿Ya la han identificado?

—Sí.

—¿Quién es?

—No estoy en libertad de darle esa información por el momento. Tal vez más tarde.

—Teniente, si debo recurrir al comisario o incluso al alcalde, me enteraré de todo lo que haya que saber sobre este asunto.

—Le enviaré una copia de mi informe —dijo Dino—. Ahora, ¿por qué no sube al bar y toma una copa? Acá no lo necesitamos.

—¿Puedo ver los cuerpos?

—Están muertos. El inglés, de dos balazos; el encargado, de uno. Eso es todo lo que necesita saber.

—Quisiera poner a su disposición el laboratorio criminal del FBI.

—Por lo que he oído decir del laboratorio del FBI, creo que prefiero manejar todo en mi terreno —replicó Dino.

El hombre, que era mucho más alto que Dino, lo miró como si quisiera aplastarlo contra el piso.

—Estaré en mi vehículo —dijo, y regresó a su camioneta.

Dino y Stone entraron en el restaurante.

—Esto te va a traer consecuencias —advirtió Stone.

—No te preocupes —respondió Dino. Sacó el celular y apretó el botón de marcado rápido—. Señor, habla Bacchetti. Pasa lo siguiente —y dio al comisario un informe conciso de lo ocurrido—. Y el FBI trata de meterse en nuestro camino. Le agradecería que me ayudara a sacármelos de encima, para poder aclarar esto y hacer un arresto. —Escuchó un momento.— Muchas gracias, señor. —Cortó y se volvió hacia Stone.— No creo que debamos preocuparnos mucho por los federales.

—¿Y ahora qué?

Sonó el teléfono de Dino.

—Bacchetti. —Sus ojos se dilataron.— ¿Ubicación? —Cerró de un golpe el celular.— Han localizado el celular de ella.

51

DINO TENDIÓ LA MANO hacia el asiento delantero y tomó un transmisor.

—Recuérdame qué hay en la Madison y la Setenta y Tres —le pidió a Stone.

—Muchos negocios muy caros —respondió el abogado.

—Escuchen —dijo Dino por el transmisor a los cuatro detectives que iban en el coche detrás de ellos—. Bajen en la Sesenta y Cinco y Madison y caminen hacia el norte, mirando negocio por negocio. Yo iré por el sur, desde la Setenta y Seis. Buscamos a una mujer blanca, atractiva, probablemente sola, de entre treinta y cuarenta años, un metro sesenta y cinco o poco más, sesenta y cinco kilos, con un vestido de cóctel y guantes negros. Puede que lleve un abrigo. Ya son casi las diez y no hay nada abierto a esta hora de la noche, pero la tuvimos quieta en la Setenta y Tres y Madison durante unos minutos, así que es posible que esté mirando vidrieras. Detengan e identifiquen a cualquiera que responda a esa descripción, sola o acompañada. Mientras tanto, traten de no actuar como policías. Tengan cuidado: es muy peligrosa y está armada. —Dino oprimió el botón para concluir la comunicación.— Esto no va a servir.

—¿Por qué? —preguntó Stone—. Tal vez tengamos suerte.

—Yo no tengo tanta suerte como tú. De todos modos, si la atrapamos va a matar por lo menos a un policía antes de que alguien le dispare a ella.

Stone no hizo comentarios.

—¿Puedes recordarme cómo fue que me vi mezclado en esto? —preguntó Dino.

—Hubo un crimen en tu zona —dijo Stone.

—Ah, sí. En segundo lugar, quiero que me recuerdes que la tuve en custodia y la dejé ir.

—No iba a decírtelo, pero no puedo negarte que es verdad.

—Voy a tener suerte si salgo de todo esto sin perder mi credencial.

—Dino, lo único que debes hacer es culpar a los británicos y al FBI.

Dino se iluminó.

—Sí, tienes razón. —Palmeó al chofer en el hombro.— Acá.

Dino y Stone bajaron del coche.

—Tú toma el lado este de la calle; yo iré por el lado oeste —indicó el policía—. ¿Estás armado?

—No.

Dino le dio una 32 automática.

—Toma la mía de repuesto.

—Gracias —respondió Stone.

Los dos hombres echaron a caminar hacia el sur por Madison. Ya había oscurecido, pero todavía había mucha gente por la calle.

Stone observaba atentamente a cada mujer que veía, buscando algo familiar. Era probable que Marie-Thérèse se hubiera cambiado de ropa, pensó, pero tal vez lograba reconocerla. Entonces, a media cuadra, caminando despacio hacia el norte, la vio. No llevaba guantes, pero su vestido era negro, y su cabello, oscuro y largo hasta los hombros. ¿La cara? No podía asegurarlo; cada vez que la había visto tenía un aspecto diferente. Su mano se cerró sobre el arma que llevaba en el bolsillo. La mujer se detuvo y miró por un momento un escaparate.

Stone miró al otro lado de la calle, a Dino, y le hizo un gesto señalando a la mujer. Dino empezó a cruzar por Madison, entre el tránsito, sin esperar el cambio de luces.

Stone se acercó a la mujer.

—Disculpe, ¿no nos conocemos?

Ella se volvió y lo miró.

—No —respondió con una sonrisita—. Pero no me molesta que me acompañe.

Dino se colocó detrás de ella.

—Señorita —dijo—, soy oficial de la policía. Por favor, no se mueva.

Ella lo miró por encima del hombro.

—¿Qué es esto? ¿Una violación colectiva?

—Muéstreme alguna identificación —exigió Dino.

Stone le quitó el bolso antes de que ella lo abriera y se lo dio a Dino, sin dejar de mirarla a los ojos. La mujer le devolvió la mirada con interés.

—¿Así es como se divierten por las noches los policías de Nueva York?

—Cuando el tiempo está lindo —contestó Stone.

—¿Cómo se llama? —preguntó Dino, mirando la licencia de conducir que tenía en la mano.

—Donna Howe Baldwin —respondió la mujer.

—¿Número de Seguridad Social?

Ella se lo dijo.

—Pero no lo encontrará en mi licencia. En Florida no lo hacen de esa forma.

—¿Por qué lleva una licencia de conducir de Florida? —preguntó Dino.

—Porque vivo en Miami. Mi dirección está en la licencia.

—¿Por qué está en Nueva York?

—Porque me dijeron que aquí la policía es muy divertida.

Stone miró a Dino y meneó la cabeza.

—No es Marie-Thérèse.

—Podría serlo, si tú quieres —dijo la mujer—. ¿Terminamos aquí?

—Sí —dijo Dino, y le devolvió el bolso—. Lamento haberla molestado. Habitualmente somos más amables con los turistas.

—Todavía pueden serlo —replicó la mujer—. No tengo problemas en salir con dos hombres. ¿Quién invita los tragos?

—Tal vez en otro momento —dijo Stone.

La mujer le entregó una tarjeta.

—Estaré en el Plaza dos días más. En cualquier momento. —Miró a Dino.— Y no se olvide de traer a su amigo. —La mujer continuó su paseo.

—Bueno —comentó Dino—, ya te dije que eres el único con suerte.

—Me parece que no soy el único —replicó Stone.

Dino regresó al otro lado de la calle y continuaron caminando hacia el centro, estudiando a cada mujer que veían. En una oportunidad, Dino mostró su credencial y pidió documentos a una mujer, que después siguió su camino, muy pálida.

En la calle Setenta y Dos se encontraron con los cuatro detectives que venían del otro lado, y el coche de Dino coincidió con ellos.

—¿Por qué pensé que ella iría para el norte?

—Porque se alejaba del Four Seasons —respondió Stone.

—¿Qué hay para arriba desde la Setenta y Tres? —preguntó el policía.

—Un par de hoteles, el Westbury y el Carlyle.

—Vale la pena intentarlo —opinó Dino—. Ustedes cuatro, vayan al Westbury. Díganle al conserje que les dé una lista de todas las mujeres solas que se alojan en el hotel e interroguen a cada una que se parezca en algo a la descripción. Stone, tú y yo nos ocuparemos del Carlyle. —Subieron al coche de Dino y se dirigieron al norte.

—No es la peor idea que se te ha ocurrido —observó Stone—. Ella tiene que dormir en alguna parte, y el Carlyle es el último lugar donde buscaríamos.

—La peor idea que tuve en mi vida fue acompañarte ayer al parque Bryant —protestó Dino.

El coche se detuvo, y bajaron.

—¿Conoces a alguien de aquí? —preguntó Dino mientras iban hacia la entrada del hotel, en la avenida Madison.

—Al gerente —respondió Stone—. A esta hora no debe de estar, pero puedo invocar su nombre.

—No importa. Mostraré mi placa —resolvió Dino, ya cerca de la recepción.

Vibró el celular de Stone.

—¿Hola?

—Habla Carpenter.

52

STONE SE SORPRENDIÓ al darse cuenta de cuánto lo alegraba oír su voz.

—¿Dónde estás?

—Con el director del FBI, en un departamento del gobierno, en las torres del Waldorf.

—Quédate allí. Cualquier otro lugar es peligroso.

—Es lo que me propongo, por ahora. ¿Hablaste con Dino?

—Estoy con él.

—¿Sir Edward murió? ¿Está confirmado? Esta gente no me dice nada.

—Está confirmado.

—Ah, mierda.

—Sí.

—Pregúntale a Dino dónde debo reclamar su cuerpo.

—En la morgue de la ciudad, pero después de que le hagan la autopsia.

—¿Hay alguna forma de evitarlo? Quiero mandarlo de vuelta al país.

—Pregúntale al director. Tal vez pueda llamar a alguien...

—Está muy molesto con todos los del gobierno de la ciudad, desde Dino hasta el alcalde.

—Porque Dino no lo deja jugar en su patio, y porque el comisario, y probablemente el alcalde, respaldan a Dino.

—Algo así. Parece que tiene a todos esos hombres armados y vestidos de negro, y no puede usarlos.

—Eso siempre molesta al FBI.

—¿Vendrías a verme aquí?

—Es probable que el FBI me pegue un tiro si lo intento.

—Quiero verte. Te necesito.

—¿No te parece que seríamos muchos en la suite del hotel? ¿Tú, yo y el director?

—Veré si se me ocurre algo.

—Dime, ¿Mason estaba en la escena cuando mataron a los padres de Marie-Thérèse?

Carpenter calló un momento.

—Algo así. Estaba en una camioneta cerca del lugar.

—Entonces será mejor que le adviertas que se cuide. ¿Quién más estaba allí, que todavía viva?

—Solamente nosotros dos.

—En tu lugar, yo pediría un avión en un aeropuerto que no sea el Kennedy y saldría del país. Ella sabe dónde estás en Nueva York. Te encontrarías más segura en Londres.

—Lo pensaré. ¿Ella sabe que estuve viviendo en tu casa?

—No, que yo sepa.

—Te llamaré más tarde, al celular.

—¿Lo prometes?

—Sí, pero no sé cuándo.

—No importa, simplemente llama. —Stone cortó.— Carpenter está un poco nerviosa —comentó.

—¿Quién no lo estaría?

El gerente de turno se acercó al escritorio.

Dino le mostró la credencial.

—Soy el teniente Bacchetti. Necesito una lista de todas las mujeres que se alojan en el hotel, solas.

—¿Para qué? —quiso saber el hombre.

—Puede que en su hotel haya una dama asesina, y quiero arrestarla antes de que mate a algún huésped o a alguien del personal.

—Espere un momento —dijo el hombre, y fue a la computadora—. Tenemos tres.

—¿Las conoce de vista?

—Conozco a la señora King, de Dallas. Ya ha estado aquí en otras oportunidades. Y la señorita Shapiro, de San Francisco. Pero no conozco a la señora Applebaum, de Chicago.

Dino le dio la descripción.

—Tanto la señora King como la señorita Shapiro coinciden con la descripción general.

—Quiero hablar con las dos, pero no quiero que sepan que somos de la policía —dijo Dino—. Y busque a alguien que conozca en persona a la señora Applebaum.

—Un momento. —El gerente desapareció unos instantes y regresó con otro hombre.— Él es el conserje. Conoce a la señora Applebaum y dice que tiene sesenta años.

—Muy bien. Entonces haremos lo siguiente —dijo Dino—: inventen algo para mantener a las mujeres fuera de sus habitaciones el tiempo suficiente para que nosotros podamos revisarlas.

—Puedo decirles que hay un pequeño incendio en la suite vecina y pedirles que dejen sus habitaciones por unos minutos.

—¿Y adónde las mudarán?

El gerente miró algo en su computadora.

—Tengo suites vacías cerca de las dos.

—Consíganos una caja de herramientas y ropa de trabajo del hotel. Comenzaremos con la señorita Shapiro.

El gerente llevó a Dino y Stone a su oficina y pidió unos monos para ellos; luego tomó el teléfono y llamó a la habitación.

—Señorita Shapiro, habla el gerente de turno. Lamento molestarla, pero tenemos un pequeño cortocircuito en la suite debajo de la suya y vamos a tener que mudarla temporariamente a una suite del otro lado, mientras los electricistas revisan su habitación. Sí, en verdad lo lamento mucho. ¿Puedo mandar a los operarios? Muchas gracias. —Se volvió hacia Dino.— ¿Listo?

Dino y Stone se colocaron a cada lado del gerente, mientras él llamaba a la puerta. Cada uno tenía un arma en la mano.

Abrió la puerta una mujer en bata.

—Muchas gracias por su cooperación —dijo el gerente.

—Encantada de ayudar —respondió la mujer.

Tenía una nariz grande y casi hermosa, pensó Stone. Miró a Dino y meneó la cabeza.

Dino se colocó el celular en la oreja.

—¿Sí? Gracias. —Se volvió hacia el gerente.— El problema ya se ha solucionado. No necesitamos molestar a la señorita Shapiro.

—Qué buena noticia —dijo el gerente—. Otra vez, lo lamento mucho, señorita Shapiro.

La mujer sonrió y cerró la puerta.

Dino entregó su celular al gerente.

—Ahora, la señora King —dijo.

El gerente llamó a conserjería y pidió con la suite de la señora King.

—No responde —dijo—. Debe de haber salido.

—¿Tiene una llave maestra? —preguntó Dino.

—Sí, pero se dará cuenta de que dársela sería ilegal.

—Si usted nos da permiso, no.

El hombre les entregó una llave.

—Es dos pisos más arriba, cuarto diecinueve-diecisiete.

—Gracias —repuso Dino—. Se la devolveré pronto. Vamos, Stone.

Abajo, en el café Carlyle, Marie-Thérèse conversaba con un hombre, en la barra.

Unos músicos comenzaron a ocupar sus lugares en la otra punta del salón y por un micrófono se oyó una voz.

—Damas y caballeros, el café Carlyle tiene el orgullo de presentar, en su trigésima temporada, al señor... ¡Bobby Short!

Empezó la música, y Marie-Thérèse y su nueva relación se dirigieron a la pista.

53

CARPENTER MARCÓ EL número del celular de Mason, que respondió de inmediato.

—Hable —dijo.

—Soy Carpenter. ¿Dónde estás?

—En un restaurante llamado La Goulue, en la avenida Madison y la Sesenta y Cinco.

—¿Estás solo?

—No.

—Tengo novedades, pero no muestres ninguna reacción.

—Adelante.

—Architect ha muerto.

—¿En serio? —preguntó, con su acento de Eton—. ¿Está involucrado alguien a quien conozcamos?

—La Biche le disparó en el cuarto de baño del Four Seasons.

—¡Santo Dios! ¿Quién sigue en la lista?

—Tú y yo.

—No me resulta una idea agradable.

—Me imaginaba. Creo que lo siguió desde las oficinas de la agencia, así que no vuelvas allá.

—Tiene sentido. ¿Alguna sugerencia?

—Tampoco vayas a tu hotel.

—Bueno, supongo que tendré que buscar refugio en otro lado —dijo Mason con un suspiro.

—Buena idea.

—¿Tienes algún plan?

—Creo que deberíamos conseguir que venga a buscarnos un avión de la RAF y nos saque de aquí. Me sentiría más tranquila en casa.

—¿Te parece? No sé si estoy de acuerdo. Después de todo, nuestra... eh... amiga está aquí, ¿no es cierto? Me parece que tendríamos mejor forma de conectarnos con ella aquí, en la Gran Manzana.

—Podría no gustarte esa conexión.

—Déjamelo a mí.

—Puedes llamarme al celular. No dejemos de comunicarnos.

—¿Dónde estás ahora?

—En las torres Waldorf, en el departamento del director de la agencia.

—Qué simpático.

—No me hagas bromas de mal gusto. Nos hablamos.

—Claro.

Mason cortó y echó una mirada al joven agente del FBI que se hallaba sentado a la mesa frente a él.

—Hubo un problema. Mi jefe murió...

—Bueno, a su edad...

—No fue un infarto.

El joven sacó su celular.

—Ah, no hagas eso —dijo Mason—. Te harán trabajar. Ya te llamarán ellos si te necesitan.

El agente sonrió y volvió a guardar el teléfono.

Mason se inclinó hacia adelante.

—Acaban de aconsejarme que no vaya a casa. ¿Te molestaría si pasara contigo esta noche?

El joven sonrió.

—Me encantará.

Carpenter regresó a la sala de la suite, donde el director y su asistente hablaban por distintos teléfonos.

—No estoy obteniendo ninguna cooperación por parte de la policía de Nueva York y tampoco de la administración local —decía el director—. Me ayudaría mucho si usted llamara al alcalde, señor. —Apartó el teléfono del oído cuando el otro le contestó.— Señor, creo que debería considerar la reacción de la prensa cuando descubra que una importante figura de la Inteligencia británica fue asesinada cuando estaba en compañía de una importante autoridad estadounidense... Bueno, en eso tiene razón. La prensa jamás se enterará de la existencia de sir Edward, a menos, por supuesto, que el Departamento de Policía de Nueva York decida contarles quién es. Creo que si usted llama al alcalde podremos mantener este asunto como el asesinato de un extranjero en un restaurante y nada más... Gracias, señor. —Cortó y suspiró.

—¿Problemas, director?

—Puedes decirme Jim, Felicity. —Señaló el sofá, para que se sentara a su lado. Carpenter prefirió una silla cercana.— Bueno, Jim.

—El procurador general no quiere involucrarse —explicó.

—Es comprensible —respondió Carpenter—. No creo que usted deba preocuparse por la prensa en este asunto. Nosotros nos ocuparemos de que los nombres de nuestros directivos no se publiquen nunca, y el único miembro de la policía de Nueva York que sabe quién era él es el teniente Bacchetti, del distrito Diecinueve. Y no me parece que sea afecto a andar contando cosas.

—Ah, Bacchetti, sí. He oído hablar de él. Alguien me lo recomendó para que lo reclutara para un cargo importante. ¿A usted qué le parece?

—Es un hombre valioso.

—Tal vez éste sea un buen momento para tratar el tema con él.

—Usted sabrá.

El director se puso de pie, con una copa vacía en la mano.

—¿Puedo ofrecerle un whisky?

—No, gracias, señor. Oficialmente, todavía estoy de servicio.

—¿Qué es lo que ha dicho Londres sobre todo esto?

—Hice una llamada al ministro del Interior, pero no me contestó. Allá es medianoche, y dudo que el oficial de guardia se anime a despertarlo. De todos modos, no hay mucho que pueda hacer, y en realidad preferiría actuar con libertad, sin que sus órdenes me inhiban.

—¿Planea algo?

—Planeo una reacción, si se me presenta la oportunidad. No sé si la tendré.

—Bueno, aquí, conmigo, está segura —afirmó el director mientras se servía otro whisky.

—Gracias, señor. Es muy tranquilizador.

—¿Conocía mucho a sir Edward?

—De toda mi vida. Él y mi padre trabajaron juntos.

—Entonces supongo que debo darle mis condolencias personales.

—En realidad, no. Sir Edward era una mierda, y no lo voy a extrañar.

Stone y Dino estaban ante la puerta de la suite 1917.

—¿Listo? —preguntó Dino.

—Cuando tú digas —respondió Stone, apretando el arma que llevaba en el bolsillo.

Dino tocó el timbre. No hubo respuesta. Tocó otra vez.

—Qué diablos —dijo, y puso la llave en la cerradura.

54

STONE SIGUIÓ A DINO hasta el interior de la suite, con el arma en la mano.

—¿Hola? —llamó Dino—. Mantenimiento del hotel. ¿Hay alguien ahí? —Avanzó con rapidez hasta la puerta del dormitorio, se pegó a la pared e hizo un gesto a Stone.

El abogado empujó la puerta con el pie y dio un paso tentativo en la habitación.

—Mantenimiento del hotel. ¿Hay alguien?

Dino empujó a su compañero más adentro.

—Igual que en los viejos tiempos —comentó Stone—. Otra vez soy el primero en entrar.

—Tienes una memoria asquerosa —rezongó Dino, siguiéndolo.

Miraron alrededor. Todo parecía de lo más normal.

—Revisa el placard —indicó Dino.

—¿Crees que ella está adentro? Revisa tú.

Dino abrió la puerta del placard y se encendió la luz. Adentro colgaban media docena de prendas.

—Viaja con pocas cosas, para ser una mujer.

Stone señaló el estante de arriba, donde había tres pelucas en sus soportes de plástico.

—No muchas mujeres viajan con tantas pelucas.

—Está bien —dijo Dino—, revisemos, pero deja todo tal como estaba.

—¿Qué estamos buscando?

—Pruebas. Me encantaría encontrar el arma que utiliza.

—Seguro que la tiene escondida en el corpiño.

—Estoy deseando buscarla allí.

Se pusieron a trabajar.

Abajo, en el café Carlyle, la actuación de Bobby Short iba llegando a su fin. Los aplausos fueron calurosos y prolongados.

—Y bien —dijo el hombre sentado a su lado, ante la barra—. ¿Puedo invitarte con una última copa?

—Me alojo aquí —dijo Marie-Thérèse—. ¿Qué te parece que yo te invite a tomar algo arriba? Tengo un bar en mi suite.

Él le tendió una mano.

—Jeff Purdue. Acepto.

—Darlene King. Acompáñame.

Se sumaron a la gente que salía del café.

—Me parece que no eres de Nueva York —observó él.

—Soy tejana, bombón.

—¿De Dallas?

—A veces.

—¿Y qué haces allí?

—Mi marido está en el negocio del petróleo.

—¿Tienes marido? Espero que esté en Dallas.

—Por supuesto que sí. Si lo conozco un poco, ahora estará en la cama con su secretaria.

La mano del hombre bajó de la cintura de ella hasta el trasero.

—Lo que necesitas es una pequeña venganza —dijo el hombre.

—Te aseguro que conozco bien la profunda satisfacción de la venganza —replicó Marie-Thérèse.

Stone dejó de buscar.

—Ya está. No hay nada más.

—En el placard hay una caja fuerte —señaló Dino—. Voy a llamar al gerente. Ellos pueden abrirla.

—Ya es tarde —dijo Stone, mirando el reloj—. No queremos que nos encuentre acá.

—Necesito pruebas.

—Es evidente que lleva el arma encima.

—Ni siquiera sabemos si es su suite —acotó Dino.

—Sí que es su suite —afirmó Stone.

—¿Cómo lo sabes?

—Porque cuando la vi la primera vez, llevaba esa peluca pelirroja que ahora está en el placard.

Dino consultó su reloj.

—Salgamos de aquí y organicemos la vigilancia.

—Muy bien.

Salieron de la suite y se encaminaron hacia los ascensores.

Marie-Thérèse y su nuevo amigo ya habían salido del café y entraban en el hall. Cuando doblaban rumbo a los ascensores, ella se detuvo y dio un paso atrás. Había visto a Stone Barrington y a ese teniente de la policía, que bajaban del ascensor hacia el hall. Ambos vestían monos de trabajo.

—¿Sucede algo? —preguntó Purdue.

—Acabo de recordar que mi suite está muy desarreglada. ¿Dónde estás parando?

—En el Waldorf, a cinco minutos de taxi.

—¿Por qué no vamos allá? —preguntó Marie-Thérèse.

—Por supuesto.

Lo hizo retroceder hasta el café y salieron por la puerta de la avenida Madison, donde un par de taxis esperaban junto al cordón. En un instante se alejaron de allí.

El hombre la besó en el cuello y le tomó un seno con la mano. Marie-Thérèse no reaccionó; miraba hacia adelante, pensando. El taxi dobló por la Quinta Avenida.

El hombre le pellizcó la punta de un pecho.

—¿Qué tengo que hacer para que me prestes atención? —preguntó.

—Disculpa —dijo Marie-Thérèse, palmeándole la rodilla—. Mi mente estaba en otro lado. ¿A qué te dedicas, Jeff?

—Estoy en el Departamento de Estado, en la delegación de las Naciones Unidas. Paso dos semanas por mes en Nueva York.

—Qué interesante —dijo ella, mirándolo con un nuevo interés—. ¿Entonces tu esposa está en Washington?

—En general viaja conmigo, así que deja parte de su ropa aquí. Pero esta semana tenía unas reuniones.

—Qué conveniente —dijo Marie-Thérèse, y lo besó.

Él le acarició el cabello y se quedó con la peluca en las manos.

—Bueno, vaya sorpresa —exclamó, mirando el cabello rubio y corto.

—Estoy llena de sorpresas, bombón —contestó Marie-Thérèse, acariciándole la entrepierna.

55

Stone y Dino estaban sentados en el coche del policía, frente al Carlyle, mientras Dino hacía una llamada telefónica.

—Señor, habla Bacchetti. Descubrimos dónde se aloja la mujer. Tiene una suite en el Carlyle... Sí, señor, sin duda tiene buen gusto. Ya mandé un grupo de vigilancia. En muy poco tiempo tendré el lugar cubierto y un par de hombres en la suite de al lado, con un dispositivo para escuchar... No, señor, no quiero atraparla en la calle ni en el vestíbulo del hotel. Es seguro que habrá disparos, y no quiero lío. Quiero esperar a que vuelva y se acueste. Sabremos todo lo que hace. Entonces, cuando pida el desayuno o salga de la suite, la estaremos esperando. Creo que podremos hacerlo con limpieza... Sí, señor, ya sé lo importante que es. Lo llamaré en el instante en que suceda algo. —Dino cortó.— Esta noche el hombre no va a dormir —comentó.

—Calculo que no —repuso Stone.

El conductor regresó con una bolsa con vasitos de café.

—Será mejor que nos pongamos cómodos —dijo Dino.

—Se me ha ocurrido una idea —dijo Stone—. ¿Y si ella estuviera en el café, escuchando a Bobby Short?

Dino resopló.

—No todos tienen tu gusto siniestro en materia de música, Stone.

El viaje en el ascensor le pareció larguísimo.

—Estoy en las Torres —explicó Purdue—. El gobierno alquila todo un piso para la delegación de las Naciones Unidas, y hay departamentos para dignatarios visitantes, incluida una suite presidencial.

—Qué interesante —dijo Marie-Thérèse—. ¿Y quién está en este momento?

—Yo soy el único de la delegación que está en la ciudad. La mayoría de los demás llegará mañana, para la sesión de apertura del Consejo de Seguridad. Hace un rato vi en el ascensor al director del FBI, así que supongo que también se hospeda aquí. Apuesto a que se apoderó de la suite presidencial.

Marie-Thérèse soltó una carcajada.

—¿De qué te ríes?

—Es que nunca pensé que iba a estar tan cerca del director del FBI.

El ascensor se detuvo y bajaron. Los detuvo un hombre de traje oscuro, con un anotador en la mano.

—No hay problema —dijo Purdue—. La dama está conmigo.

—Lo lamento, pero debo pedirle la identificación de la señora, señor —dijo el custodio.

—Cómo no —dijo Marie-Thérèse; buscó en su cartera y sacó su licencia de conducir de Texas.

El hombre anotó su nombre y la hora, y se la devolvió.

—Perdone la molestia, señora —dijo.

—Por aquí —indicó Purdue, tomándola del codo. Caminaron unos pasos y la hizo pasar a su suite. Dejó la tarjeta magnética de la cerradura sobre una mesa, en el hall de entrada.

—Muy lindo lugar —comentó Marie-Thérèse, mirando alrededor. No era enorme, pero sí muy elegante—. ¿Dónde está el dormitorio?

—Una mujer que piensa como yo. Por acá. —La acompañó.

Marie-Thérèse se bajó la cremallera del vestido.

—Quisiera colgarlo —explicó—, ya que tendré que ponérmelo mañana.

—Puedes ponerlo allá. —Le señaló el placard, mientras se dirigía al cuarto de baño.— Enseguida vuelvo.

Marie-Thérèse abrió el placard y encontró una pequeña colección de prendas femeninas.

Descolgó un vestido y lo examinó.

—No está mal —dijo en voz alta.

—No toques las cosas de mi mujer —advirtió Purdue, que salía del baño—. Te aseguro que se dará cuenta.

—No te preocupes, bombón —respondió ella, y volvió a colgar el vestido—. No voy a tocar nada. Dime, ¿mañana tienes que salir temprano?

—No, la sesión no empieza hasta después del almuerzo. Así que podemos dormir, si quieres.

—Ah, qué bien. —Colgó su vestido en el placard y se quitó la ropa interior.— ¿Estás listo para mí, tesoro?

—¡Y cómo!

Se metió en la cama con él. Aquello no demoraría mucho, y después podría dormir bien toda la noche.

El celular de Stone vibró.

—¿Hola?

—Habla Carpenter.

—Hola, ¿cómo estás?

—Estamos en la suite presidencial, pero me las ingenié para conseguir una habitación con cerradura magnética y una puerta que da al pasillo. ¿Por qué no vienes a verme?

—No puedo, pero te van a gustar mis noticias.

—¿Qué sucedió?

—Ella se aloja en el Carlyle. La gente de Dino ya tiene vigilada su suite. Todos van a esperar a que regrese a dormir, y la detendrán mañana por la mañana.

—Por Dios, qué alivio —exclamó Carpenter—. ¿Estás seguro de que no prefieres esperarla en la suite presidencial?

—Quiero quedarme aquí. Que duermas bien. Hablaremos a la mañana. —Stone cortó.— Carpenter se queda en la suite presidencial de las torres Waldorf, con el director.

Dino rió.

—Dice que tiene cerradura magnética en la puerta.

Carpenter llamó a Mason.

—Hola. —Atendió jadeando a la cuarta llamada.

—Se te oye un poco agitado —se burló ella.

—¿Qué quieres, Carpenter? Estoy ocupado.

—El director quiere una reunión, mañana a las ocho. ¿Podrás llegar?

—Calculo que sí. ¿Ahora puedo cortar?

—Para entonces yo ya habré hablado con el ministro del Interior.

—Qué bueno. Buenas noches. —Cortó y regresó con su agente del FBI.

A la mañana siguiente, a las ocho, Carpenter se sentó a la mesa del comedor de la suite. Mason había llegado puntual, aunque no se lo veía muy prolijo, con el mismo traje y la misma camisa del día anterior.

—Muy bien, empecemos —dijo el director.

Sonó el teléfono de Carpenter.

—Disculpe, señor. —Se apartó de la mesa y abrió el celular.— ¿Sí?

—Habla Stone.

—¿Qué pasa?

—Anoche no apareció.

—Lo informaré. Te llamo más tarde. —Cerró el celular y volvió a sentarse.

—¿Sucede algo? —preguntó el director.

—Temo que son malas noticias, señor. Como le mencioné antes, el Departamento de Policía de Nueva York la había localizado en una suite del hotel Carlyle. La tenían rodeada, pero ella no apareció anoche.

—Mierda —exclamó el director—. Creí que ya la teníamos.

—Yo también, señor.

—Me pregunto dónde estará ahora —murmuró el hombre.

56

EN ESE MOMENTO, Marie-Thérèse miraba la coronilla del integrante de la delegación estadounidense ante las Naciones Unidas. El hombre se desempeñaba con entusiasmo y considerable habilidad, y así se lo dijo.

Los interrumpió la campanilla de la puerta. Purdue tomó su bata y firmó el vale del desayuno. Luego empujó el carrito hasta el dormitorio.

—Lamento la interrupción —dijo.

—Tendrías que haberle dicho que ya habías comido.

Purdue rió y le pasó un plato de salchichas con huevos.

—¿Cuánto tiempo más te quedas en Nueva York?

—¿Por qué? —preguntó Marie-Thérèse.

—Ya que mi esposa no me acompaña en este viaje, pienso que podríamos vernos un poco más.

—No sé cómo podríamos vernos más de lo que ya nos hemos visto —contestó ella, con una carcajada.

—Tienes razón —convino el hombre—. ¿Podríamos volver a encontrarnos? Me quedo aquí toda la semana que viene.

—Y luego, de nuevo con tu esposa.

—Es un trabajo arduo, pero alguien tiene que hacerlo.

—¿Arduo?

—Estar casado con una mujer rica es una forma difícil de ganarse la vida.

—Entonces divórciate.

—Es que me acostumbré a mi estilo de vida, y no podría pagarlo con el sueldo del Departamento de Estado.

—Bueno, si te gusta tu estilo de vida, pero no tu esposa, busca a alguien que la mate.

El hombre rió.

—Ustedes, los tejanos —dijo—. No quiero terminar como un personaje de película para televisión.

A Marie-Thérèse se le ocurrió que Washington podía constituir un buen cambio de escena por el momento. Podía alquilar un coche y llegar manejando.

—Ah, se puede hacer con total discreción. Yo puedo arreglarlo.

—¿Cómo?

—Tú estarás en tus reuniones o en algún lugar lleno de testigos, y ella será víctima de algún robo o algo por el estilo. Nadie podrá conectarlo contigo.

—¿Y tú podrías arreglarlo?

—Soy una persona llena de recursos. De todos modos, estaba pensando en viajar a Washington. Lo haría encantada.

—Me suena a que quieres hacerlo tú misma.

—Tengo cierta experiencia en esas cosas.

—¿De qué clase de experiencia estamos hablando?

—Te mentí, Jeff. No soy una señora de Texas. Soy una asesina profesional.

Purdue rió a carcajadas.

—No sé si podré pagarte —dijo al fin.

—Lo haría por muy poco. Te diré cómo: déjame utilizar tu suite durante el fin de semana, y ella estará muerta a mediados de la semana próxima.

—Pareces hablar en serio.

—Y tú pareces interesado.

Purdue dejó de comer.

—Sí, estoy interesado —contestó con cautela—. Explícame por qué no nos descubrirían.

—Porque tú y yo no tenemos ninguna historia juntos, y porque yo no tengo motivos para matar a tu esposa. Además, cuando salga de Nueva York para ir a Washington, ya no seré Darlene King, sino otra persona que desaparecerá en el instante en que ella haya muerto.

El hombre apartó su plato.

—Ah, si los sueños pudieran hacerse realidad... —dijo con tono esperanzado.

—Imagino que serás un hombre muy codiciado cuando quedes viudo: atractivo, bien relacionado y, por fin, rico.

—Es absolutamente cierto. Pero, si tú eres lo que dices, ¿por qué confías en mí? Yo podría salir al hall, golpear la puerta de la suite presidencial y contarle al director lo que acabas de decirme. Creo que le interesaría mucho.

—Ah, tú no harías eso, Jeff. Tendrías mucho que explicar. Y tendrías que explicárselo a tu esposa, que se enojaría muchísimo.

Y entonces te encontrarías viviendo de tu sueldo. No, estoy perfectamente segura confiando en ti.

—Convénceme de que eres lo que dices —la desafió.

Marie-Thérèse dejó su plato en el carrito y saltó de la cama. Fue hasta la silla donde estaba su cartera, sacó la pequeña pistola con silenciador y apuntó a la cabeza de Purdue.

El rostro del hombre se congeló.

—Ah, relájate. No voy a dispararte.

—¿Qué clase de arma es ésa? —preguntó Purdue, fascinado.

—Un arma de asesinos. Fabricada para tu propia CIA.

—¿Y cómo es que la tienes?

—Es muy complicado para explicarlo.

—Si matas a mi esposa con esa pistola, ¿podrán conectarla con otros crímenes?

—No, no podrán. En cuanto a eso, tienes que confiar en mí.

—Bueno, quién lo hubiera creído... —dijo Purdue.

—Piénsalo —insistió Marie-Thérèse—. Voy a ducharme. —Entró en el cuarto de baño con su cartera y la pistola.

Carpenter cerró su celular.

—En el Departamento de Policía han renunciado a la idea de que La Biche pueda regresar al Carlyle, así que se concentrarán en nuestras oficinas locales —dijo a los presentes en la reunión—, porque creen que puede vigilar otra vez el lugar. Están colocando gente en los techos del vecindario.

—No sé qué más podemos hacer —dijo el director—. Mi gente controla los aeropuertos, las estaciones de trenes y de ómnibus. También pasamos su descripción a las agencias de alquiler de autos. ¿Qué identificación utilizó en el Carlyle?

—Señora Darlene King, de Dallas, Texas —respondió Carpenter—. Según parece, ya estuvo antes con ese mismo nombre.

—No creo que sea tan tonta como para utilizarlo otra vez.

—Supongo que no. Abandonó la suite del hotel y me imagino que también dejará esa identidad por otra.

Mason se levantó.

—Miren, si no me necesitan quisiera regresar a la oficina y cambiarme de ropa.

—Puedes irte —dijo Carpenter—, pero cuídate mucho.

Marie-Thérèse se contempló en el espejo. Lucía muy bien con el Armani de pantalón y chaqueta de la señora Purdue, pensó, y además se sentía limpia y fresca con la ropa interior de la mujer. Entró en el baño, donde Purdue se afeitaba.

Él la miró, reflejada en el espejo.

—Eh, no puedes ponerte esa ropa. Es de mi esposa.

—Pero ella no va a necesitarla, ¿no es cierto?

El hombre continuó afeitándose.

—Terminemos con este jueguito. Tú no eres una asesina, y a mi esposa no le pasará nada. Ahora, vuelve a ponerte tu ropa y vete. Eres muy buena en la cama, pero no volveremos a vernos.

Su tono molestó a Marie-Thérèse, para no mencionar que le hablaba dándole la espalda.

—Bueno, Jeff, iba a hacerte un favor, pero, ya que adoptaste esa actitud, creo que voy a hacérselo a tu mujer. —Sacó la pistola de la cartera y le disparó en la nuca. La fuerza de la bala le aplastó la cara contra el espejo.

Marie-Thérèse colgó su propio vestido en el placard, mezclándolo con la ropa de la señora Purdue, arrojó en el cesto su ropa interior sucia, salió de la suite y cerró la puerta tras ella.

El custodio de la noche anterior todavía estaba de guardia.

—Buenos días —saludó ella amablemente.

—Buenos días, señora —respondió el empleado, apretando el botón para llamar el ascensor.

Otro hombre apareció en el hall y se detuvo a su lado, esperando el ascensor. Cuando llegó, subieron los dos.

—Buenos días —dijo el hombre, arrastrando las palabras.

—Buenos días —respondió Marie-Thérèse, mirándolo por primera vez—. Bueno, bueno... ¿Mason? —Lanzó una carcajada.

Él la miró de reojo.

—¿Cómo conoce ese nombre? ¿Nos hemos conocido?

—No —respondió Marie-Thérèse—, pero sí su reputación.

—Metió una mano en la cartera, como si buscara el lápiz labial. Cuando encontró la pistola, apretó el botón de emergencias para detener el ascensor.

—¿Qué hace? —quiso saber Mason, y su expresión cambió al darse cuenta de quién era ella.

—Yo me bajo aquí —dijo Marie-Thérèse, sacando la pistola—. Usted seguirá hasta abajo. —Le disparó dos veces. Salió del
ascensor, metió la mano, volvió a apretar el botón y dejó que el
ascensor continuara.

57

LA REUNIÓN EN la suite presidencial recién había finalizado cuando un agente del FBI entró apresuradamente y susurró algo al oído del director.

El director levantó las cejas.

—No puede hablar en serio —dijo.

—Es la pura verdad —respondió el agente.

El director se volvió hacia Carpenter.

—Han encontrado a su hombre, Mason, muerto en el ascensor, con dos disparos.

Carpenter se puso de pie, sin saber qué hacer. Antes de que pudiera decir nada, sonó su teléfono. Lo atendió con gesto automático.

—¿Sí?

—Habla Stone. Acabo de llegar al Waldorf, con Dino. Queremos encontrarnos contigo y el director.

—Stone, ella está en el hotel.

—¿Quién está en el hotel?

—La Biche. Acaba de matar a Mason en el ascensor.

—No salgas de la suite y dile al director que tampoco lo haga. Te llamo enseguida. —Cortó.

—¿Qué pasa? —preguntó Dino mientras subían los escalones de la entrada del hotel, rumbo al ascensor de las torres.

—Marie-Thérèse está en el edificio —respondió Stone—. Acaba de matar a Mason en un ascensor.

Dino corrió hasta su coche y regresó con el radiotransmisor.

—Habla Bacchetti —dijo—. La Biche está en el Waldorf. Saquen a todos de las oficinas de los británicos y tráiganlos acá. También llamen a la seguridad del hotel y traigan todos los patrulleros que consigan. Quiero que detengan a todas las mujeres solas y les pidan documentos y las detengan a la mínima sospecha.

Marie-Thérèse esperaba impaciente que un ascensor se detuviera, pero ninguno lo hizo. Entonces se dio cuenta de lo que pasaba. Antes había tomado un ascensor rápido a las torres, que se había parado solamente porque ella había apretado el botón de emergencia. El ascensor que se detenía en ese piso no era el rápido, sino el que paraba en cada piso en que lo llamaban, y a esa hora del día había mucha gente. Planeaba llegar al hall mientras se producía la conmoción del hallazgo del cadáver de Mason, antes de que nadie atinara a buscar al asesino, pero ahora se le acababa el tiempo. En ese momento el custodio del piso ya debía de estar dando la descripción de ella a sus cazadores. Miró buscando una salida o una escalera, y la encontró. La puerta tenía un cartel muy claro: piso dieciséis. Si tomaba el ascensor, era muy probable que estuvieran esperándola abajo. ¿Cuánto tardaría en bajar dieciséis pisos por la escalera?

Miró en la dirección opuesta y vio una puerta abierta, que correspondía a un cuarto donde se guardaba la ropa de cama y otros elementos. Corrió por el pasillo, entró y cerró la puerta. En un estante encontró un uniforme de mucama, lavado y planchado; rápidamente se lo puso encima de su ropa. Se enrolló las piernas del pantalón, para que no se vieran debajo de la falda, encontró una cofia y se la puso también. Luego oyó el sonido de una llave y la puerta se abrió.

Había una mucama en el pasillo, con un carrito lleno de ropa. Antes de que pudiera hablarle, Marie-Thérèse le preguntó:

—Por favor, ¿podrías decirme dónde está el ascensor de servicio? Me perdí.

—Para allá —contestó la mujer—, pero necesitas una llave.

—Entonces se dio cuenta de que había algo raro.— ¿Qué estás haciendo aquí? No te conozco.

Marie-Thérèse la agarró de la muñeca y la arrojó adentro. La golpeó con fuerza en la nuca con el canto de la mano, y la mujer se desmayó. Marie-Thérèse la revisó en busca de las llaves, que encontró en un bolsillo. Salió, cerró la puerta y comenzó a empujar el carrito hacia el ascensor de servicio, con su cartera en el canasto. Mientras avanzaba tomó una toalla y se frotó la cara con fuerza, para sacarse el maquillaje.

Stone llamó otra vez al celular de Carpenter.

—¿Sí?

—Dino y yo estamos en los ascensores de las torres; los de seguridad del hotel han cercado todo. Si ella baja en uno de los otros ascensores, la detendrán.

—Bien.

—Ahora vas a tener que organizar una búsqueda en cada piso, entre el tuyo y la planta baja, golpeando a cada puerta y controlando a cada mujer que se parezca en algo a la descripción.

—El FBI se está encargando de eso —contestó Carpenter.

—Dino sacó a su gente de tus oficinas y los trae para acá, pero si Marie-Thérèse ya está en la planta baja, llegarán tarde para detenerla. Nuestra única posibilidad es que todavía esté en algún lugar de arriba.

—Tenemos una nueva descripción —dijo Carpenter—. Traje con pantalón, de color indeterminado, cabello rubio y corto, y un gran bolso de mano.

—Entendido —contestó Stone—. Llámame por cualquier otra noticia. —Cortó.— Ahora tiene el cabello corto y rubio —informó a Dino—. Y lleva un traje con pantalón.

Marie-Thérèse encontró la llave del ascensor, la colocó y apretó el botón. Miró el marcador de los pisos. El ascensor estaba tres pisos más arriba y descendía. Después de un largo momento se abrió la puerta; ella empujó el carrito y subió. Miró el tablero de control y descubrió que el hotel tenía un sótano y dos subsuelos. Colocó la llave y oprimió el botón del sótano. Las puertas se cerraron y el ascensor empezó a bajar.

Para su horror, se detuvo casi de inmediato y las puertas se abrieron. Un cadete empujó un carrito del servicio de habitaciones, pero el carrito de ella le impedía alcanzar el panel de la botonera.

—¿Podrías apretar el botón del primer subsuelo, por favor? —le pidió el muchacho.

Marie-Thérèse volvió a colocar la llave y apretó el botón. El ascensor se puso nuevamente en movimiento.

—Vaya, hoy será un día fatal —comentó el cadete, en un inglés con acento español—. Tengo media docena de pedidos para llevar, y en todos lados hay alguien que me demora.

—¿Y por qué te demoran? —preguntó Marie-Thérèse, preocupada.

—Allá arriba están buscando a alguien —dijo el muchacho—. A una mujer. Es lo único que sé. Los de seguridad andan por todos lados, y hay un montón de sujetos que no conozco, de traje.

—Soy nueva aquí —explicó ella—. ¿Qué hay en los subsuelos?

—En el primer subsuelo, la cocina; en el segundo, la lavandería —dijo el joven—. Un día de éstos te invito a tomar un café en el salón, ¿quieres?

—Claro —respondió Marie-Thérèse. Había empezado a transpirar, con tanta ropa. Y estaba asustada.

58

Marie-Thérèse cambió de idea y apretó el botón para el segundo subsuelo.

—Creí que ibas al sótano —dijo el muchacho.

—Quería ir al lavadero. Me confundí.

—Sí, uno demora en aprender a moverse por este lugar. —Bajó en el primer subsuelo.— Hasta luego.

—Hasta luego. —La puerta se abrió de nuevo en el segundo subsuelo y Marie-Thérèse empujó el carrito hacia adelante. Allí, ante ella, se encontraba lo que había estado buscando tan desesperadamente: una cartel que guiaba a la salida y una flecha que señalaba hacia la izquierda. Empujó el carrito en esa dirección, luego siguió otra señal y dobló por un largo corredor. Al final había una puerta que decía "SALIDA", pero delante había un guardia de seguridad armado. "Eso no puede ser muy difícil", pensó.

Continuó con el carrito hasta la puerta, se detuvo y buscó su bolso de mano en el canasto.

—Lo lamento, pero no puedes salir por acá, mujer —dijo el guardia—. Tengo órdenes.

Marie-Thérèse adoptó el acento español del cadete.

—Ah, sólo quería fumar un cigarrillo afuera —dijo—. Te hacen pasar un mal rato si te pescan fumando adentro. —Revolvió en el bolso, como si estuviera buscando los cigarrillos.

—Sí, yo también soy fumador y sé cómo se siente uno, pero igual no puedo dejarte pasar por esta puerta. Tengo órdenes de arriba. —Y como al descuido llevó una mano al arma.

Marie-Thérèse dejó de buscar en la cartera. Si intentaba dispararle, el hombre se le adelantaría.

—Ah, bueno —dijo—. Entonces mejor vuelvo a mi trabajo. Tendré que fumar más tarde. —Empujó el carrito por donde había venido, buscando otra salida. La encontró, pero había otro guardia, mucho menos amistoso que el anterior. Por último, sin ningún lugar adonde ir, regresó al ascensor, puso la llave y apretó el botón. Intentaría en otro piso.

Carpenter mostró su identificación al guardia y tomó el ascensor rápido hasta la planta baja. Al salir, Stone y Dino se le aproximaron.

—No vino por este lado —dijo Stone—. ¿Cómo va la búsqueda arriba?

—Lenta —respondió Carpenter—. Puede haber llamado a cualquier puerta y estar en una habitación. Este hotel es muy grande.

—Dino —dijo Stone—, si pones a uno o dos policías a vigilar los ascensores, nosotros podríamos ir hacia arriba.

Dino habló por radio y un momento después se acercaron dos uniformados. Dino les dio instrucciones y se volvió hacia Carpenter.

—Muy bien, subamos.

—Tomemos el otro ascensor, a los pisos más bajos —propuso Carpenter—, y hagamos una pasada por cada piso. No golpearemos en cada puerta. Eso se lo dejaremos al equipo de búsqueda, y roguemos tener suerte.

Stone y Dino la siguieron hasta el ascensor y subieron un piso. Salieron y comenzaron a caminar por los corredores.

Marie-Thérèse bajó en el sótano; al menos allí estaba más cerca de la calle. Pero, para su sorpresa, en ese piso se hallaban las oficinas del hotel. Un guardia de seguridad la vio por el pasillo y comenzó a acercarse. Con rapidez volvió a subir al ascensor, rogando que el hombre no tuviera la llave. La planta baja debía de estar llena de policías, así que apretó el tercero. Desde allí podría bajar más rápido a pie.

Cuando Carpenter y sus dos compañeros completaron el recorrido por el segundo piso, ella se dirigió a las escaleras.

—No —dijo Dino—. Si nos metemos por ahí no vamos a poder salir a otro piso. Tendríamos que bajar, y ya estuvimos allí. Tomemos el ascensor. —Apretó el botón.

—¿En verdad crees que todavía está en el hotel? —preguntó Stone.

—No lo sé —respondió Carpenter—, pero es el único lugar donde podemos buscarla. Si se ha ido, puede estar en cualquier parte.

—Sigamos —dijo Dino—. Esto se llama trabajo policial. ¿Lo recuerdas, Stone?

—Lo recuerdo —contestó Stone. Subieron a un ascensor y apretaron el botón del tercer piso.

Marie-Thérèse bajó en el tercer piso, empujando el carrito delante de ella, su bolso otra vez en el canasto. Dio vuelta en una esquina, buscando una salida, a tiempo para ver a dos hombres y una mujer que bajaban del ascensor. Se volvieron y comenzaron a caminar hacia ella. Los reconoció de inmediato y luchó contra el impulso de huir.

—Buenos días —dijo con su acento español cuando pasaron a su lado.

—Buenos días —murmuraron los tres.

Habían avanzado unos pasos cuando Carpenter levantó una mano y los detuvo. De pronto sostenía el arma en su mano; se llevó el cañón a los labios. En silencio, señaló con el arma a la mucama que desaparecía por el pasillo.

Stone y Dino se dieron vuelta para mirar a la mujer. Por debajo de la falda blanca del uniforme asomaba la bocamanga de un pantalón negro.

—Traje con pantalones —susurró Carpenter.

Stone y Dino empuñaron sus armas.

59

MARIE-THÉRÈSE SUPO que la habían descubierto. En una mano tenía la llave maestra de la mucama; se agachó detrás del carrito, sacó el bolso del canasto y abrió la puerta de la habitación más cercana; entró y cerró de un golpe.

Un hombre salió del cuarto de baño. Era enorme, de un metro noventa y cinco de estatura y ciento cincuenta kilos, según calculó. Vestía pantalones, camisa blanca y una corbata floja.

—¿Sí? —preguntó.

Marie-Thérèse sacó la pistola y le apuntó.

—Quieto —ordenó.

—¿Qué mierda está pasando? —preguntó el hombre.

Marie-Thérèse tiró su cofia sobre la cama sin tender y empezó a desabotonarse el uniforme.

—Tiene aspecto de haber sido jugador de fútbol —dijo Marie-Thérèse.

—Sí, ¿y qué?

—¿Alguna vez se lastimó una rodilla?

—Ajá.

—¿Recuerda cuánto dolía?

—Ajá.

Le apuntó a la rodilla derecha.

—Esto le dolerá mucho más.

El hombre levantó las manos en gesto de paz.

—Muy bien, muy bien, lo que usted diga.

Marie-Thérèse fue hasta la ventana, sin dejar de apuntarle, y miró hacia abajo. Estaba sólo a tres pisos por encima del nivel de la calle; pensó en atar unas sábanas para descolgarse, pero había dos patrulleros estacionados en la calle, con las luces encendidas. Se volvió hacia su prisionero.

—Dígame qué quiere —pidió el hombre.

—Quiero que me saque de aquí —respondió Marie-Thérèse.

Stone, Dino y Carpenter permanecían en el pasillo, de espaldas contra la pared, a cada lado de la puerta.

—Dale una patada —dijo Carpenter—. Eso es lo que hacen los policías, ¿no?

—Esta clase de puerta no se patea —dijo Dino—, a menos que quieras romperte el tobillo. —Se acercó la radio a la boca:— Habla Bacchetti. Tenemos a la sospechosa acorralada en una habitación del tercer piso. Quiero ya mismo un equipo SWAT preparado para derribar puertas.

—Teniente, habla el sargento Rivera, no tenemos ningún equipo SWAT disponible; tendría que haberlo pedido antes. Ahora deberé llamarlos, y tardarán unos minutos.

—Ella no irá a ningún lado —dijo Stone.

—Está bien —contestó Dino por radio—, diles que muevan el culo.

—¿Qué hacemos ahora? —preguntó Carpenter.

—Veré si puedo convencerla de salir —dijo Stone.

—Adelante —respondió Dino.

Stone se acercó a la puerta y dijo con claridad:

—Marie-Thérèse, soy Stone Barrington.

—Hola, Stone —respondió Marie-Thérèse con voz suave—. ¿Por qué motivo ha venido?

—Quiero que salga de aquí con vida —respondió Stone.

—Qué bien. ¿Cómo podemos lograrlo?

—Muy simple: abra la puerta, entregue su arma y salga con las manos sobre la cabeza. Yo le garantizo que estará a salvo.

—Carpenter está allí, ¿no es cierto?

—Sí, está aquí.

—¿Puede garantizarme que estaré a salvo de ella? Después de la mentira de la transferencia del dinero, no confío en esa mujer.

—¡Sí que mandé el dinero! —gritó Carpenter—. ¡Está en su cuenta!

Stone le hizo un gesto para que se callara.

—Carpenter no le disparará, pero viene un grupo SWAT y, a menos que salga ahora, ellos derribarán la puerta y entonces podría suceder cualquier cosa.

—Y eso no es lo que queremos, ¿no? Está bien, voy a salir. Aléjense todos de la puerta.

Todos retrocedieron y esperaron.

—Ya hemos despejado la puerta —avisó Stone.

—Muy bien, ya salgo.

Se movió el pestillo y la puerta se abrió hacia adentro.

Stone parpadeó. Allí había un hombre, tan grande que ocupaba todo el umbral. Tenía los dedos cruzados sobre el abdomen y por debajo de sus brazos sobresalían dos pies de mujer, con tacos. Marie-Thérèse espió sobre su hombro, con un brazo alrededor del cuello del hombre y la pistola apuntándole a la sien.

—Camine —ordenó ella—, pero muy despacio.

El hombre pasó lentamente por el vano de la puerta.

—No les dé la espalda —dijo Marie-Thérèse.

Dino intervino.

—Eh, yo lo conozco, ¿no? —dijo al hombre—. ¿No jugaba en los Jets, hace un tiempo?

—Ajá —contestó el hombre.

—¡Billy Franco, el Congelador!

—Sí, sí, el mismo. Ahora, ¿podrían hacer algo para sacarme a esta señora de mi espalda y de mi vida?

—Lamento interrumpir esta charla deportiva —dijo Marie-Thérèse—, pero ahora vamos a hacer un pequeño baile. Todos van a dar vueltas en sentido contrario a las agujas del reloj, hasta que todos cambiemos de lugar.

Los tres comenzaron a moverse en esa dirección y Franco se movió al mismo tiempo, hasta que su espalda quedó contra la pared opuesta y ellos tres quedaron en el vano de la puerta de la habitación.

—Ahora entren en el cuarto y cierren la puerta, así no tendré que desparramar los sesos del señor Congelador por todo el lugar.

—¿Y después qué? —preguntó Franco.

—Después lo llevaré fuera del hotel hasta el coche más cercano.

—Yo tengo una idea mejor —dijo Franco.

—¿Qué?

Dio un rápido paso hacia atrás, aplastó a Marie-Thérèse contra la pared y se arrojó a un costado.

Marie-Thérèse hizo un sonido semejante al del aire al salir de un neumático pinchado y terminó sentada en el piso. Entonces, con las últimas fuerzas que le quedaban, levantó la pistola, apuntó hacia donde estaban los tres y apretó el gatillo. Sólo se oyó un leve clic; la recámara estaba vacía.

Por un momento nadie se movió; luego Carpenter disparó dos veces sobre Marie-Thérèse.

Stone tendió un brazo, empujando a Carpenter.

—¡Detente! —gritó.

Franco, tirado boca abajo en el pasillo, cubriéndose la cabeza con las manos, se volvió y los miró.

—¿Le dieron a alguien?—preguntó.

Stone se agachó junto a Marie-Thérèse y le tomó el pulso en el cuello.

—Sí —dijo—. Un disparo mortal.